2019中国年度小小说

任晓燕　秦俑　赵建宇　选编

漓江出版社

图书在版编目（CIP）数据

2019 中国年度小小说 / 任晓燕，秦俑，赵建宇选编 .
-- 桂林：漓江出版社，2020.1
ISBN 978-7-5407-8809-4

Ⅰ. ① 2… Ⅱ. ①任… ②秦… ③赵… Ⅲ. ①小小说
—小说集—中国—当代 Ⅳ. ① I247.82

中国版本图书馆 CIP 数据核字（2019）第 286919 号

2019 ZHONGGUO NIANDU XIAOXIAOSHUO
2019 中国年度小小说
任晓燕　秦俑　赵建宇　选编

出版人：刘迪才
责任编辑：孙精精
书籍设计：石绍康
责任监印：张璐

出版发行：漓江出版社有限公司
社址：广西桂林市南环路 22 号　邮编：541002
发行电话：010-85893190　0773-2583322
传真：010-85890870-814　0773-2582200
邮购热线：0773-2583322
电子信箱：ljcbs@163.com
微信公众号：lijiangpress
印制：三河市中晟雅豪印务有限公司
[河北省三河市沟阳镇错桥村　邮编：065200]
开本：690 mm × 1000 mm　1/16
印张：20　字数：277 千字
版次：2020 年 1 月第 1 版
印次：2020 年 1 月第 1 次印刷
书号：ISBN 978-7-5407-8809-4
定价：45.00 元

目录
contents

编选前言

作为小说之一种，小小说的起源与中国古代文学的发展几乎是同步的：早期的神话故事、民间传说与《孟子》《庄子》《韩非子》里的一些寓言故事，可以算作虚构叙事文学最早的源头；《左传》《战国策》《史记》等史传中，有一部分文章非常精短，人物性格鲜明，故事曲折精彩，基本具备了小小说写人叙事的特征；而《世说新语》、唐元话本、《太平广记》、《阅微草堂笔记》、《聊斋志异》中的诸多篇什，已初具小小说文体的雏形。但是，从文体规范上讲，这些作品仍属于民间传说、寓言故事或笔记小品，还没有形成完整的现代意义上的小小说文体特征。小小说作为一种真正有尊严的、独立的文体存在，应该是现当代文学史近几十年的事情。

特别是20世纪80年代以后，手机、网络与碎片化阅读的兴起，为小小说的繁荣提供了契机。经过数十年的发展，小小说不仅吸引了遍及全国、数量庞大的作者与读者群体，也出现了月发行量数十万份的标志性刊物，有近百篇小小说作品被选入大中小学语文课本，逾百位小小说作家加入中国作家协会，全国性的小小说笔会、征文、研讨此起彼伏，小小说的读写、报刊、图书、自媒体等热潮相继涌现。2010年，中国作家协会修订发布《鲁迅文学奖评奖条例》，正式明确将小小说文体纳入鲁迅文学奖评选范畴。2018年8月，第七届鲁迅文学奖评选揭晓，冯骥才先生的《俗世奇人》（足本）以"俗雅融通、拈轻成重的经典之魅"，为小小说赢得了鲁奖开评以来的破题"首奖"。这个事件，被业界解读为小小说文体的重要标志。

时间进入2019年，国内的小小说创作又出现了一些新动向。比如说，主题征文热潮的兴起。小小说篇幅短小，易写易发的文体特征决定了它是一种与时代紧密相连的体裁。近几年来，各种类型的主题征文此起彼伏，内容几乎囊括了政治建设、经济建设、社会建设、文化建设、生态文明建设等各个层面；现实主义的小小说创作大行其道，涌现出了一批讲述中国故事、浓缩民生百态、映照社会变迁的好作品。再比如说，对文体创新的呼吁倡导。以《小小说选刊》为例，自去年以来，就将“创新”作为办刊的重要方向之一，不遗余力地推出系列专题“创新小小说大展”，引导多元化的小小说创作，引发业界的广泛关注。《上海文学》连续两年在当年第 1 期刊物上推出富有探索意义的精短小说小辑，《百花园》锐意创新推出了一大批“80 后”“90 后”的小小说新作者，还有《山西文学》《天津文学》《北方文学》《青春》《海燕》等一大批纯文学刊物给小小说留出相当版面，加上微信公众号“我们都爱短故事”等一大批原创自媒体平台的兴起，共同拓展了小小说创作的无限“可能性”。

作为一个老牌年选本，漓江版小小说年选的编选一直注重作品的经典性、时代性、好读性与包容性，力争体现当年度小小说创作的高度与广度。当然，由于编者的视野所限以及个人艺术眼光的不同，难免遗珠之憾，欢迎广大读者提出宝贵意见。

本书编者

2019 年 12 月

地中海幻想曲

王　蒙

温柔的地中海是无法拒绝的，蓝紫色的海波编织着执拗无望与从容有定的花纹，雪白的浪花生灭着转瞬即逝的笑容。带有圆圆的周边弧线的海洋，由于空旷而显得尽收眼底，地球也变小了些。我甚至计算着，绕海平线一周游泳的公里数、时间，还有新作此篇小说里的女主人公"她"，要不要跳下去一游试试。而原来看着十分伟岸的地中海邮轮，也由于它的安静无声，由于它的定力超强与减震设施，显得谨慎与委屈；一个海，一艘可以装载数千游客的超豪华邮轮，被包含了多种懒惰、愚笨与贪婪的人类收拾得俯首帖耳，悄没声息。空间与时间就这样在大海洋上聚合与离散，扩大与缩小，积存与失落，而体验、感动与忘却，就这样落花流水，风起云涌，而又欲诉无言，欲唱无响。想起时间与空间，生命与感叹永远这样移动着变化着逝去着，我流泪了。

好的，假设在这篇耄耋之年的作者大龄青春小说里，她是一个三十九岁心猿意马的美女。身高一米七三，体重五十六点四公斤，长着广州人的眼睛，青岛人的身材，米脂人的脸庞与湖南人的意态；还具有北京的学士、加州的硕士、海德堡的博士学位；有院士父亲，工商联主席爷爷，在梅兰芳门下学过戏的母亲。早在二十三年前，她陷入了公主与白马王子的感情旋涡，然后遭遇到了身心俱碎的失望。然后用学历学位与超级体力训练报复了生活。然后……她走向四十岁。

最后在三年前结识了比她小五岁的声乐教师小李，小李在彼得堡与那不勒斯的比赛中都取得了好名次。这终于使她恢复了美丽、笑容、狡黠，还有在大海上游览的美梦。

在一个月前，发生了隔膜。他们二人已经确定了结婚日期，订好了婚礼举行的酒店。她热烈地希望小李为她做一件事。做一件什么事呢？请大家猜一猜：例如约小李与她一起看一部伊朗影片；例如请小李网购一瓶匈牙利产的三十筐葡萄为原料的金色甜葡萄酒；例如要小李替她与她的一位闹了误会的好友通一个电话，说一件鸡毛蒜皮的小事。对于这个小小的请求小李居然置之不理。对了，就是类似的一件鸡毛蒜皮的小事，使她伤心欲绝，她取消了婚事，仅仅酒店的预订费用她与小李就损失了八千块。她的父母为此痛心疾首，把她说了一顿。她则严正指出：她不可以为了结婚而结婚，她不是一件急于处理的、即将过期的罐头食品，一想到自己要做一件改变自己的生活、命运与身份的事而心有不甘，她很痛苦。她宁愿一辈子不结婚，愿意独身一辈子。然后父亲摔了一把罕见的坭兴（不是宜兴）陶茶罐，母亲哭出了声。她过了两周从北京飞到慕尼黑转罗马上了这艘邮轮“地中海幻想曲”号。当然是邮轮，它与邮政无关，但是旅行社一律称之为邮轮，也许是有中国人不喜欢把上船与游水呀游泳呀什么的联系起来。

第五天她与数千名游客上了希腊的圣托里尼岛。她在岛上吃了小吃并要了一瓶干白葡萄酒。她觉得是养生的傻劲儿使得多年来红葡萄酒在我国大行其道，然而，她只喝干白。而圣托里尼的干白一瓶只卖十欧元。这种用本地葡萄家酿而成的酒，说酸不酸，说甜也不甜。有酸有甜而且有一种高贵的凝结，有一种保留和恬淡，有一种敲击和嘲笑，这种干白好像对消费者绷着小脸，它为了自己的挑战，并不追求可口，它微微地保护着陌生，为了并不讨好而水晶般地高洁，它有着冰雪的聪明与清爽。

她在小小的神奇的岛上，喝了一整瓶酒，喝得欲醉还痴。

傍晚上船以后她在阳台舱房倒头便睡。她后来梦见自己果然登上了邮轮，梦到自己喝了琼浆玉液，梦到自己在地中海与大邮轮上飞翔。她贴着海面飞，她贴着船舱飞，与海鸥一起飞，与海鸥一起降落到海面上，也与海鸥一起戏水并且寻找小鱼做食物。有风，她觉得有点儿凉，头有点儿重。喝多了，不该喝许多酒。这时候有人敲她的舱门。

“我也在这条船上。我也在，我也上了这条船。”

像是读《弟子规》与《三字经》。像是9月1日的小学开学典礼。像是唱诗，像是念经。她哭起来了。

她飘到了第十一层甲板的咖啡厅。她走到了第十二层甲板的红色跑道。她轻盈地跑了一圈，她飞到了第十三层的迪厅，她又转到了泰国餐室。她没有看到任何人，她失望了。同时她开始更加清楚地听到声音：“当然，我是小李。我也上了这条船。我就在你的旁边。你喝得太多了。你待会儿就看到我了。我给你买了三十筐标准的‘多卡衣’酒，已经联系好了回国后马上去电影资料馆看伊朗影片《天堂里的孩子》，还有印度大师阿米尔·汗导演的《小萝莉的猴神大叔》。我已经与你的闺蜜通了电话，她说下周五请我们二人到她家吃莲藕。还有，还有……”

还有什么呢？天啊，她睁开眼睛了，小李穿着邮轮的文化衫，黑色的图案，MSC（地中海航运有限公司）的字样赫然入目。他拿着一把经过他的粘贴修理完好如初的坭兴陶茶罐。广西的坭兴正在学习江苏的宜兴，发展自己的特产工艺品。然后小李哭了，她也哭了。

一小时后她开了电灯，在安静的船舱里她感觉到了些微的凄凉。她仍然相信自己内心的强大。她看了看手机，是凌晨三点。她去卫生间洗漱。她穿上一件风衣，脖子上围上一块纱。她悄悄地从十一层往上缓步走。她走累了就坐一层电梯，只一层。然后在各种舱内和室内的沙发、藤椅、木凳上坐下。她发现，在这个钟点起身散步的竟也有六七个人。已经有人用英语向她问早晨好。

此日的清晨应该在雅典卫城登陆，她坐了三个小时，提前在餐厅用了早餐，轻松愉快地进入了自己的666号舱间。坐下来后，她喊了一声。她看到，自己房间的三人沙发面前的茶几上，摆着的是深色的坭兴陶罐，坚硬，光泽，如墨化了的赤铜，灰、黑、赤褐，逐步变化过去再慢慢归一，如金属如玉石又如玻璃。这就是被父亲在愤怒与怜爱中摔成八瓣的那件上品茶具。她终于明白了，信息中会有信息的隔膜，传播时会有传播的故障。小李在她的暴怒与伤心中只说过一句话："我没有收到你的微信啊！"

她喜欢这次旅行。她喜欢希腊的小岛上、悬崖峭壁上的上圆下方的蓝顶白屋子。她喜欢那不勒斯的桑塔露琪亚港，黄昏时候，一只鹰在海港的上空飞翔。小李给她唱过而且还会给她唱《桑塔露琪亚》。她甚至坚信，如果余下的几天她不能在这个邮轮上找到小李，那么小李一定会三天后在罗马附近的奇维塔韦基亚码头，要不就是北京的首都机场，拿着一束产自荷兰的玫瑰等她。露琪亚的另一边就是庞贝，被维苏威火山爆发埋葬于公元 79 年。一面岩浆，一面火山灰。历史上有过那么多的悲苦恐惧。他们终于赶上了幸福，她祝愿自己与亲友过得幸福。

必须的。宋丹丹说过。

一斗阁笔记

莫　言

蛙　泳

三十二年前，我曾写小说《生蹼的祖先们》，描写了一个生活在沼泽地里手足上生有蹼膜的家族。这部小说最根本的灵感来源于我的一位小学同学。他手指与脚趾间有蹼膜相连，大家也不以为怪。那时吾乡雨量充沛，每到夏秋，河中水势滔天，沟渠池塘中也水满槽平。是时省直机关的“右派”集中在我们村子东边的国营农场劳改，一时龙虎云集，各显其能，令村民们眼界大开。有几位“右派”体育健将担任了我们小学的体育教师，其中一位姓邓名赞的是省蛙泳纪录保持者。邓老师耐心纠正我们的“狗刨”泳姿，教我们标准的蛙泳。我这位同学脱颖而出，先是得了县级冠军，又得了地区冠军，很快声名远播。他这个冠军和亚军差距很大，横渡大湾子，一个来回大约一千米，他能将亚军甩出去三百米。邓老师是省纪录保持者，虽然后来速度有所下降，但入水后依然是一条蛟龙。他与我们这个同学在大湾子里游了一个来回，竟然被落下十几个身位。邓老师是胶东人，夸奖人时喜欢加上“妈拉个 × 的”做定语，他拍着我们同学的脑袋说：“妈拉个 × 的小兔崽子你不得世界冠军谁还敢得！”接下来就要到省里比赛，有好事者写信给省体委，取消了我那同学的比赛资格。后来，邓老师出钱，让我同学去做手术，术后却泳技尽失。有人说他迫害贫下中农子弟，邓老师恼怒地说：“妈拉个 × 的，我真傻！”

我至今记得这位同学在村西大湾子里蛙泳的英姿：邓老师一吹哨子，学校游泳队的队员们一齐蹿进大湾子，奋勇向前游去。湾子南北长三里，东西宽一里，水深平均三米，最深处八米，据说最深处有一个鳖的宫殿。等大家游出几十米后，我这位同学才慢吞吞地举起双手，对着太阳照照，然后纵身入水，如同一只油滑的海豹。邓老师挥舞着拳头，兴奋地说：“看看，看看，这才是蛙泳！”

20 世纪 70 年代末，我在保定当兵时，看了美国电视剧《大西洋底来的人》，心中感慨万千，剧中主角麦克·哈里斯，就是手指间生有蹼膜的人。我想，那个将我同学手足上生有蹼膜的事告发给省体委的人，真不是个东西。

90 年代末，我去烟台新华书店签名售书。一位白发苍苍的老人，捧着一盒子红樱桃挤到我面前，提着我的乳名问我还认不认识他，我困惑地摇摇头。他恼怒地说：“妈拉个……”我大喊一声：“邓老师！”邓老师在暴烈的阳光下穿着游泳裤、炫耀着一身腱子肉给我们上游泳课的往事便像老电影一样浮现在我的眼前。晚上我到邓老师家去吃鲨鱼肉馅的饺子，师母特意捣了一碗蒜泥。师母说：“我记得有一次吃大蒜比赛，你得了第一名。”我笑了。我想不到师母竟然是胡珂老师。胡珂老师也是体育运动健将，曾经在省女子篮球队里打过中锋。她带领着我们修了一个标准的篮球场。这都是 20 世纪 60 年代初的事情了。吃着饺子喝着啤酒，我和邓老师说起了我那同学的事，我们都恨那个写信的人。

昨天，我收到了胡珂老师的一封信。胡老师在信中说，邓老师昨天去世了。我早就想写信告诉你，那封信，是我写的。当时，邓老师跟音乐老师蔡美玲好，蔡美玲弹着风琴，邓老师唱歌，金童玉女一般，我很忌妒。后来发生了很多事，我也没想到我成了他的妻子。如果你有兴趣，我可以跟你讲上三天三夜。现在我只能跟你说，因为忌妒，我写了那封信。其实，即便我不写那封信，吴三太（我同学的名字）也成不了世界冠军。你想想，奥运会怎么会让一个手脚上生蹼的人参加呢？

老　汤

寒冷的腊月里，给爷爷拉着小车去赶集卖草，是我童年的美好记忆之一。

黎明前最黑暗的时候，我们就出发了。到了路边那三棵大柳树下，爷爷支起小车，抽了一袋烟。这时太阳出来了，东边的天际被映得通红。柳条上，路边的枯草上，爷爷的眉毛胡子上，都沾着白色的霜花。我奋力拉着车，踩着冻得裂开大纹的路面，听着河道里冰层坼裂时发出的“嘎巴嘎巴”的响声，向牛庄集进发。牛庄集是我们县除县城外最大的集市，集市南头有一棵据说是宋朝的老银杏树。树有多粗？七搂八拃一媳妇。说古代有一个人在树下避雨，想量一下树粗，张开双臂算一搂，搂了七搂，看到一个小媳妇在树缝里避雨，无法再搂，只好拃，伸展开拇指和中指算一拃，拃了八拃。

在这棵大树下，有一个老汤锅。那锅非常大，据说有三十二印。这个“印”到底是个什么单位，我问了很多人也没得到准确回答。反正那锅倒进去十桶水也不满，把一头牛剁巴碎了扔进去也绰绰有余。

这锅里煮着牛的下水，灶下燃着劈柴，火光熊熊，锅里的汤翻着浪花，咕嘟咕嘟的，几根牛肠子什么的随着热浪翻滚。臭烘烘的老汤味儿在那个没有工业的贫穷年代里的寒冷的早晨，能扩散出很远，夸张点儿说，一出村我就闻到这个迷人的气味了。有经验的吃货都知道，不管是猪下水还是牛下水，下锅前万不能洗得太干净，洗得太干净了就没有那个味道了。吃的就是这个味儿。说实话我之所以踊跃地帮爷爷拉车赶集，为的就是这几碗老汤。

我当兵的第十一年，调到总部机关工作，一位同事，曾经给一位名震胶东的将军写过回忆录。他说，将军说过，1943 年初冬，久病不愈，在你们县牛庄一棵大树下，喝了三碗老汤，出了一身大汗，精神立即健旺，第二天即指挥着部队，全歼了伪军一个团，活捉了伪团长，缴获武器弹药若干，最重要的是缴获了一批布匹棉花，解决了部队的冬装。

这个故事我对很多人讲过。说者无意，听者有心。如果你到我们县牛庄去赶集，在集市南头那棵比“七搂八拃一媳妇”又粗了一些的大银杏树下，那个热气腾腾的老汤锅已经变成了一组雕塑，雕塑中有一位将军，蹲在锅前，捧着大碗，在喝老汤。雕塑旁边的一块碑上刻着隶体大字：某某将军喝汤处。

我老家的一个旅游局局长在一次旅游经验交流会上慷慨激昂地说："发展旅游，经验两条。一是造景，二是造谣。"

推　磨

高　军

朱大爷老两口看到胡同志住进来后，见了面总是笑着打招呼。这些日子，和同志们接触多了，朱家人也早已没有了什么拘束。现在整个沂蒙山区正在春耕备播，老百姓都在忙农活儿。胡同志也是忙得脚不沾地，要么出去一天不着家，要么招来一些人商量事情。大家都各忙各的，相互见面的时候并不多。

这里的风俗堂屋是主屋，胡同志被安排到家里，朱大爷老两口一直想把他让到堂屋里住。胡同志看到西屋虽然低矮，但里面东西不多，就坚持住了西屋。从西屋门内就能看到左前方的堂屋西窗下那盘磨，磨眼圆筒状向天空敞开着，磨台周边凸起一层边沿儿，只有正南方留出了一个稍微向前伸出的石嘴儿，方便从这里向下刮煎饼糊子。沂蒙山区家家户户院子里都有一盘磨，用来磨糊子，再在鏊子上烙煎饼。

其实，胡同志是来解决山东分局和115师一些关系问题的，所以非常忙。他经常忙到深夜还不休息，在灯下一会儿皱眉思索，一会儿奋笔疾书，实在太累了就站起来活动一下腰身，就又坐下了。

第三天鸡还没叫，窗外漆黑一团，沉睡中的胡同志听到院子里有了动静。他抬头从窗棂里向外看去，影影绰绰看到朱大爷和朱大娘每人抱着一根磨棍已经开始推磨了。他睡眼蒙眬，连着打了几个哈欠，应该是自己刚睡着才不长的时间，但是磨盘有规律转动的咕噜咕噜声和两个人杂沓的脚步声交织在一起，在黎明前的寂静里显得格外清晰。他知道自己想再休息一下已经不可能，于是也起床了。他小声制止随行同住的警卫人员起床，打开门走了出去。

朱家老两口停下了脚步："哦，把胡同志聒噪醒了吧？"

他赶紧说道："不是，我每天都是这个时候醒。怎么这么早就起来推磨啊？

哦，是了，农活忙了，早干完家务好去忙地里的活儿哟。”

“是啊，每年三春大忙时候，都是这个样子。”老两口不好意思地笑笑。

“来，我推一会儿。”胡同志说着接过了朱大娘的磨棍推起来，“你来添磨吧。”

朱大娘不一会儿就往磨眼里添上一勺地瓜干糁子，磨台上的糊子逐渐多起来。

胡同志和朱家老两口继续说着话：“我们老家那里也有磨，只是形状不太一样。还有一个花鼓戏专门唱磨豆腐，怎么唱来？哦，是这样——我叫张古冬，做事好懵懂，老婆说我呷饭，要呷一水桶。时来铁树开花，运去生姜不辣……”

“哈哈哈。”老两口被逗得大笑起来。

一边推着磨，胡同志一边了解村里的各种情况，并征求对根据地开展减租减息运动的意见。老两口异口同声地说：“这个事主要在东家，老百姓哪能有不欢迎的？”

太阳从东边露出红红的脸，一大瓦盆地瓜干糁子磨完了。

白天，分局的同志知道这个情况后立即表态说：“我们马上安排有关干部和朱大爷老两口谈谈，让他们不要每天那么早就推磨，以免影响胡服同志休息……”

胡同志使劲摆摆手，笑道：“千万不要小题大做，群众都忙于播种，起早贪黑干完家里的事，好去忙地里的活儿呢，何况也没有影响我休息，反而让我听到很多真心话，你们绝对不要去说这个事儿。”

翌日一大早，胡服又在那个时辰醒来，可是院子里推磨的声音并没有响起来。他感到很奇怪，就悄悄起来走进院子，来到东屋厨房，只见泡好的地瓜干糁子还静静地放在那里。他回到西屋，轻轻叫起警卫员：“来，咱们推磨去。”

他们一人抱起一根磨棍，咕噜咕噜推起来，走几圈胡服就往磨眼里添上一勺地瓜干糁子，不一会儿就推下糊子来了。这时候，朱大爷老两口急火火走出堂屋门说：“这可使不得，胡同志！俺这不是想让你和同志们多眯一会儿，怎么……唉……”

“你们都能起来，我们怎么还要多睡，真的不要见外哟。”他一边说着，一边继续推着磨，脚步显得更有劲儿了，“那个歌子怎么唱来？我叫张古冬，做事好懵懂，老婆说我呷饭……”

大家都爽声大笑起来，气氛是那么融洽。

多年后省里有个下乡演出活动来到村里，有个来看演出的青年人竟然很有韵味地念白道：“我叫张古冬……”

演员们很奇怪：“啊，这是湖南花鼓戏《磨豆腐》啊，在咱们山东你是从哪里学来的？”

“俺爷爷过去经常这样念叨，我小时候就学会了。他说当年有个叫胡服的革命同志就住在俺家里，是从他那里听来的。”

演员们明白了：“哦，原来你们家里住过大人物啊。”大家笑着告诉他们胡服的真名是谁，他们都睁大了眼睛：“哎哟，原来是他啊……”

勋　章

津子围

早晨的阳光暖暖地融入客厅，光线从赵老的背后照过去，他的影子映在眼前的电视机上。赵老已经在电视机前坐了两个小时，眯缝着眼睛，不知道是在看电视还是在打盹儿。

秋颖一手端着水杯一手拿着药盒，轻声对赵老说："天晚了，吃过药就休息吧。"

在赵老的世界里，有他自己的时间标准和判断。赵老回过头来，认真地瞅了瞅秋颖，像是在思考并努力理解秋颖所说的话。秋颖示意一下手里的水杯，又将维生素 E 片和石杉碱甲片递到赵老嘴边。赵老习惯性地吃了药，慢慢地起身走向卧室。

来到卧室门口，赵老又返了回来。他拉着秋颖的胳膊，有些神秘地指着书柜上方说："立春呀，我的宝贝就放在那儿，那里有一个假墙，墙里有一个暗室，里面有一个盒子。我不会告诉任何人的，连你也不会告诉！"

秋颖使劲儿点头，她说："我知道、我知道，您不会告诉我的。"

其实这番话，赵老已经跟她说过好多次了。

"你也早点儿睡吧立新，时间不早了。"

赵老说的立春和立新都是他的女儿，秋颖已经习惯他这样张冠李戴了。

安顿好赵老之后，秋颖还真好奇地望了望书柜上方。她看不出那面墙上有什么痕迹，也不确信那里真的有一个暗室。当然，她也不确信赵老有什么宝贝，他所说的宝贝无外乎一些老物件，眼镜、钢笔、手表……对，还有勋章，他最看重的是勋章。存折什么的应该是没有的，那些东西都保存在他的大女儿赵立新手里。

目光从书柜上下来，秋颖看到了窗台下的鸡蛋和蔬菜，她的心扑通扑通乱跳，那里本来是放多肉植物——静夜雪莲、紫公主、梦露、蓝丝绒——的地方。秋颖快步奔向电冰箱，打开冰箱门发现她精心饲养的“宝贝”整整齐齐地摆在里面。赵老是什么时候把冰箱里的东西换出来的呢？她怎么一点儿都没察觉？好在及时发现了。

秋颖是赵老的儿子为他请的护理工。在她之前，赵家请过多少护工不得而知，秋颖只知道她是坚持时间最久的，算起来她在赵家已经六个月了。秋颖觉得，赵老的儿子和女儿对她都算满意。赵老的儿子赵建国觉得秋颖有护理专业知识，比如秋颖不说“老年痴呆”而说“阿尔茨海默病”，她甚至还跟赵建国讲解海马细胞退化以及便秘导致肠内氨水多加重病情什么的，这让赵建国对秋颖刮目相看。赵老的小女儿赵立春在南方工作，难以见面。大女儿赵立新认为秋颖很善良，因为秋颖跟她讲过，一天夜里赵老独自对着树林讲话，呼唤早已过世的老伴儿的名字，向她解释自己参加大会战不能回家的原因。赵立春问秋颖：“你不害怕吗？”秋颖说赵老脑子产生了幻觉，没什么可怕的，这个时候要配合他，绝不能躲避，更不能指责，他需要温暖和宽慰。赵立春对秋颖充满了感激之情。

天色微亮，秋颖起床了。她先到卫生间洗漱一番，准备叫醒赵老，可刚要推开卧室的房门，发现赵老已经穿戴整齐，独自坐在沙发上。

秋颖以她有限的专业知识认真打理赵老的生活。她将赵老的饮食调整得更加清淡，把平时用药调整到药力大一些的苯二氮卓类。陪赵老下楼前，秋颖还在他脖子上挂了胸牌，上面有联系电话和家庭地址。

平时，赵老都在干休所大院内活动，侍弄后院的菜园子或者清扫内部街道。他是一个忘我的保洁义工，经常把刚刚清扫过的地方再反复清扫几遍。下楼之后，赵老戴上手套，拿起笤帚就干起来。秋颖坐在梧桐树下的椅子上，一边看手机，一边监护着赵老……赵老已经走出了秋颖的视线，秋颖没太在意，继续摆弄着微信。突然，秋颖愣住了，接着站了起来。秋颖四处寻找赵老，仍不见他的身影。秋颖开始在大院内外奔跑，汗水很快湿透了衣服……这回赵老真的是不见了，消失得无影无踪。

赵建国、赵立新以及赵老的孙子孙女都来了，大家一起商量寻找赵老的办法，近处该找的地方都找遍了，医院、派出所也都问过了，一点儿头绪都没有。后半夜，一家人昏昏欲睡，只有秋颖睁着眼睛，她最担心赵老横穿马路，夜里的车虽少，但车速都飞快。

第二天早晨才有赵老的消息，一家人立即赶到老区一家私立博物馆。令人难以相信的是，昨天夜里，赵老躲过了值班保安，从三楼阳台爬到了四楼，顺利进入一间小仓库，在仓库门上的暗室里拿到了三枚老勋章。

很显然，赵老不是到博物馆偷东西的。经过议论和推测，赵立新理出一条线儿来：那座博物馆是保护建筑——早年东北局的办公楼，赵老年轻时曾在那里办公，一定是他想起了自己藏的东西，独自来寻找了。

赵建国对整个推断存有疑惑，父亲的确得过勋章，可那些勋章在后来动荡的日子里丢失了。为了安慰赵老，赵建国在旧货市场高价买过勋章，那些勋章都是真的，他送给赵老时，赵老如获至宝。

看看拿到三枚勋章的赵老一脸满足的表情，赵建国和赵立新都目光含泪。兄妹俩对视一下，又快速躲开，接着低声饮泣。

秋颖说：“谁说赵老痴呆了？我看咱谁也赶不上他的记忆哩！”

灯　塔

刘建超

父亲名字叫海，名字叫海的父亲当兵前从来没有见过海。给父亲起名叫海的爷爷也没有见过海。

父亲曾问过爷爷，海是什么？爷爷指着村子里几亩地大的池塘，说，江河湖海都是水，这池塘就是海。去，下海耍吧。

父亲光着屁股在池塘里扑腾，那时他以为，天下有水的地方就是村里的这一方池塘。

父亲参军，跟着部队南下。

首长问，你们谁能爬山？

父亲把手举得高高的，我从小就上山放羊砍柴，每天翻山越岭如走平地，没啥说的！

首长又问，你们谁会游泳？

父亲把手举得高高的，我会。村里的海，我能一口气扑腾几个来回，没啥说的！

父亲的两个没啥说的，就随着部队的改编成了海军。他以为海军就是要上舰艇，开着军舰像开着坦克车一样。

父亲被派去学习航标灯和柴油发电机的维护和保养。他学得很快，成绩也好。学习结束，他被分配到远离大陆的小岛上，岛上只有他一个人，日夜守着航标灯。

排长对父亲说，这个小岛你就是岛长了，所有活着的东西都归你管。岛上活着的东西就是空中的海鸟，海滩上的海龟、螃蟹。

排长说，守护好航标灯就是守护好祖国的领土。能看到航标灯的地方都归你守护，小海，你要自豪呢。

父亲很自豪。父亲每天的日子就是在小岛上巡逻，给航标灯添加柴油。父亲从没有一点儿的失落。

日子单调枯燥，父亲却喜爱上了这座小岛。父亲说，守岛的日子里，他真的学会了游泳，学会了钓鱼，学会了和海鸟说话。

寂寞的时候，父亲就给母亲写信，每周来岛上送给养的船就成了他们传书的鸿雁。父亲的书信封封都是海岛的说明书，岛的静、岛的动、岛的趣、岛的乐，没有半句岛的苦、岛的累。他告诉母亲，坐在礁石上可以看到水中的游鱼，扎个猛子可以捞出红薯大小的海参，晚上睡觉，都会有螃蟹来敲你的柴门。

母亲被父亲的描绘给迷住了，带着红薯干炒花生到了海岛。母亲上岛的日子遇到了风浪，母亲被颠簸得把胆汁都吐出来了，船还是靠不了岛，只是依稀地看到个人影在挥手。母亲没有上岛，她死心塌地要嫁给父亲。母亲说，那么艰苦的日子父亲都乐观地面对着，跟着这样的男人，靠得住。

排长带着送给养的几名战士，为父母亲举办了简单而又热烈的婚礼。母亲留下和父亲相伴在孤岛上守候航标灯，两个人的世界把寂寞过成了快乐。闲暇，父亲教母亲游泳，在滩头捉螃蟹抓海参。他们把钓的鱼晾干，让给养船带回连队的炊事班。

父母最快乐的事就是给未来的孩子起名字。两个人对孩子叫什么名字争执不下，父亲说，周一、三、五，叫我起的名，周二、四、六叫你起的名，星期天咱俩一起带出来玩。

于是经常听到父亲喊着，海星、海带和我一起出操，正步走！母亲会说，岛儿、灯儿开始做饭喽。

母亲怀着我的时候，遇到一场特大风暴。

浓雾翻滚，暴雨雷鸣，海天像倒翻过来一样，几十米高的巨浪一排排咆哮着疯了般拍到岛上，航标灯都被震得直摇晃。父母从来没有经历过这么大的阵势，有些不知所措，偏偏柴油机发生了故障。

母亲说，这么大的风浪，不会有啥船只过往，等风浪小了再上塔修理吧。

父亲背上工具包说，上级交给我的任务就是维护好航标灯，首长说过，岛上的灯塔就是国家主权的象征，一分钟也不能灭。

父亲登塔，风浪扑得他站立不住。母亲担心，找来绳子系在父亲的腰间，另一端缠在自己身上，两人就这样守护在机器旁，在咆哮的海浪中坚持到天明。

父亲看着累瘫在身边的母亲，抚着她的秀发说，今天该哪个孩子陪咱出操了？母亲抱着父亲哭了，父亲说母亲上岛就哭过那一次。

部队裁军，灯塔移交给地方政府管理，父亲也脱下了军装，可他依然留在岛上。父亲在孤岛上守护灯塔四十年，直到退休。

父亲病重期间，我正带着舰队在波斯湾护航。

母亲说，父亲念念不忘他那座小岛。老海啊，你放心，等我俩都走了以后，让孩子给咱办个海葬，把咱俩的骨灰撒进大海，撒在当年的海岛上，我陪着你一起守护大海。父亲欣慰地笑了，伸出枯瘦的手，抹去母亲的泪痕，自己的眼角却淌下泪水。

我是舰长，每次出海执行任务，路过那座小岛，我都会行注目礼。在那座小岛上，矗立着一座无形的灯塔。

父亲给我起的名字叫洋。我告诉父亲，我给儿子起的名字叫深蓝。

修脚师的生日

刘心武

离他家不远的那家修脚店开张三个来月，他已经去修了好几次脚。四位修脚师都非常年轻，手艺不相上下，服务态度也都还好，但是比较起来，那位来自甘肃的瘦高个儿，姓封的，记得自报过出生年月，他是1990年的，其余三位都比他小，最小的那位问出来，是1995年的。修脚师给他修脚，他跟修脚师聊闲篇，几个小伙子都称他“老爷子”，相处挺愉快的。

那天他又去修脚，其余三位都已经做上了活儿，小封接待他。小封捧来灌好热水的木桶，先请他泡脚。开头他没大注意，等泡完脚，小封把他左脚放到软凳上的不锈钢脚支子上的时候，他才发现小封戴着口罩。啊，老板定的新规矩吧，戴着口罩修脚，也好啊。但是往左右一望，其余三位修脚师仍跟以往一样，都没戴口罩。小封开始给他修脚，鼻子里有呼噜声。他立刻敏感地问：“你感冒了吗？”旁边的一个修脚师代小封回答：“可不感冒了！”他不由得再问：“吃药了吗？”另一边的修脚师代答：“吃的头孢。”他不免有些紧张，对小封说：“吃头孢，那是细菌感染啊，啊呀，我可是老年人，很脆弱的，抵抗力不行，你可别招上我！”小封就解释：“我没大事。其实我已经好了。我鼻子以前就老爱呼噜，是慢性鼻炎，不传染人的。”他便不像往次那么放松地享受修脚，就跟小封说：“今天你快点儿吧。”他右脚大拇指有半块是灰指甲，小封还是很耐心地给他收拾。旁边的顾客跟给修脚的师傅聊天，问结婚了没有，回答是：“我有女朋友了，两个老弟还小呢，就封哥结过婚。”小封就解释：“那不算！只领了证，没办事啊！”他懂，在许多农村，认为只有摆了宴席才算结婚。小封就单跟他解释：“我为什么跟她又扯了离婚证呀？她偷偷把我存下的七万块钱拿去给她家，为的是给她哥娶媳妇，她哥有残疾……”说着眼圈也红了。神仙也难断家务事，他却生出同情小封之心，安慰他说：“你的真缘分也许埋伏在前边呢。”小封就说：“明天我就二十九岁了。不愿意娶寡妇，哪个黄花闺女愿意嫁给我这么个穷修脚的呀！”他忙说：“你明天生日啊！祝你生日快乐！别灰心！毕竟你还是年轻！”

那天修完脚回到家，他赶紧用盐水漱口，又服用了一片可以增强抵抗力的维生素 C 泡腾片。过了一夜，身体并无不适，可见并没有从小封那里招上什么。回想起来，理解小封有小病还坚持给人修脚，前几次问过，老板包他们几个修脚师吃住，给些底薪，修脚师的收入，主要靠计件提成，如果有点儿头疼脑热就歇工，哪里还挣得到钱？病了一般就扛，小封头两天显然有点儿扛不住，才花钱看病买药。对于他们修脚师来说，能多挣一点儿是一点儿。他头一次去，小封就力劝他买卡，他买了张 800 元的卡，小封高兴得满脸放光。后来知道，谁劝顾客买了卡，可提成 2%，小封为 16 元的提成竟欣喜成那样！但愿小封这次能很快康复。

第二天傍晚，他去超市买东西，路过那家修脚店，发现小封穿着羽绒服，站在店门外，仔细观察，是在抽烟。两人自然互相招呼。小封见到他高兴地说：“哎呀老爷子，您来得正好！”他有些糊涂：“怎么正好？我是要去那边超市买东西。我昨天不是刚修了脚吗？”不免又说：“你抽烟呀？这可不是好习惯！”小封把抽剩的烟蒂扔了，说：“其实我只是偶尔抽一根。现在凡是有屋顶的地方都不让抽烟。我也想戒，可有时候实在心里头憋闷，抽一口好像能舒服点儿似的。”他朝店门里望，见那三个修脚师都闲坐着低头，一手握着手机，一手划屏。小封叹口气说：“总是这么怪，昨天活儿忙不过来，今天简直没生意！”他就说声：“你病好啦？祝你生日快乐！”小封忽然非常激动，像是要拉住他，吓他一跳，跟他说：“我要请您吃饭！”他更惊诧：“请我吃饭？为什么呀？”小封说：“昨天从一早，我就在店里跟大家伙儿说了，今天是我生日。我就盼着几位弟娃哪怕只有一个，跟我说声‘祝你生日快乐’，只要一个人一句话，今天我就请他们全体吃晚饭！可是，他们一个也没说那么一句！今天没什么生意，我又特意说了我的生日，直到刚才，他们还是没人给我说一句‘祝你生日快乐’。您知道吗？我父母都没了，两个姐姐都出嫁了，我算是有个老婆又离了，孤单一人，就盼句‘祝你生日快乐’，结果呢，只有您，您昨天跟我说了句‘祝你生日快乐’，没想到忽然又遇见了您，您又说了句‘祝你生日快乐’，这对我来说，好金贵呀！我一定要请您吃饭！您不能拒绝我！您得答应我……”

他望着眼里冒出强烈的渴望火焰的修脚师，愣住了。

放风筝的人

陈　毓

这是城市中心一块难得的空旷之地，一片突兀的似山似塬的地儿，位置高，又无明显的道路通往，从而被多数人忽略。秋草连绵，即使放风筝的人也没能踩出明显的脚印。现在他来了，坐在一片秋草的毯子上，看人放风筝。

干草在他身下散发出好闻的味道，惹得他一次次地深呼吸。

放风筝的有三个人，看客只有他一人。他轮番看过去，最后专注于一个准老头儿。那准老头儿没准正因为他的观看，而有了庄重感或表演欲吧。这当然是他的猜测，但谁说没有道理？你瞧那准老头儿，脊背笔挺，下巴抬起一个角度，恰恰是四十五度面向天空的姿势。天空深不可测，放风筝的人目光深不可测，缓缓地操纵着手中的线盘，发出“刺啦刺啦”的放线声。

是第一次，如此认真、如此近距离地看人放风筝——而且是看一个准老头儿在放，如此安静投入，深不可测。

他一次次想起“深不可测”这个词。放风筝这事，在以前，他想象那是和孩子的欢叫声联系在一起的，是和磕磕绊绊，又有着说不出的明亮感联系在一起的，是和春天、杏花、周末以及郊游联系在一起的。即便如此，他也回忆不起放风筝的经历，想不起曾陪孩子或别的什么人放过风筝。

他在这一刻回顾，不是觉得缺憾，而是感到困惑。或者说，他不理解，一架风筝，无论纸糊的还是改良提高变成别的材料——塑料抑或绸缎，甚至更高级别的他叫不上名字的材料，但风筝不还是风筝吗？

人类最早的飞行器？人类渴望离开大地升到天上去？哪怕再做联想，他仍然没对风筝生出好感，倒是对放风筝者的困惑又添了一分。再看距离自己最近的那个放风筝的人，投入、忘我，似乎不是在放风筝，而是驾驶着一艘大船在天海中飞驰，连他这个忠实的旁观者也被忽略了。

也正是因为这一点，勾起了他一窥究竟的欲望。

放风筝的人手中的线圈好像永远都放不到头，这很魔幻。风筝的影子遥远，却总也脱离不了牵引，飘飘摇摇，直上云霄。

有一阵子，他确信放风筝者是注意并在意他这个旁观者的。这么大一片空阔地，就这几个人。他一直坐在那里，做忠实的看客。他又不是石头，岂能无视？就算是石头，也得看清楚了，免得绊上去。

其实，放风筝者在旁观者刚来时就注意到了。这块因为高耸空寂、暂时保持僻静的地方，是他最先发现的。当他发现这块空地，他的第一个念头就是要来这里放风筝，他要在这个空地上放风筝。

在他放了一个月风筝后，又一个人来了，也是个老头儿。第二天，这个老头儿又来了。他在心里生出一点儿遗憾，但细究又像是隐秘的安慰。直到第三个人来——还是老头儿，他反倒在心里笑了。

谁来早，谁走早。天晴了，天阴了。他们从不打招呼，默默地，各放各的风筝。直到今天下午，第四个人来，第四个老头儿出现，坐在一边，默默地看他们放风筝。

在他暗自称放风筝者为准老头儿好几个小时之后，准老头儿的风筝线还是那么连绵不断，那个黑色鹰形的风筝也还在他的视线内。他希望一阵风猛地吹来，叫这个人的风筝跌落下来，摔在他跟前，摔得稀巴烂。那样，他们或许能自然地交谈起来，而不必要找个什么借口去和他攀谈。

但是，衬着黑鹰的天空蓝得深不可测，和这个准老头儿一般叵测。

他又一次在心底发出一声叹息。

他回忆起上周的这个时候，他一个人开车去了田野。久不开车，他一时找不回那种人车一体的妥帖感觉。这是很久以来他第一次独自驾车，虽然身在路上，却没有具体目标。这样的状态给他的感觉不是自由，倒像是不知被什么困住的迷茫。不知道要做什么，反倒是什么也没做就觉得累坏了。

今天是他第二次开车出来。没有目的地的行走，让他觉得道路格外漫长。最后他索性把车停在一条荒凉的小路边，顺着小路往前走。于是，他来到了这片空地上。

有一瞬间，他幻想自己是在一个大广场上。他正做报告，千人聆听。他慷慨激昂，话题关于自由。他说人活在种种的关系中，被种种的关系所束缚。他讲突破，讲超越，讲不被世俗限制，不被欲望绑架。他还讲精神，讲最终的解脱。他从未有过这么高的激情，他平生第一次讲话不用稿子，不必用谁的笔和思想来表达自己的心。从未有过的简单明朗，不用数字，不用大词，不用术语，说的又完全是自己的真情实感。他觉得自己讲得过瘾，听众也该是听得过瘾的吧。你听这掌声——礼节性的、象征性的、不得不鼓的掌声他听得太多了。他感觉这一次的掌声，每一下都是情绪带动手掌，是用力在拍，用心在鼓掌。他能听出他们的情绪。

他深深地迷醉，等清醒过来，身子依然在这个高台上，哪里有人头攒动的广场。准老头儿不知何时已经收了线，卷好风筝，正用一种奇怪的表情俯身向他，像看一个小孩、看一个晚辈那样打量着他，嘴里所说的，却分明是一个准老头儿对另一个准老头儿说的话。

“退休了吗？”

“喜欢放风筝？”

“不喜欢也不要紧。”

“风筝一脱手，你就爱上放风筝了。”

“甭急，甭辩论，交换个电话号码，下次来时约上你，风筝我给你弄好。”

他站起来，活动活动已经半麻木的双腿，手不自觉地和准老头儿的手握在了一起。

喜　姐

石舒清

这是《宁夏审判志》里记载的一例案子，我在这里给大家转述一下吧。我希望我能尽量转述得简明直接一些。

事情发生在清光绪十年（1884 年），宁夏中卫县。

说是有名李戎者，年四十岁，本分勤勉，承继祖业，以卖糖瓜度日。妻李田氏，三十八岁，虽系女流，却是一家之主。夫妇二人生有一女，名喜姐，嫁与本县东门刘田氏之子刘双生为妻。小两口关系还好。只是婆婆刘田氏嫌喜姐做茶饭一般，针线活儿也不怎么样，比如买了布来，原本是打算做枕头的，但是喜姐剪剪裁裁，最后只能做一双鞋或者耳套子了。那个时代的婆婆是很容易不满意的。那个时代的婆婆也都有一些当婆婆的法子，因此就弄得喜姐活不好不好活。其间喜姐想不开也寻死过一回，就是跳到水窖里去。好在窖里水不多了，又发现得及时，救了上来。此后还分过一次家，不久又合在一处。虽然小两口关系还算可以，但是一有矛盾，刘双生总是会站在自己的母亲刘田氏一边。刘田氏说，你把你的婊子妈惯得上头呢。这时候，刘双生就会把喜姐实实在在打一顿给母亲看。喜姐的母亲李田氏心疼女儿，要把女儿领回娘家去。刘田氏说领回去可以，以后就不要再叫回来了，今儿你们领走，明儿我们娶一个新媳妇。李田氏只好一个人回去。李田氏回去以后越想越生气，好像碰到了个没办法的事情，没有出头之日，没有活路了似的。李田氏悄悄问过女儿喜姐，离婚可以吗？喜姐明确说她不想离。问你自己能闹腾吗？多厉害的婆婆也怕会闹腾的媳妇儿，媳妇儿也有媳妇儿闹腾的办法，人老五辈多少年了，婆婆有婆婆的经验，媳妇儿也有媳妇儿的经验，闹腾过几回，事情肯定就不一样了。喜姐死都死过了，还让她咋闹腾呢？李田氏觉得女儿没有跟自己，对女儿心疼的同时，也是失望的。李田氏的眼睛那么一望，就觉得自己看得清清楚楚，女儿一家的事情，不在别人身上，就在喜姐的婆婆刘田氏身上。她想给喜姐的婆婆点儿牙爪看看。但是刘田氏一家人多势众，女婿娃关键时刻又站在人家母亲一边，这都是指望不上的，弄不好便宜占不上，倒过来反叫别人占了便宜也未可知。总之李田氏想把刘田氏好好收拾一顿，收拾的目的，归根结底也是为了亲家一家把日子过好，而不要过成现在这个样子。

有了这个打算，李田氏就留心着好机会。功夫不负有心人，就让她逮着了一个好机会。听说有庙会，刘田氏要去烧香，这就是个机会了。

李田氏担心自己势单力薄，又邀约了自己的表妹杨田氏，自己的母亲扈田氏，一行三人，于光绪十一年（1885 年）四月二十八日赶往庙会现场，与刚刚烧完香出来的刘田氏碰个正着。李田氏出面拦住刘田氏，待扈田氏杨田氏烧完香匆匆出来，三个人就一圈儿把刘田氏围住。先是由李田氏数落刘田氏的种种不是，真是越说越气，数年来的积怨恨不得这一刻都释放出来。偏那刘田氏不识相，不但不妥协自保，反而恶语相向。真是想不到，居然是刘田氏首先动起手来，在李田氏骂个不停时，出其不意，忽然在她的嘴上抓了一下，打斗就这样开始并且很快就升级了。也许是李田氏心里积了太多怨气的缘故，揪住刘田氏的发髻，只一推一拉，刘田氏就扑通一声倒在地上，一旦打起来就不好收手了。据官方权威调查记录，刘田氏在李田氏扈田氏杨田氏的“围剿”下，除了拿双手护紧自己的脸外，几乎没有还手之力。白纸黑字记录的是：李田氏抓不到刘田氏的脸，但是抓伤了刘田氏的两只耳朵和后背；杨田氏分别咬伤了刘田氏的两只胳膊；在两个还算年轻的女人基本控制了刘田氏后，年过七旬的扈田氏拿出预谋好了的锥子，刺伤了刘田氏的大腿，尤其于其屁股处刺了好几刺。李田氏边打边问刘田氏还恶不恶，以后改不改。刘田氏不但回话粗野，而且态度更为蛮横。可以说，一顿好打似乎并没有收到预期的效果。正打到一个程度时，庙里的道姑出来了，软语解劝她们。道姑来劝，众人又围观，就不太好意思再打了，这样就放了刘田氏。刘田氏躺在地上一时不起来，高声说，她要去告官，让李田氏等着好果子吃。

一场风波，暂时告结。

李田氏回到家里，觉得意犹未了。丈夫李戎饭吃到一半，推开饭碗，吃不下去的样子，李戎向老婆表达了自己的忧虑：

一、亲家受伤，肯定不会善罢甘休，如若真的告官，官司难打屎难吃，到时候怎么办？

二、人家本来就对咱们的女子不好，这一来，不是更会对咱们的女子不好了吗？人家照样欺负咱们的娃娃，试问咱们有什么办法？

李田氏说，老实说，你这个娃的大大（父亲）要是攒劲儿，也不会轮到我们妇人出手了。

第二天吃夜饭的时候，灯都点上了，也不见李戎回来。可以说这是从来没有过的事。去街上他卖糖瓜的地方看，没人。后来是在水渠里找到李戎的，已经半袋子黑面那样软塌塌的，没救了。

李田氏就去衙门里报案了。

此案先经中卫县知县艾椿年初审，旋转宁夏知府穆常阿审核，又与兰州府知府陈士桢、候补知府赵宜萱会审，结论为："死者李戎系投水自尽，并无任何被逼迫情状。"

但是令各级判官们为难的是，"遍查清律，无有妻妾殴人，其夫畏惧连累自尽，应作何治罪之条文"。

最后只能"自应比照酌量判处"——意即只好参照相关条款，估摸着形成一个判决就是了吧。

比照判决的结果如下：

一、李田氏（李戎之妻）拟绞监候例减一等，杖一百，流三千里；

二、杨田氏（李戎妻表妹）依手足殴人成伤律，笞三十；

三、扈田氏（李戎岳母）依刃伤人者，以杖八十徒二年律，杖八十、徒二年。

念扈田氏年过七十，照清律追取赎银以代，赎银上缴国库。

看完这个案子，一个原本最容易被忽略的名字却被我深深地记住了，他就是李戎。想不到一个连起码的配角都不能胜任的人，忽然一下却成了整个事件的主角。

五　姑

非　鱼

和喜顺爷一样，五姑在观头村也算是个头面人物。但和喜顺爷不一样，五姑这个头面人物有时候体面，有时候落人话把儿，背后让人笑话。

喜顺爷经常说五姑：为嘴伤心，跑断脚后跟。

五姑全靠她的一张嘴、一双手、一对脚主贵。一张嘴不是在吃就是在说，几乎没有停下来的时候。吃，当然是吃了东家吃西家，炕头上腿一盘，条盘里要见荤腥，或者烙馍炒鸡蛋得有，再不济凉拌豆芽儿、灰条菜上也得鸡蛋丝打顶。说，是说媒，十里八村娃子女子人老几辈根根梢梢，都在她脑子里装着，能坐上炕头吃，大多时候自然是有媒事要说。五姑的一双手养得细皮嫩肉的，剪顶棚花、窗花、炕围子，捏花馍，绣枕头、门帘，全靠这双手，地里活儿却任啥都不行，手底下慢得像绣花，没干多大一会儿，不是腰疼就是头晕。一对脚，是能跑。说媒嘛，村里村外山上坡下，都要靠一对脚走着去，加上人又胖，一走身上的肉跟着晃，看着都替她累得慌，可五姑不仅天热跑，天冷更是跑得勤，手里捏方月白的手巾，走几步，擦擦汗。

喜顺爷见不得五姑不干地里活儿，说她：他五姑，人家说好吃懒做，说的就是你，啥时候你叫你的嘴歇歇，手动动，你不看地都成荒片了。

五姑翻一眼喜顺爷：你孙子说媳妇可别寻我。

五姑见天跑，见天说，一张脸养得有红似白，可苦了家里的男人和三个娃。她早起出门，天黑回来，偶尔能捎个烙馍，揣个白蒸馍，大多时候媒事不太顺利或者主家太寒酸，她只能管自己饱，男人和几个娃就只能胡凑合，煮一锅稀汤面，中午吃到后晌，地里活儿多了咸菜凉馍就凉水对付。男人开始还说她，可头天说了，第二天依然不见人影，也就懒得再说。

就为这，村里人背后笑话五姑，说她一辈子就活一张嘴。可谁也不敢当面说，谁家都有娃儿，到年龄了，还得提了礼上门央五姑；办事了，还得请她上门帮着准备。

其实五姑心里也熬煎。咋能不熬煎？眼瞅着三个娃越来越大，住后沟的左邻右舍都去方了新院子，盖了红砖平房，她一家还住在后沟的土窑里，家底稀薄，日月愁人呢。

男人蹲在窑门口，光一袋接一袋吃烟，不说一句话。

五姑气得骂他：瞅你那样，咋办哩？这日月过成啥光景了。

男人在鞋底上磕磕烟袋锅：这会儿想起来怨我？叫你下地，你腰疼头晕，手不摸锄，肩不扛草。

五姑扔了扫炕笤帚打在男人后背上：光我下地摸个锄扛个草就能不受穷啦？要你干啥！

男人又不吭声了。

五姑叹口气，还想骂男人，就看见喜顺爷进了院。

把喜顺爷让进窑里，在炕边坐下，五姑捡了扫炕笤帚，一张白胖的脸还耷拉着。

咋了这是？今儿没去串门子？

五姑白胖的脸红了。串啥啊，愁得慌，娃大了得盖房，空着两只手，拿啥盖啊。

拿啥？拿手啊。

五姑脸更红了。喜顺爷，别笑话我了，光景过得大窟窿小眼睛，没脸咧。

喜顺爷说：我是说当真的。你屋这光景谁都知道，这几天跟好几个人合计，他五姑，你现在虽出不了力，但手巧，有手艺啊，去阳店集上卖个窗花、枕头顶、门帘子。

五姑眼前一亮：哎，这个能中。不行啊喜顺爷，乡里乡亲的，咋好意思收钱嘛，这是个顺手的事。

喜顺爷说：咱观头村的，你帮个忙不要钱能中，可以卖给外村人啊，搭工搭料的，收钱咋不中？听我的，错不了。

五姑和男人琢磨了好几天，也没有更好的办法，那就试试吧。

阳店街逢五逢十是集日，一街两巷摆满了：卖炒凉粉、石子火烧、烧醪糟、炸糖糕，卖铁锨、犁耙头，卖烟叶、丝线、老鼠药、碎布头，吃的用的啥都有。五姑铺块塑料布，摆上她剪的窗花、炕围子、顶棚花，绣的枕头顶、门帘，还有绣花鞋垫、小娃子肚兜。还别说，看的问的买的，一会儿就围了一圈人。五姑忙得一脑门子汗，那方月白手巾也顾不上拿出来了。

散集回到家，天都黑透了。五姑一屁股坐在椅子上，喘着粗气，喊男人端水。男人不敢问她，端一碗放了白糖的凉开水，瞅着她。五姑从小布袋里一把一把往外掏着旧的纸票，还有钢镚。男人笑了。

五姑说：瞅你，嘴都咧到脚后跟了。

有了这一集，五姑的嘴勤手勤腿勤算是派上了用场。慢慢地，她不但赶阳店集，而且还去赶科里集、西站集，能错开跑到的集，挎上包袱就去。

当然，五姑吃嘴的毛病算是改不了了，到了集上，先喂嘴。吃饱了，闲了，碰见有合适茬口的赶集人，还顺带着说个媒。到后来，有求五姑说媒的，干脆就去集上找她，说成了准备定亲、办喜事，干脆把要用的东西从她手里买了，两全其美。

自然，五姑也没忘了喜顺爷，隔三岔五，从集上回来，都给喜顺爷买个肉夹馍或者捎包点心。

喜顺爷说：钱差不多了吧，赶紧盖房，我给你招呼着。

五姑一张胖脸笑得像朵大丽花，层层叠叠：盖，开了春直接起个两层。

午夜的收音机

柳　桦

搬到喀土穆的蒙西亚区后，我和房东一家住在一起。我住在二楼，他们住在一楼。房东人老觉也少，每天早上不到六点就起来听收音机。也不知道苏丹人是怎么想的，他们播新闻之前有一段固定音乐，居然是慷慨激昂的朝鲜歌曲，每天听着都让我热血沸腾一跃而起。当然，音乐放完我还是要继续睡觉，因为天还没亮呢。

我开车不仅总要听收音机，而且音量开得很大。其实我倒不是喜欢苏丹音乐，确实是没办法，我那辆老丰田上的录音机早就坏了，我从国内带来的磁带都听不了。再说，我一向自认为很坚强。入乡随俗嘛，到了喀土穆就不再想北京，好好度过每一天吧。有时正好赶上几个台都没有音乐，我就听那些阿拉伯语的新闻，虽然不知道在说些什么，可是听得久了，居然也能听出旋律，我就当作音乐来听。

严格讲我甚至算不上一个喜欢听音乐的人，我只是想听到些声音。有时候开车去另外一个城市，一趟就是几百公里，一上午都说不出一句话，就只能靠音乐做伴了。

日子在音乐中度过，认识我的人，都说我过得很快乐——每天东跑西颠，无拘无束，到哪里都有一帮朋友，勾肩搭背，吃吃喝喝。我自己也这么觉得，常夸口说自己适合国外长住生活。

一天晚上，我从几百公里之外的迈达尼回来，快到喀土穆时已经是半夜。路上没有什么人，天地之间只有我车头前几米长的一段灯光，收音机里是长长的一段阿拉伯语，里面提到了“西尼”，这是阿拉伯语“中国”的意思，我想可能是有关中国的什么事。突然，语音停顿，旋律响起，我下意识地跟着唱了起来，唱了两句之后我才醒悟，这不是《一剪梅》吗？可我这是在万里之外的苏丹，跟着苏丹广播在唱《一剪梅》啊！

我放声歌唱，脖子上的血管都激动得突突地跳，车也越开越快。音乐结束时，收音机居然也不再作响，我一下子又陷入黑暗之中。刹那间，寂寞咕咚一下，涌上心头，把心塞得满满的。远在北京的家人、朋友，此刻在干什么呢？离我真的好远啊。

我把车停在路边，以为自己会像电影里演的那样哭一下，至少会湿一下眼角，可是没有，我只是发了会儿愣。非洲原野的寂静从敞开的车窗钻了进来，沉甸甸地压着我，远处，喀土穆的灯火无声地闪耀着。

那天之后，我把车开到丰田车行，指着录音机说，一定要把它修好，多少钱都行。

窗　外

岱　原

窗户对着大门，大门过去是院墙，院墙倒了一大片，外边立着几棵树。它们不是香樟，也不是杨柳，是法梧。法梧就是法国梧桐，站得不规矩，长得也随心所欲。

爬犁觉得法梧长得就像草书，他常常看着法梧练草书。爬犁在一家文化单位的保安室上班。当保安虽然工资不高，但空闲时间多，爬犁坐下来的时候就写字。宝根说爬犁的字很好看，弯弯扭扭爬来爬去的字就是好看。爬犁说你懂个屁。

宝根也是保安，年纪稍大一点儿，保安队长让他看车棚。半个月前，单位小区的院墙被大货车撞倒一大片，肇事车主一直在扯皮，院墙就那么晾着。院墙晾着，小区的电瓶车就丢了两辆。保安队长对宝根说，你年纪大，去看车棚吧！院里有贼的话你也追不上，你看车棚合适。宝根不喜欢看车棚，对队长说，我年纪大吗？我追不上贼吗？天天写字的人就能追得上贼？队长说，让你看你就看，哪里那么多废话。

于是，爬犁守着保安室看大门，宝根就在另一边看车棚，两人上的都是白天班。

这天中午过后，爬犁在保安室无聊，又把墨倒了，把笔润了，把一张废报纸铺开。毛笔落纸后笔头还没有拐弯，宝根就在门外叫了起来，爬犁爬犁，快出来看看，我抓到贼啦！

爬犁很意外，没想到宝根也能抓到贼。还没出门，宝根就押着“贼”进来了。爬犁提着笔，“贼”进来刚好和爬犁撞了个满怀，墨汁把爬犁的衣服染黑了一大片。

“贼”很年轻，脸都没长开，下巴上一溜儿绒毛。“贼”被宝根薅着脖领子，只能梗着脖子说，我不是贼，我在找钥匙，我上午经过车棚把钥匙丢了。保根揪着“贼”的脖领子一直没放。宝根说，哪有贼会说自己是贼的。宝根又对爬犁说，我刚去趟厕所，回来就看到这家伙在车棚里撅着屁股。正常人会撅屁股吗？他撅着屁股想干什么？他不偷电瓶车撅什么屁股？

“贼”说，我撅屁股是为了找钥匙，我找钥匙不撅屁股怎么找？

宝根跳起来，在“贼”身上踹了一脚，又在“贼”的脸上打了一巴掌。宝根说，嘴巴真硬。宝根的脸扭曲得很难看。“贼”的鼻子被打出了血，血一滴一滴往下滴，“贼”就用手摁着鼻子，说，我就是没偷！

爬犁把笔放到桌子上，看着自己衣服上的黑渍心里很难过，也想打“贼”一巴掌，想了想还是没打。爬犁问“贼”，你的钥匙为什么会掉在车棚里？你住在这个小区？

“贼”说，我不住这儿，我一个朋友住这儿，我上午来找他，回家发现别在电瓶车钥匙上的房门钥匙丢了。我正撅着屁股在车棚找钥匙呢，就被当贼抓了。

爬犁说，你朋友能证明吗？

“贼”说，能，不过现在他正在上班，打电话也没接。

宝根忍不住了，说爬犁你这么问有个屁用！他朋友只能证明他来过小区，能证明他没偷车吗？也许他根本就没有朋友，对这种人就得动点儿粗的。

爬犁说宝根大哥你莫激动，事情要一步一步慢慢来，真相只有一个，也许要等他朋友下班，也许要等队长来解决，打人也不是办法。

宝根说，你就会写字，没一点儿主见，贼也捉不到，问也问不出名堂，动手又没胆。

爬犁说，宝根大哥，你什么意思呢，不等队长来你就想自己解决问题吗？

宝根说，我是这个意思吗？

爬犁说，你不是这个意思你是什么意思？

宝根说，我不想跟你说话，你有本事自己解决问题。宝根气呼呼地走了，走的时候“咣”的一声把保安室门带上了。

室内只剩下爬犁和“贼”，爬犁不知道接下来该怎么处理。爬犁看着“贼”，

"贼"也看着爬犁。"贼"说，大哥，我真的被冤枉了。爬犁说，冤不冤枉你说了不算，总得有个证明，要不等你朋友下班，要不……爬犁还真拿不定主意。保安室里还有一个休息室，爬犁把"贼"推进去，说你先在这儿等着。爬犁也不清楚，是要等"贼"的朋友过来证明清白，还是等队长过来解决问题。爬犁想不到还有什么更好的办法。"贼"一直嘟嘟囔囔，我真没偷东西。爬犁没有理他，递过去一张 A4 纸。爬犁说，把地址姓名写上，把你的资料都写上，最好把作案过程也写上。说完就把门反锁上了。

这个下午，爬犁一点儿写字的心思都没了。他的草书被"贼"毁了，他得暂时忘记米芾怀素，把毛笔洗洗收好，把报纸揉揉扔进篓子。他在椅子上缓缓神，然后撸撸头发站起来。他在保安室门外转了转，最后转到院墙那边去了。院墙外那几棵法梧凌乱地向天空伸着手臂。它们被刀斧修剪过，不过依然长得不规矩，想往哪里长就往哪里长。

回到保安室，爬犁打开了休息室的门。爬犁怕"贼"需要上厕所需要喝水，没想到"贼"竟然趴在桌子上睡着了。休息室就一张办公桌和几张凳子。"贼"枕着自己的手臂，睡得很安稳。

爬犁进去时，"贼"没有醒。爬犁看见 A4 纸还躺在桌子上。爬犁把纸拿起来看了看。纸上没有一个字，却画了一幅画，一棵被水性笔慢慢勾勒的大树。树干很粗，枝条也长得规矩。树枝上结了几颗果实，还是红色的。爬犁知道那红色是怎么来的，心里就有点儿愧疚。

休息室的格局很简单，只有几张桌椅，这里原本是保安队开会和堆放杂物的小房间，除了门外，西面的墙上还开了个透气的小窗。那窗又小又高，吸纳着外面不多的一点儿光源。窗外没有风景，只有一号楼的一面墙，色调单一，一水儿灰黑的真石漆。爬犁想，他怎么就画了一棵树？他为什么要画一棵树呢？

爬犁想不明白，踢了踢"贼"坐着的椅子。"贼"醒了，看着他。爬犁说，你走吧！"贼"揉了揉惺忪的睡眼，狐疑地看着爬犁，像刚从另一个世界过来，一阵茫然。

煮雪烹茶

聂鑫森

天一亮，雪光和曙光如瀑布般从窗外奔泻而入，洁白如羊脂。

昨夜的雪下得真大，飘飘洒洒，如鹅毛如柳絮。北风微微，雪花落地的声音，如柔弦轻抚，入耳入心。

石上泉和夫人何洁早醒了，披着棉袄靠在床头。空调喷吐着热气，暖融融的。

何洁说："你昨夜总是翻身，睡不实。"

石上泉笑了，说："这样的大雪，隔了十年才下一次，稀罕哩。天气预报，分毫不差。我们的北斗卫星，真是个好玩意儿。"

"怪不得你昨日黄昏去园子里把那块青石板用清水洗了又洗，为的是干干净净地承接雪花。"

"对。往年下雪，稀稀落落，敷衍了事。我总想煮雪烹茶，过过瘾，这回可以如愿了。"

"也学《红楼梦》里的妙玉？"

"那学不了。园子里有梅树，也开了花，但要搭梯子去采撷梅蕊里的雪，一点点地收集。可儿子一家都在外地，我敢登梯取雪吗？古稀之人，不敢为风雅而冒险，伤了腿脚，不是苦了夫人吗？"

何洁忍不住哈哈大笑。

"我该去舀雪了，你再休息会儿。"

"我得去为你备早餐了，这叫同起同落。"

"好。"

石上泉曾供职于市里的环境保护监测所，当了好多年的所长，职称是正研究员，得到同行赞誉的学术著作是《工业城市的环境治理》《大气污染的排放控制与净化》。退休十年，石上泉不再管所里的事，侍花种草，读些闲书。他虽是学工的，但兴趣却很宽泛，也练字也写诗。石上泉除了牙齿不好（换上了优质假牙），身体的其他部位都不错，说话神完气足，响若铜锣。他还喜欢开开玩笑，闹出些喜剧效果，令人愉悦。

曾有一家《老年报》的年轻记者打电话来预约采访，一听石上泉问是“哪位”，以为是他的儿子，忙礼貌地说：“请你爸爸接电话。”石上泉一听，将错就错，说：“爸爸来不了啦！”记者又问：“他怎么啦？”石上泉说：“他早归山了，我是他的儿子石上泉！”记者一听，笑得差点儿掉了下巴。

有人问石上泉：“你今年高寿？”他马上说：“35 公岁。我 70 岁了，是公的不是母的。”

老人们在一起聊天，说到市场上的冒牌假货无不怒气冲天。石上泉装着严肃的样子，说：“各种假货都让人痛恨，唯独一样不可恨——假牙。没有它，我什么也嚼不动，等死吧。”大家一愣，随即哄堂大笑。

这老爷子太有意思了，快乐自己，也快乐别人。

石上泉提了一只细篾编织的小竹篮，拿了一把用南竹片削制的长竹刀，走到园子里去。黑色的羽绒长大衣，黄色的羊毛围巾，枣红色的绒线老人帽，从上到下，饱满而明丽。

何洁说：“老来俏啊！”

“谢夫人谬奖。我往园子里的梅树边一站，也是一棵老梅树，铁干虬枝，开着黄的红的花。这叫‘俏也不争春，只把春来报’！”

石家嵌在曲曲巷中，是祖上留下来的。园子里有石有井有花有树，还有一栋砖墙木架小楼，两层，第三层则是一个露台，轮换着摆放时令花草。露台又称为晒楼，因为其功能主要是晾晒衣服。闲暇时，石上泉喜欢站在晒台上远眺——这是职业习惯使然——看看天，嗅嗅风中的气味，估测环保的效果。往北望是本市原来的工业区，林立着许多高大的烟囱，他曾活剥陶渊明“采菊东篱下，悠然见南山”的诗句，变为“赏菊东墙下，怅然见烟囱”。这些年来，大部分排污企业迁走了，留下的少数企业也在治污上花了血本，变得天清气朗了。昨天，现任的所长派专人送来一份已上报的《潭州地区环境治理检测达标报告》的副本，请他这个老所长看后提提意见。他认真看了，觉得基本上是符合事实的。

石上泉走进园里了，真正是天地一洁，耀人眼目。他记得清人张岱在《湖心亭看雪》一文中的妙语：“雾凇沆砀，天与云与山与水，上下一白。”踏着四五厘米厚的雪，雪发出吱吱的细碎声，他走到井边的大青石板前。青石板有两米长、半米宽，高约三十厘米，形如床。春秋晴和的日子，他喜欢坐在石上看书；夏日午后，他干脆躺在石上闭目养神。他在石边蹲下来，先用竹刀刮去上面的一层雪，再用双手捧雪放入竹篮。寒气从指尖刺入，再狠狠地刺入他的心尖，他知道气温应在零下 3℃左右。这雪真是白净，没有任何杂质，他忍不住抓了一点放入口中，凉且爽。雪满竹篮，他又去北墙角，折了几枝斜曳而下的蜡梅——上面缀着全开、半开的金色花朵和未开的花苞——以便插入客厅案头的釉下彩瓷瓶，作清供之用。过会儿回到室内，他会把篮中的雪倒入一个白瓷大盆，让雪在空调的暖气中融化为水，再用白纱布过滤（以防有异物），然后就可以用雪水煮茶了。

何洁站在屋门口的台阶上，喊道：“快来吃早餐啊！”

“有什么好吃的？”

“馄饨！”

“天地一混沌。气派！”

老两口儿津津有味地用完早餐，石上泉说：“夫人辛苦了，我马上煮茶为谢。”

“什么好茶呢？”

“安化上等散叶黑茶贡尖！”

红泥小炉里燃着木炭，火苗子如舌，吐得长长的。放了雪水的大陶壶，搁在炉上。待水冒出热气时，石上泉再将苦茶放入壶内，盖上壶盖，静候沸声。

两个精美的白瓷小盖碗，放在炉边的小儿上。

何洁说："你对吃茶也很里手，得闲了可写写科普文章。"

"这使不得，我是只吃不写。古人云：'鉴者不写，写者不鉴。'王国维谈论词的艺术有《人间词话》一书传世，可他自写的词，就让人不敢恭维。"

陶壶盖有了响动，茶水沸腾了。

石上泉提起陶壶，往揭开盖的小盖碗里倒茶，一屋子香气氤氲。

"夫人，请喝茶。"

"客气了，愧领。"

石上泉缓缓地啜了一小口，再闭住嘴让茶水在舌尖周围缭绕，然后才细细咽下。突然，他眉头紧锁，对夫人说："这茶不能喝。"

何洁问："这茶蛮好的，怎么不能喝？"

"此中有硫化物的气味，昨夜北风虽弱，却带来城北烟囱里未除净的气味，掺在雪里了。"

"那些烟囱不是有水净化装置吗？并未见有灰黑的烟尘啊！"

"冒的是白烟，但净化不到位，不是煮雪烹茶，也发现不了。"

石上泉提起炉上的大陶壶，去厨房把水倒了，洗净后再去灌上井水，重重地搁到炉火上。

"我要为好壶好杯好茶一哭。新所长的那个环境治理达标报告是怎么写的？若不是拿了好处费为人消灾，就是浮在上面不着实地。我要写篇文章，题目是《从煮雪烹茶看环境的并未达标》。"

"你不是说鉴者不写吗？"

"这件事必写，活活地大煞了我一怀雅兴！"

三更月呜咽

肖建国

那年秋天，我在湘西一个叫瓦拿的小山村住了几天。

“瓦拿”是方言，意思是贫穷的山坳。这村子也确实太穷了，至今还没有一条像样的土路，连通外面的世界。我从小镇翻山越岭、涉水过河来到这里，仿佛一下子回到了旧社会。

墙是土墙，瓦是灰瓦，斑驳的木门吱呀作响。室内简朴、干净。两把竹椅，一张方桌，还有朴拙厚实的木床。这就是老洼经营的“客栈”。

我到达时，太阳西斜。空空荡荡的院子里，除了树，就是风。老洼对我说，村里全是老骨头，年轻人都出去捞世界了，孩子们则在山下上学。老洼五十出头，腿有残疾，出不了远门，就紧跟形势，把村民废弃的房屋租过来，翻修一新，办起客栈。

有人笑他，这穷乡僻壤的，鬼都不来，还会有人来吗？

老洼回应道，现在都进入渔网时代了，那么多的鱼挤在一个网里，这里虽荒凉，说不定就是风水宝地呢。

老洼把一张张图片抛到网上。枯藤老树昏鸦，古道西风野花，小桥流水人家，这里应有尽有。于是，就有人舟车劳顿来了。老洼算算，除去成本，每月能赚壶酒钱。

熟悉一下环境，天色已暗，袅袅升起的炊烟让小山村活跃起来。隔壁一老叟佝偻着腰，敲着木盆，发出咚咚回响，呼唤着山坡上晚归的牛羊。老叟一身黝黑，眉毛很淡，好像随时都会抹掉的可能。

他冲我笑笑，露出一张没牙的嘴，算是打了招呼。

整个傍晚，我看到六七位老人，他们行动迟缓。见到我，脸上都露出木然的笑。

夜里，我在半醒半梦间，隐隐约约听到一阵哭声。刚开始嘤嘤呜呜，嗓音嘶哑，持续低沉，像是用手掌捂着嘴巴，不敢让悲痛之声放肆开来。间或有些哽咽，顿几下后，伤心的抽泣则更加凄切。最开始是一个人哭，紧接着是两个、三个……哭声渐渐有了力量，越显悲壮。我在这悲壮的力量中，由迷糊变为清醒。咬咬舌头，疼！我明白，这不是梦，而是真实的存在。

人一清醒，恐惧便袭遍全身。我轻轻侧转身，那哭声就像看着我似的，忽然由高变低，混合的悲伤又变成了单一的呜咽。如泣如诉，凄凄惨惨，听之在左，忽而在右，我浑身起满鸡皮疙瘩。

这半夜三更的，难道有鬼不成？

看看手机，临近子夜。伸手拉灯，却停电了。虽然老洼曾交代过，夜里会停电。但在这个鬼魅迷离时刻，任凭我内心如何坚定，也有些不寒而栗。

我摸索到床头的搪瓷缸子，索性坐起来。这时哭声稍弱，可依旧在房间里萦绕徘徊。透过窗子，我看到半轮秋月浮在云雾缥缈的西天。西天很低，紧扣在屋檐下。哭声就好像从那里传出，通过风、通过雾、通过山岚，丝丝缕缕传入耳膜，钻进脑海。那月牙儿也对我发出清冷的笑，隐约可见的凤眼中，忽地涌出大片雪白的泪。

我骇然。哭声也戛然而止。这一夜，无法入眠。

第二天，我问老洼，可曾听到哭声？

老洼瞪着鼓眼泡，愣怔片刻，把头摇得如同拨浪鼓似的说，没！我再小心询问老叟，老叟夫妇异口同声回答，没有啊。

我在诧异中感觉到，要么他们都在说谎，要么我真的是出现了幻觉。

好在第二天夜里，哭声再次响起。刚开始依旧是嘤嘤呜呜，有些强忍住似的。慢慢地又有哭声加入，悲伤的宣泄顺畅许多。我翻身起床，蹑手蹑脚走出小院。

白天，我已看好地形，非常自信哭声来自邻居的老叟。踩着月影，循着哭声，我轻轻来到老人的泥墙外。果然不错，有七八位老人坐在院中，倚着老榆树，围成一个圈子，正在默默哭泣。有的哽咽，有的抽搭，有的独自抹泪。院里院外，没有言语，只有嘤嘤嗡嗡的哭声。哭到惨痛处，吓得半边月亮赶紧躲入云层，天地为之一暗。

夜虽不凉，我却瑟瑟发抖。老人们哭过一阵子后，你拉我一把，我拽你一下，互相搀扶着站起身来，然后各自蹒跚着回家。我揉揉双眼，静静心神，突然感悟自己冒昧地出现在这里，确实很不厚道。

第三天夜里，我期待哭声再次响起，可惜没了。

第四天依旧没有。

第五天，我要返回小镇，老洼来送我。走了很长一段土路，老洼才开口说话。他说得很缓慢：好多年了，都已成了习惯。人越老，越是想念外出的子女。特别是到了晚上，更觉得孤零零的无所依靠。刚开始，只有老叟因思儿哭泣。没想到这一哭，就好像在朦胧的泪水中见到儿子一样，思念之情顿时有所缓解。其他老人听到后，纷纷仿效。经多年验证，老人们在三更之月思念亲人，则子女感应更加灵验，都会及时打回电话。于是乎，这就成了老人们想见子女的一种习惯。

我听完，默不作声。突然问：这两天，小山村的电话多吗？

老洼一脸苦相，极诚恳地回答：没有。

不过，老洼旋即补充道，我说的这些话啊，你别当真，只当是一场梦好了。

台　风

周洁茹

如果你总是在凌晨三四点钟醒过来，这就说明你的心脏有问题。我妈就是这么跟我说的。

台风来的前夜，凌晨三点半，我又醒了。

看手机，是珍妮花微信发来一条，风声。

我看过电影《风声》，那根半空中的绳索简直成为我永远的心理阴影。

听了听窗，一点儿声音都没有。我就又闭上了眼睛。

到上午十点钟的时候，风大得超出了我的想象。

我没有开电视，否则肯定会让我恐慌。我也不想上网乱看，而且楼也真的摇晃了，跟地震似的。

我决定下楼，又很担心电梯突然往下坠。电影里都是这样的。如果真往下掉，弯曲膝盖都没用。

电梯门开了，我进了电梯，非常平稳，甚至比往常更快。

出到大堂，有四个人坐在大堂，面无表情。

管理员解释说，他们家的窗飞走了，他们只好坐到大堂。也就是说，这四个人是一家人，爸爸和妈妈，哥哥和妹妹，他们坐在地上，一句话也没有，他们的脸不着急也不悲伤，真的，完全没有表情。他们的窗还飞走了。

我退回电梯，回到房间。

珍妮花给我发了一张动图，一台起重机360度旋转，最后掉下去了，砸掉一个楼角。

我看了一眼窗外，对面那几幢更老的屋苑，也有窗户飞掉了，白花花一片。

我突然想起了《九龙公园游泳池》那首歌：

二百年后这里什么也都不是

宇宙里有什么不是暂时

替我报警吧。珍妮花又发来一条微信，我的窗飞走了，还有窗帘。

啊？我回过去一条，还有窗帘？

就是那幅，蓝底，小蔷薇花，咱俩一起去旺角逛了一天窗帘店订的嘛。珍妮花回复。

窗都飞了你还在跟我讲窗帘？你男朋友呢？我说。

他说他不能过来，太危险了。珍妮花说，出门就可能被窗砸死，而且外面一切交通工具都停运了。

这才十号风。我说，要是外星人入侵地球，男人们可不是一早就跑光了？

珍妮花大笑起来，快替我报警，我打了十五分钟 999 都打不进去。

我一打就通了，我也不知道是怎么回事。接线员建议躲进洗手间，或其他任何小的空间，不要再待在大房间。我听不到更多更好的建议，于是告诉接线员，她一个人，非常惊慌，非常瘦，随时可能被吸走。

她男朋友不肯过去。我又补充了一句，怕死。

电话那头停顿了一下，说，我们现在就派人过去。

刺杀李鸿章

侯德云

我就是那个刺杀李鸿章的日本浪人，我叫小山丰太郎，后来改名叫六之助。你叫我小山，或者小六，都行。

枪击李鸿章那年，我二十七岁。少年时，我两度退学，时常流落街头。等拳头渐渐变硬，为一口饭一杯酒一夜情，自觉不自觉，竟沦为打手之流。我们有一个听起来还不错的称呼，叫“壮士”。

本壮士曾两次因斗殴而坐牢。

很多人问我，为何要刺杀李鸿章？傻不傻，这还用问吗？为了国家嘛。你想想，一旦日清两国和谈成功，大好的战争局面就会终止，我们征服东亚的强国大梦就会破灭……而阻止和谈的最好办法，就是干掉李鸿章。何况，此人是东洋豪杰，更是日本公敌，留着早晚是个祸害。

明治二十八年三月四日，我回到群马县老家。目的有两个，一是弄钱买枪，二是跟家人诀别。

买枪需要钱，行刺途中的餐宿，当然也需要钱。我的衣兜比脸干净，要筹措足够的费用，只有回家哄骗那个在县议会当议员的父亲。

六日夜间，我悄悄去了母亲的墓地。我跪在墓碑前面，流着眼泪告诉母亲，我很快就会来陪她，永远陪她。

我总共弄到三十三元钱。那时候一个工人三天才能挣到一元钱，三十三元不算少了。父亲怎么就信了我的谎言呢？

七日清晨，我告别家人踏上旅程。天色幽暗，雪花飞扬。

父亲站在家门口目送我的背影。两个年幼的弟弟少不更事，在家里嬉闹。继母在收拾早餐后的碗筷。正当芳龄的妹妹把我送出很远。我心中默念前辈刺客佐野竹之介的诗：“决然去国向天涯，生别又兼死别时。弟妹不知阿兄志，殷勤拽袖问归期。”念罢，眼泪哗哗流淌。

天色愈发幽暗，雪也下得越来越大。

妹妹说：“哥，这种天气，不走不行吗？”

我说：“不行。”

我在银座的照相馆买到一张李鸿章的照片。我得记住他的脸才行。这关系到大日本的国运，千万不能马虎。

我在横滨的金丸铳炮店买了一把五连发上推式手枪，外表像银圆一样闪亮。

刺杀事件发生后，一家报纸说，凶手用一把生锈的手枪开火……呵呵，你说那个小破记者多么幼稚。

我去东京浅草公园的打靶店练习射击。我用玩具手枪练了三天。当我要求用真枪打靶的时候，打靶店的老板娘，那位慈眉善目的老妇人吓得不行，用一连串尖叫把我赶出了大门。

我想去“芳原”一趟。我是快死的人，找个美女放松一下，死也死得甘心。我决定去“河内楼”。这是一家很出名的小店，女孩个个漂亮，价钱也算公道。我以前去过几次。有个来自江户的姑娘，叫溪美子，哎呀那个溪美子……

路上我突然想起，明治二十二年二月，西野文太郎刺杀文部大臣森有礼的前夜，就住在河内楼。同年十月，来岛恒喜刺杀外务大臣大隈重信的前夜，也曾登过此楼。我再前往，河内楼就会成为杀人犯的诀别之地……罢了罢了，别给人家心里添堵。

十二日，我从东京赶往广岛。去了才知道，日清和谈地点已经改到马关。搞什么名堂嘛，国家大事，弄得儿戏一般。

让我发愁的是，旅费已经不多。

十九日，我离开广岛，步行去马关。我在路过的森林或峡谷中练习射击。我买了五十发子弹，途中练掉了四十五发，只保留枪膛里的五发。

我打死了一只鸟。我把鸟的脑袋给打飞了。我想，要是能把李鸿章的脑袋也打飞，那该多好。

没等走到马关，我就花光了所有路费。无奈之下，我把一身新衣典给当铺，买了一件破破烂烂的窄袖和服。两者的差价，能让我再吃几天饱饭。

和谈已经开始，李鸿章每天都从下榻的引接寺去春帆楼，与我大日本的栋梁之臣伊藤博文和陆奥宗光商讨国事，下午四点左右再回到住处。整个马关都在议论李鸿章和清国官员，他们的行踪毫无秘密可言。他们穿着马戏团一样东缝西补的衣服，打着庙会上用的阳伞，样子很是古怪。每天都有很多人在街道上观赏他们。

二十四日下午四点前，我赶到引接寺不远的一个街道拐角。这里是我精心选择的行刺地点。我事先在厕所里检查了手枪，枪身、枪机、枪膛、子弹，都没问题。信心也没问题。

是日天色晴好，樱花欲开未开，为我的刺杀行动涂抹出一片浪漫色调。

我的身前拥挤着五六排看光景的人。站在最前面的，是警察和宪兵，按大约一米一人的密度排开，不断对人群大声呵斥。

我终于等来了李鸿章。他坐在一顶轿子里，上半身露在外面，目光炯炯，比照片上还要犀利。我心跳加速，奋力拨开人群，冲到轿子前面，左手按住轿杠，右手紧握手枪，瞄准他的脑袋，猛然扣动扳机……

枪响之后，我在心里嘀咕一句："看谁再敢说我没出息！"

天不佑我！狗日的李鸿章仅仅是面部受伤。有人说，他遇刺后"立即以右手的长袖掩住伤口，并无震惊的神色"。我却狼狈不堪。我的脖子、手臂和身体，被一拥而上的警察和宪兵五花大绑，绑得几乎看不出衣色。

很多年后我还在后悔，他妈的怎么就开了一枪。

我做梦也没想到，砰的一声枪响，竟然在整个日本掀起一阵惊涛骇浪。日清两国无条件停战，减少清国战争赔款一亿两白银。舆论为之大哗。

我被判处无期徒刑。判刑我不在乎。我伤心的是，全国媒体都叫我"狂徒"，有的还骂我是"爱国贼"。

我委屈得大哭，哭一场又一场，至今眼泪未干。

茶 碗

邓洪卫

银行分理处的人不够用，招了个临时工，叫王银娜。当时还有一个人选，叫吉立凤。主任看中的是吉立凤，因为吉立凤的丈夫是厂长。厂长答应帮他组织存款，完成任务。但最终录用的是王银娜，因为上面有个领导打招呼。

王银娜那时三十多岁，个子不算矮，长相一般般，脸上不太平整，有点儿细纹。她脑后垂着个大辫子，快到还没到腰间，走起路来，这边一摆那边一动。王银娜说话的嗓音有点儿粗，做起事来笨笨的，不是太利落。

而吉立凤虽然名字土些，长相却洋气，戴着眼镜，看着清秀、灵巧。

主任对手下人感叹："想要的人不让来，不想要的人硬给来。"

王银娜有两个突出的特点。一是多说话，说不该说的话。爱传话，有点儿嚼舌头根的意思。班上的人都不爱听她说话。有时大伙儿正说着话，她来了，立即集体噤声。有时，她说话了，没一个往下接的，都低头做自己的事。二是少做事，自己该做的事，能少做就少做，更别说帮别人的忙了。

但她有一样热心，那就是做媒。在小镇银行上班的，除了主任已婚外，别的都是"毛蛋子"。王银娜就张罗着给他们介绍对象。但没有人愿意让她介绍，因为，王银娜自己的婚姻就有波折。

王银娜是二婚。先前一个丈夫，因为王银娜不生育，把她休了。王银娜的现任丈夫是个工头儿，长年在外施工，只有年前年后在家待几天。他一般都在外省，有时还到国外去。由于长期分居，王银娜就有点儿疑神疑鬼，经常打电话查岗。丈夫开始还赔着笑，小心翼翼，后来就躲着不接她的电话。

他真在外面有人了。有一回，王银娜在班上自言自语。她希望有人接她的话，她想诉诉苦，但没人搭理她。

所以，王银娜给年轻人介绍对象，年轻人都不理这茬儿。他们不信任王银娜，嫌晦气。

王银娜还有两个让人不能接受的习惯。银行人数钱，都很标准，左手握好钱，右手指蘸下海绵缸里的水，这样数起来捻得开，快。王银娜不蘸海绵水，而是直接对着手吐唾沫，啐啐，然后在钱上捻，看得人直恶心。后来，有人向她提出来，这样数钱太不卫生，也太不雅观，既不尊重客户，也不尊重同事。王银娜才有所改变。但有时，她还会习惯性地吐一下，吐完了，觉得不对，低下头笑一下，赶紧蘸水。

还有一点，王银娜自己从不带水杯，而是到食堂里拿个碗喝水，喝完不洗就放在原处。主任后来想了个办法，以发福利的形式，给每人发个茶杯。原以为，她会拆开来用，但她却原封不动地带回去了。在班上，她仍然用碗喝水。

主任干脆拿个碗做了标志，放在她桌边，说："小王，这就是你的专用茶碗了。"

王银娜一笑，说："谢谢主任。"

吃饭的时候，主任对我们感慨："当时真应该把吉立凤招进来。但吉立凤不会来了，她已经被另一家银行招去了，工作认真，还吸收了不少存款。"

快过年了，王银娜经常给她的丈夫打电话，问什么时候回来，警告丈夫不要乱花钱，要一分不少交回来。

过年的前几天，丈夫果然回来了。可能丈夫考虑到她一年来侍奉公公婆婆的辛苦，想过个安安稳稳的年，就主动将钱交给王银娜变成了存单。王银娜把存单锁进抽屉。不仅如此，她还动员丈夫，把他那些工头儿朋友的钱全存进来。她拿着账本对主任说："你看，今年，我超额完成任务了。"

主任点点头："嗯，好。"

王银娜似乎很不开心，丈夫的态度这么好，更让她起了疑心。丈夫能痛快交钱，说明肯定不止这些，而另有隐瞒。可是，她没证据。她想离婚，又说不出口，自己毕竟离过一次。她想找个人说说话。这一年来，她活得沉闷，没有人愿意跟她多说话。她也感觉自己不受欢迎。她想改善改善。毕竟，要过年了。新的一年，她想有一个新的开始。

她对一个小伙子说："我看你没完成任务，我匀点儿给你吧。"

那个小伙子忙着手头的事，没有理她。

她又说了一遍。小伙子还是没有理她。

王银娜提高声音："你这人怎么回事？我好心好意帮你，你好歹也得吱一声啊！"

小伙子头也不抬，说："我的事不需要你管，你管好自己的事。"

王银娜没吱声，愣了半天，走了出去。

一会儿，她的那个工头儿丈夫来了，推门进来，把小伙子面前的账本划拉到地上，拍着桌子，指着小伙子的鼻子，说："你胡得了，敢欺负我婆娘。"胡得了，是我们那儿的方言，意思大概就是太过分了。

小伙子被这突如其来的暴力惊呆了。

王银娜在一旁说："我自己的事很好，不要管也很好。"

主任过来，把工头儿拉到了旁边的饭店。

下午上班，主任开了一个会，主题是团结、宽容。主任说："王大姐工作很认真，任务完成得很好，而且还很热心，乐于助人。我们要学习她的长处。"

主任要求大家欢欢喜喜过个年。

没想到，大年初三就传来消息，王银娜的工头儿丈夫，喝酒喝死了。

距离他来吵银行，前后不到一周时间。

又过了半年，银行清退临时工，王银娜被辞退了。

又过了半年，因上级行政策变化，小镇上的银行被撤销，所有员工都到城里上班。

开始，还有人看到过王银娜，都说她老了许多。据说，她在外帮人家打零工，在家还侍奉公公婆婆。再后来，没有人看到她，也没有人提起她了。

后来，又传来消息，吉立凤跟她的主任有一腿，被丈夫堵住了。那个主任被降职，吉立凤被辞退了。主任听了，抽着烟，没说话。

当初，王银娜刚离开银行，主任便把她的专用茶碗丢到了纸篓里。由于用大了劲儿，丢偏了，碗落到地砖上，砰的一声，碎了。

大家都往这边看。主任说："妈个 × 的，这么大的碗放在桌上，怎不嫌碍事呢？"

说完，主任自己也笑了。

发　现

芦芙荭

第一次遇见那对老夫妇，是在去年冬天。

那天，我去一个山区采访。陪我一起采访的是当地县委宣传部的小苗。小苗是我们报社的通讯员。我们两个在一条山沟里走了好长时间，也没见到一户人家。

已是午后了，太阳的光都有些往回收了。我们都有些疲惫。小苗走在我身后，不知啥时候，她竟然弄了一根木棍拄在手上。

这时候，我们看见有一缕炊烟从前面的树林里冒出来，淡淡的。

转过弯，果真看见了一户人家。

走近时，看见一位老太太正坐在门前的场院里晒太阳。她的面前还有一个火盆，火盆里的一只铜水壶正在咕嘟咕嘟地往外冒着热气。烟大概就是从那里冒出来的。

老太太远远地看见我们，就伸长了脖子往我们这边看，眼神里满是好奇。等我们走近时，老太太就站起来，说，来了？好像我们是她的熟人似的。

我说，老人家，您好！

老太太说，烤一会儿。

说着，老太太弯腰往火盆里添了些柴，火盆里顿时又蹿起一股浓浓的白烟。

我们就走过去。刚走到场院口，旁边突然蹿出一条黑狗，那条狗不叫，却吓了我一跳。小苗尖叫了一声，竟然扔了手里的棍子，一把抱住了我的膀子。老太太就在那里嘿嘿地笑，说，它不咬人呢，它是稀奇你们。果然那条狗摇着尾巴一蹦一跳地在我们身前身后撒着欢。

这真是个不错的农家小院。冬日的阳光铺满了院子。院子边有一块竹园，一群鸡正叽叽喳喳地在里面觅食。还有些鸟儿的叫声在竹叶间飘来飘去，很是热闹。竹林旁边有一棵柿树，柿树的叶子都掉光了，一颗颗柿子却红红地挂在枝头。

这时，我闻到了一股异香。回过头，就看见房山花的一块场地里，挂着两排刚刚熏好的腊肉，那些腊肉在午后的阳光里冒着猩红的光。一位老人正忙着把那些油汪汪的肉往一间屋子里运送。

老人看见我们，也说了一句，来了。算是和我们打过招呼，就提着肉进屋了。

我向老人走过去，香味儿越来越浓，还闻到了一股松木味间杂着柏木的香味儿。当我顺着那股香味儿走近门的那一刻，一下子被眼前的景象惊呆了。那间屋子的房梁上挂的全是腊肉，一块挨着一块整齐地排列着，足足有几百块。

我激动地叫了一声。

老人听见叫声回过头来，就在那一瞬间，我按下了快门。

之后的许多日子，我的脑子都被这个画面充盈着。那一排排腊肉中，一张古铜色的脸。没有欲望，没有贪婪，平静而安详。

我和小苗帮老人把那些腊肉挂在了屋子里的房梁上，之后，就和老人一起靠在房山花的墙上晒太阳。太阳并不暖和。

我说，老人家，你这腊肉卖不卖？

老人说，不卖。

我说，这么多的腊肉，怎么就不卖呢？

老人说，为什么要卖呢？

是呀，为什么要卖呢？我真的不知道该怎么回答。

回来后，我把照片做了些技术处理，取名《守望》并参加了省摄影大赛。很快，《守望》就以参赛作品展的形式在省报发表。之后，《守望》以它强劲的视觉冲击力，在初赛复赛中脱颖而出，冲进决赛，成了获奖呼声最高的作品。据小道消息，我的这幅作品很有可能冲击金奖。朋友们已在私底下开始向我祝贺了。5万元的奖金，对于获奖者来说，是个不小的诱惑。更重要的，这是省两年一度的最高摄影奖呢。

我打电话把这个消息告诉小苗时，小苗在电话里沉默了半天却不说话。

我说，小苗，怎么不说话呢?

又是一阵沉默。

我说，小苗，是不是出了什么事?

小苗说，老师，那个老头儿出事了。

什么? 老头儿到底怎么了?

小苗顿了顿，说，老师，你不该拍他。没等我回答，小苗又接着说，你拍的照片在省报发表后，不知怎的，老头儿老太太的家就被贼盯上了。一夜之间，只是一夜之间哪，他们一屋子的腊肉就被贼洗劫一空。那个老头儿一急就脑溢血了。

你为什么不早些给我说? 我有些急，对着电话喊了一句。

小苗说，我也是不久前才知道的。再说，我们领导不让我告诉你。

小苗，等着我，我立马动身，我们一起再去那里看看吧。

小苗说，老师，你别来，真的你千万别来。那个老头儿的病已有所好转，你就让他安安静静地养病吧。我们别再去打扰他们了。

但我还是去了。

那天，我和小苗再次踏进那个农家小院时，我被眼前的情形惊呆了。

已是春天了，小草已轻轻地在院子里铺了一层绿，院子的周边探头探脑地开出了一些花来。而那个老头儿坐在椅子上，歪着脑袋，嘴里流着哈喇子，口眼歪斜地冲着我们傻笑。那个院子再也闻不到那股奇异的香味儿了。我想，即使有香味儿，那个老头儿怕是也闻不见了。

那个老太太，见了我们，还是那句话，来了。

我说，来了。

那时候，我看见一只鸟从天空飞过，鸟叫了一声，又叫了一声。

琴　声

张望朝

花老佛不姓花，也不叫老佛。

光头，肥脸，总是笑眯眯的，像弥勒佛，又天天侍弄花草，也就有了“花老佛”这个名头。

机关单位，楼里楼外总要种些花花草草，总得有个花匠。

花老佛是个很出色的花匠。他一来，楼里楼外那些花花草草一窝蜂地茂盛起来，连一些半死不活的残花败柳都焕发了生机。但花老佛给花草浇水时有个不太雅观的动作：双手握住水管，将水管置于裤裆处，管口向前，水从管口强劲射出，乍一看还以为水是从他裤裆里射出来的，难免引人发笑。

总之，花老佛很有喜剧范儿。

时间久了，单位的人都知道了花老佛的命运。

花老佛出身于所谓的“封建地主”家庭。在那个特殊年代里，这样的身世注定了他的人生悲剧。升学、当兵、入党，甚至找工作找对象，根本没他的事。他年轻的时候头发好好的，一夜之间就全白了，接着又全掉了，掉得光光的，此后再也没长出来。后来事情结束了，他也上了岁数，对一切都心灰意冷。别人介绍对象给他时，他看都不看，就这么孤苦伶仃地过着。除了单位楼里楼外那些花花草草之外，他是一无所有。

他的长相很喜剧，他的命运很悲剧。就是这样。

出乎人们的意料，除了侍弄花草，花老佛还会拉二胡。这件事是我最先发现的。那天我值夜班，睡觉之前听到楼下收发室里传出琴声，于是下到一楼，循着琴声过去，见拉琴的是花老佛。花老佛见到我，琴声跟着戛然而止，忙放下二胡。“对不起，打扰您休息了。”花老佛面带歉疚地说。我说：“没事没事。”

又说："老人家还有这两下子哪！"花老佛摆摆手，谦虚地说："年轻时学的，没事的时候拉几下，拉不好。"我对音乐是一窍不通，但对花老佛的琴声却产生了特别的兴趣。我说："你接着拉，我爱听。"花老佛便操起二胡，接着拉。

从此我和花老佛成了朋友。每到他值班，我都去收发室听花老佛拉二胡。

花老佛无家无小，孤身一人，既当花匠，也管收发，晚上就睡在收发室。除了拉二胡外，他常常对我说起自己的一些往事，都是一些趣事。相识时间久了，偶尔也会说说心事。他说："我不怕死，我死了以后就是把我扔到荒地喂野狗，我都不在乎。我就是怕活到最后呀，老了，病了，不能动了，那可怎么办呢？你说我没儿没女的，有谁能管我呢？"说着，又自顾自地笑了，笑得非常凄凉，那是我见过最凄凉的笑。我也找不到安慰他的话，只能陪他一起笑。一起笑过之后，他接着拉二胡，我接着听。夜深人静，没有别的声音混进来，机关大楼里只有花老佛的二胡声。也不知道他拉的都是什么曲子，只觉得凄婉而苍凉，一种"别有幽愁暗恨生"的意境。

中秋节，我跟老婆商量："能不能让花老佛来咱家过节，孤苦伶仃，怪可怜的。"老婆不同意，说咱家又不是敬老院，乱发什么善心！我跟老婆吵了一架，吵到最后还是只能听老婆的。

那年，单位通过考试选拔一批副处级领导干部。我虽考了第一名，却没能得到提拔，具体原因至今不详。当时年轻，经历的事还不是很多，于是气恨难当，很有些想不开。

晚上值班时，我拎着一瓶白酒、一包熟食闯到单位收发室，找花老佛喝酒、诉苦、发泄，并大骂单位领导混蛋。花老佛也不劝我什么，操起二胡拉了一段又一段。我依然不知道那是些什么曲子，依然觉得凄婉而苍凉，别有幽愁暗恨生。

他拉他的琴，我喝我的酒。

当晚我喝得烂醉如泥，倒在花老佛的床上，一直昏睡到天亮。

天亮的时候，花老佛把我拍醒，对我说："以后可不能这么喝酒啊。再咋，也不能祸害自己的身体。"

结婚证

谢志强

上海青年宋诗宝指着儿子宋红卫告诉我：“我儿子就是‘文化大革命’的产物。”他说：“那一年，我碰上了个恋爱的好时节。”

宋诗宝的儿子生于1969年，取了个当时时髦的名字：红卫。1968年，“无产阶级文化大革命”运动掀起了高潮（他称为“白热化程度”），远离祖国心脏北京的军垦农场也卷入了革命的火热浪潮之中。农场的局势已被多数派“贫总”（贫下中农造反总部）控制，夺了权；而少数派“红二司”造反组织处于劣势，东躲西藏。

宋诗宝所在的连队，也分为两派，只顾着闹“革命”，生产处于瘫痪状态，大部分上海青年趁乱返沪，连里就剩下十来个上海青年留守。宋诗宝和张根娣就是在这个“革命”的背景里开始恋爱了。

宋诗宝的父亲1949年前是资本家，已挨批，他不能回沪，给家里添麻烦；张根娣也不敢回沪，其父曾是上海郊区的地主。两个家庭出身不好的男女同病相怜，相互取暖，摩擦出火花，恋爱迅速升温。两人都是逍遥派——两派的组织都不接纳。

乐得逍遥。宋诗宝说：“我俩也成立个组织吧。”

1968年12月初，他俩打了个结婚报告。上海青年排的赵排长（是个河南籍的老职工）特地向连长、指导员说明了情况：结婚就等于扎根。

拿着连领导的签字，双双前往团部去办手续。

团部的领导已靠边站，“贫总”掌握了权力。一位40多岁的男子，穿着黄军装，衣袖别着“贫总”的红袖标，正伏案在写材料——“贫总”的文件。他抬头带着河南口音问：“有啥事？”

张根娣递上了结婚报告和连队的介绍信。

男子接过，看了，突然问："你是啥成分？"

张根娣一怔，脸一红，自然而然低头，答："地主。"

男子顿时来了精神，像审犯人一样坐端正了，说："对象的成分是啥？"

宋诗宝也做出"低头认罪"的姿势，说："资本家。"

男子一拍桌，说："哈，一个地主的闺女，一个资本家的少爷，不是黑上加黑了吗？黑五类还要结婚？"

张根娣指指介绍信，说："结婚还要讲成分？"

男子给他俩讲起了"无产阶级文化大革命"的大好形势，从北京讲起，先全国，后农场，他拍拍胸脯，说："这样的大好形势下，我提一个革命的建议，你们分别找个贫下中农，红和黑结合，红改造黑，贫下中农多得很。"

他俩只得回连队，仿佛那条路一下子漫长起来，走走停停，停停走走，似乎迷了路。傍晚回到连队，宋诗宝说："有困难，找领导。"

两人来到赵排长家。赵排长要他俩一起坐下来吃晚饭，还叫老婆再擀面条。他俩说："不饿。"

宋诗宝讲述了在团部的遭遇，像庄稼遭了冰雹，无精打采。他掏出上海寄来的毛主席像章，它有瓷盘那么大，农场里很稀罕。他郑重其事地交给赵排长。

赵排长说："出身不好就不能结婚生子啦？也不能这么卡。"

第二天早晨，他俩看着赵排长骑上永久牌自行车，沿着通往团部的机耕路，一路扬起沙尘，仿佛沙尘吞没了赵排长，最后，只剩一条平静、空旷的泡土路。

中午，那条机耕路上，先出现一个小点，渐渐增大。终于望见赵排长，一脸带着沙土的汗水。

宋诗宝站在连队前渠上的桥头，迎上去，问："成了吗？"

赵排长拍拍他的肩膀，然后，得意地掏出一张纸条，有卷莫合烟的一片纸那样大小，说："搞革命，搞得那么多人要结婚，结婚证不够了，暂时先用这个证明代替，等从上边领回结婚证再去换。"

三指宽的纸条上有两行字：兹有十八连宋诗宝和张根娣二位革命同志，结为革命夫妻，因符合结婚条件，特予批准。1968 年 12 月 26 日。

红印章几乎盖了纸条一半的面积。宋诗宝认真地收好小纸条，说："没它，我们还不能结婚，能结婚，靠排长。"

星期天，宋诗宝借了赵排长的自行车，去赶巴扎，买了一只母鸡、两斤莫合烟，给赵排长。

赵排长客气了一下，还是乐呵呵地收下，拍拍宋诗宝的肩膀，说："有困难，找领导。没错，往后你们有啥困难尽管找我。"

好像怕外人听见，赵排长把嘴巴凑近宋诗宝的耳畔，轻声说："团部控制在'贫总'手里，'贫总'里，俺老乡掌握着大权。"

宋诗宝闻到一股莫合烟的浓重的气味，说："谢谢你了，你老乡掌权，等于你也掌了权。"

1969 年元旦，赵排长主持了他俩简易朴素的革命婚礼。他俩把各自的箱子、铺板搬到一起，连队特地给他俩腾出了一间土坯房。

元旦过后没几天，赵排长当了副连长，是团部发来的任命文件。上任后，他跟宋诗宝谈话。他指指头顶的云天，说上边有意树立一个可以教育改造好的"黑五类"子女的典型，接着说："你先干个班长吧，好好表现，为上海青年争个面子。"

春风路 74 号

墨　白

柜台里那个长着一对蚕眉的女子用审视的目光看着我们问，谁叫孙光明？

我看了一眼身边的未婚妻说，我。蚕眉女子说，身份证！我说，户口本不行吗？蚕眉女子说，不行。

我一边掏身份证一边嘟囔着，还谁叫孙光明，这还用问吗？我们来办证，你男女都分不清吗？我正没头没脑地想着，那蚕眉女子接过我的身份证看了一眼又掷了回来，说，二代身份证。

二代的？我说，二代身份证我还没有办呢。没想到那蚕眉女子不再理我，拿起我们的证件起身离开了。

哎——

蚕眉女子听到我的喊叫声回头看一眼，但并没有停下来，她在我们的注视下推开后墙的门离开了。

柜台后面墙壁上的石英钟一下一下敲得我心疼，那个蚕眉女子却迟迟没有回来，这让我们等得焦急。我渴望着她能快点儿回来，抓紧把我们的结婚证给办下来。

我忍不住去拉未婚妻的手，却被她快速地推开了，再悄悄地用脚踢了我一下。顺着她的目光，我看到有个身穿制服表情严肃的门卫朝我们走过来。他问道，谁是孙光明？看我对他举了举手，他就对我说，你过来。

我犹豫了一下还是跟着这个身材高大到有些愚蠢的门卫往前走，可是走了几步我停下来，回头看着仍然停在原处的未婚妻说，走呀。未婚妻这才不情愿地跟过来。我们沿着长长的走廊拐了一个弯，来到一间办公室里，看到有个戴茶色镜的灰发男子正坐在写字台前看东西。听到声音，茶色镜抬头看了我们一眼，由于那副茶色镜，我们无法破识他的真实面目。茶色镜旁若无人地先伸手按住胸口用力咳嗽了两声，然后弯腰探身朝桌边的垃圾篓里吐了一口痰，这才拿起他刚才看的东西，原来那就是我们登记要用的户口本和介绍信，他把户口本翻转过来对着我说，你这户口本什么时候办的？

我说，1996 年，8 年了。哦——茶色镜拖着长音站起身来，把户口本平放在桌面上，伸胳膊探腰推过宽大的桌面，又坐下来看着我们说，你这户口是假的。

你说啥？茶色镜的话像给了我兜头一棍，我的头轰的一下就大了，假的？

对，假的。茶色镜面无表情地说。

胡说八道！我无法承受这突如其来的耻辱，那句充满愤怒但缺少教养的话从我这个愣头青嘴里脱缰而出，没想到身后的未婚妻又用脚踢了我一下。未婚妻的提醒使我从鲁莽中清醒过来，清醒过来的我感到脸颊发热，我压低声音嘟囔道，为了给我办这城镇户口，那年俺爹借了 5000 块……

那一刻，茶色镜表现出一个行政人员应有的职业素养，他并没有为我的出言不逊而恼怒。他伸手推了推下滑的镜框，拉开抽屉取出了一沓文件，一张接一张地翻看着。他翻了一阵停下来看着我说，孙光明，是吧？我忙回答说，是是。茶色镜的手指在纸页上敲了敲自言自语地说，在这儿，第 953 号……说完抬头看着我们说，你去过春风路 74 号吗？

茶色镜的话把我问住了，我暗自嘟囔着，这货还真问到了点上……茶色镜从我的神情里已经看出了端倪，再次站起身来把我们剩余的证件从宽大的桌子上推过来，仍旧面无表情地看着我说，你最好先去那儿看看……

茶色镜说完就不再理我们，埋头去处理他的公务。未婚妻轻轻地捅了我一下，我只好拿起我们的证件退了出来。我心里不服，那户口是俺爹花了 5000 块买的，他张口竟说是假的……

等走出民政局的办公大楼，在强烈的阳光下我再次打开户口本仔细地查看，为了还那 5000 块钱俺爹打了两年工，怎么就成了假的呢？其实，为这事儿过年时我还专门问过俺爹，俺爹用他粗糙的手搓着满是皱纹的脸驼着背看着我说，你爹就这么大本事，只能给你买个城镇户口。你还想要房子，就把我卖了吧……你听听，俺爹的话比茶色镜的话还噎人，就那我都咽下去了，他现在说我这户口是假的，我就信他的了？就像他说的，我还非要去看个究竟不可。

我伸手拦了一辆绿色的士，可等来到位于锦城东部的春风路，还真遇到了麻烦，我们沿着春风路从南向北数到头，最后一个门牌号码是73号，再往前，就是颍河大堤了。

这怎么可能呢？春风路上怎么会没有74号呢？我们看到颍河大堤边上有一间低矮的木屋，木屋门前的树桩上挂着一个旧轮胎，肩膀上搭着毛巾的修车匠正撅着屁股捣鼓一辆摩托车，他身上的衬衫已经被汗水改变了颜色。听到我的询问声他直起腰来，用拿扳手的那只手的手背擦着额头上的汗水，看着我们反问道，74号？

尽管天很热，我也感受到了从他眼角布满皱纹的眼睛里流露出的冷漠，不同的是他的嘴角比蚕眉女子多出了一丝讥笑，冷漠加讥笑，一副爱理不理又想让我们领悟他内心所指的复杂表情。为了让我们重视他接下来要说的话，他将手中的扳手狠狠地掼在地上，随后指着颍河大堤说，没看见吗？前面就是颍河，哪来的74号？

我当时一阵眩晕，不是因我头顶毒辣的太阳。看到我眼中的迷茫，修车匠似乎有些得意，这次他没有用手背擦汗，也没有拉下肩膀上的毛巾，而是摇头甩着汗水，哼哼……可能是汗水辣了他的眼睛，修车匠使劲挤了挤眼睛，这才说，火烧猴腚一样，都掏钱争着抢着买城镇户口，都想疯了，这下得法了吧？也不动脑子想一想，哪有天上掉馅饼的事？人家是看城乡户籍差别能赚钱，妈那个头，这生意也太好做了吧，那些骗子随便编个号码这生意就来了，春风路74号，鬼才知道在哪里……

我不明白修车匠的仇恨从何而来，面对我这个几乎绝望的人他的语气里仍然充满了讥讽：我告诉你，来找的人多了，一拨儿一拨儿的，都想成为城里人，都想疯了，挣俩血汗钱跑到城里买户口，你们这些傻子，在锦城压根儿就没有春风路 74 号，在公安局里也查不到你们的户籍信息，你们没办法申请二代身份证，也没办法登记结婚……

这个恶毒的修车匠，他抡起的棍子比茶色镜的还要狠。而更狠的是我的未婚妻，她猛地伸手从我手里夺过她的户口本，朝我脸上就是一口唾液，随后对我骂道，骗子！

我的未婚妻打我没有用棍，而是搬起了一块巨石朝我猛砸过来，她走了几步停下来，回头伸手指着我恶狠狠地说道，我图你啥？不就一个城镇户口吗？还是假的！你癞蛤蟆还想吃天鹅肉，死去吧你！

说完，她转身小跑着走上颍河大堤，片刻就消失了。而我被她的话彻底给砸晕了，在毒辣的阳光下我感到头晕眼花，双腿一软，就在修车匠的注视下瘫软在地上。

运河谣

马金章

傍晚，燕翅湾西边的运河堤上，一对老人厮跟着。老汉在前，老太稍后，像河中的拖轮，牵引着随船。走到一棵浓荫匝地三四人扯手才能合围的古槐树下，老汉说，下午，就在这儿，俺给“申遗办”的人吼过船工号子，他们还打听你哩。

咋吼的，我听听。

老汉走到槐树下的青石凳处，从地下捡起一根手指般粗细两尺多长的柳木棍儿说，下午，我拿它当纤板。说着，将这纤板往胸前一放，弯腰弓背，随着夯夯实实的脚步声吼唱起来：

哈啰哈啰嗨哟——

两脚杵地背朝天哟。

他停下，直腰涎着脸说，那年，你磨（掌）舵，我打号，将那个粗词儿，改成了两脚。不改，怕你羞得烧烂了脸皮儿。

她夺过他手中的柳木棍儿，敲他一下：多大岁数了？不正经拉纤，尽往河边柳丛蒿草里拐。

他嘿嘿一笑，继续吼唱：

往北开嘞米粮船哟，

哈啰哈啰嗨哟——

往南运嘞鱼和盐哟，

哈啰哈啰嗨哟——

…………

他收了势问：咋样儿？

你自个儿评评咋样儿？豁口缺牙，跑风漏气，还好意思问。

老两口在槐树下的石凳子上坐下了。

不比当年了。当年，拉一百二十吨大船，纤工十四五个。

她拦过话头说，俺磨舵，你打号。

磨舵，还是你磨得好，你哥磨嘞不行。每到流急滩险的扭头三湾那儿，纤工一看磨舵的是你哥，扯着嗓子喊：该换磨舵的了！一换你，人人肩上的纤绳，标枪一样绷绷直；纤板，抠着胸脯肉，咯吱咯吱响。那船，蛟龙游水般昂起头，劈开逆浪，咯拱咯拱，猛往前蹿。

磨舵得会识风向，辨水情。船行黄水要搁浅，清水打流好行船嘛。

哪个舵手都知道这话，可恁多人，却没揣摩透磨舵的巧劲儿。

要不是你教俺凫水，恐怕这辈子，俺也不会和船打交道。

两个老人的目光，不约而同地投向堤下河岸的一丛丛簸箕柳，又不约而同地顺着簸箕柳，移向上游不远处的河湾。

就在这个河湾里，你学会了凫水。

起先，你古板，不教我。说啥女人家，不兴凫水。等下辈儿，托生成男的再说吧。

你不服，抬着板脚，死乞白赖地说：菱角样的小脚女人，河中站不稳，凫水不成。俺这脚，一天也没缠过，天足嘞。

你看着俺恁大的脚，嘿嘿笑笑算是答应了。

俩老人，注目着不远处的河湾。

那时，你身轻得跟飞燕一样，可一下水，死沉，像个秤砣往下坠。为保你安全……

她打断他的话：你将你的毛蓝长裤在水中浸湿，扎上俩裤脚，凑上你那猪拱嘴儿，鼓腮吹气，然后扎上裤腰，将个肥鼓鼓的裤子递给俺，让俺一手抓住裤腰的结，将我脖子摁在裤裆部，另一只手和双脚划水。生的啥腌臜法儿。

他哈哈地笑了：土造救生圈嘛。凭着这救生圈，你胆儿肥了，学水黏了。慢慢，秤砣变成了浪里白条儿。你成了咱湾里第一个会水的女人。

都是被河水逼的。说过，她脸上显出一抹惆怅。

往事令人伤怀。

过去，船家的孩子，为防止落水，腰里都拴着两只桐油浸过的葫芦当救生衣，爹娘不待见女娃，不给她拴。那年她二哥解下葫芦上岸随爹到水神庙上香，回到船上，还没顾上拴葫芦，登廒舱梯子时踩空落水身亡。事后，娘才将二哥那葫芦拴在她腰上，她不让，要学凫水。娘搾她：要想穷，玩木龙（船）。是不是想在船上过一辈子呀？要不愿过安稳日子，你就学凫水。不久，意想不到的灾祸来临了，娘家的船，在道口镇三里湾码头装散米，几十吨的大船过十八里溜时触了河底石，舱满货重，水柱裹挟着大米，白花花喷起两三丈高。船沉了，米被冲跑了，家破了，真应了“要想穷，玩木龙”那句俗语。娘便将她送到燕翅湾的姥姥家，期望她将来找个安居岸上的好人家。

上你的当了。那时，你总耍心眼儿，诱俺：去河湾吧，学水。

甭得了便宜还卖乖。你学不会水，能当船娘？不当船娘，大运河“申遗办”的人，会将你列入运河人物？今儿个，人家会来采访你？

听了老伴儿的话，她想起那个麦收前的傍晚，他俩走向运河湾，多美的意境啊：运河白帆如云，桅杆如林。风一吹，麦海金浪翻滚。因河堤不高，河里的航船，如在金色浪中游走……那时刻，她有了运河里弄潮走船的心。

老太太的目光投向运河岸边一丛丛绿烟似的簸箩柳。过去，柳丛边，是一条纤工踩出的光溜溜的纤道。

她看着绿烟河柳，看着隐隐约约的纤道，想起下午“申遗办”的人采访她的情景，不由得清嗓唱起船歌：

日头出来咯窜咯窜，

一个大脚闺女弄水操船……

听着听着，老汉双眼蒙了一层泪光。他摸索着，紧紧攥住了老伴儿的手。夕阳，摇翻了一河粼粼金波。

普通人

安石榴

老王有两个儿子。两个儿子不太一样。王一又高又壮，大脸盘，大骨架，大高个儿。老王有时候盯着王一看，不错眼珠好大一会儿，哈哈大笑，说：你这也太不藏事儿了，明晃晃全长身上啦！这里面有个小故事。老王的老婆在居委会被服厂工作，一个工作间十几个女人，想想吧，每个女人一台缝纫机，叽叽喳喳，嗒嗒嗒嗒，场面相当火爆。王一小学五年级那年暑假的一天午后，找妈妈来了。女人们就全停了机器静静观察。王一跟妈妈说饿，女人们轰的一声，七嘴八舌嚷嚷开了，让王一去吃烤饼。王一妈妈本来想赶他走，中午吃过饭了嘛。可女人们一呛呛，她就不好意思了，只好拿出一元钱。她是这样想的，烤饼两毛一个，一元钱五个，王一吃两个，剩下三个，晚上父子三人一人一个正好。王一转身出去捧着五个香喷喷的烤饼回来了，坐在工作间一把闲置的椅子上开吃，几口一个，几口一个，五个全干掉啦！

王二清清秀秀的。有一张兄弟二人小时候的合照，王二穿着小连衣裙，扎着两个冲天小羊角辫儿，美美的一枚“小姑娘”——必是老王两口子喜欢的样子。可长大了，一点儿女人气没有，有一段时间也总是爱问那句著名的话：“你瞅啥？”

看起来兄弟二人差异很大，其实也有相同之处。比如，街上忽然传来打斗声，只要一个不在，另一个必定停下自己的事情，哪怕正在蹲厕，立马恶虎一样冲出去，并不问青红皂白。这个例子可能举得不好，可它就是事实。普通人都有一套自己的活法，这时候通行的教科书没用了，虽然它是正确的知识，然而没用。两兄弟就这样长大，各自先成家，后下岗，分别去当临时工，轮流照顾生病的父母。到了 1991 年，他们安葬了父亲，2018 年秋天母亲病逝，他们决定将母亲和父亲合葬。

现在，老王的房子由王一住着。他有辆N手金杯车。王一把车开到楼下，王二就捧着母亲的骨灰盒下来了。恰巧遇到要上楼的老张。老张从前和老王一个国营大厂，干同一个工种——电工。老王六级，老张八级。老张一直压着老王半头。老张没事儿爱挤对老王：怎么样？你得服哇！一说这个，老王就气得不行，老张爱看老王生气，他乐呵。老王去世，让老张好一阵寂寞难耐。眼下，老张一看王二那架势就明白了，灵机一动，说：

我跟你们去吧，看看你爸爸。

王二看着八十三岁的老张，笑着说：大爷，能行吗？有一段山路不好走呢。

老张挥挥胳膊上的肌肉块子——他退休后一直练肌肉，直接上车去了。

老王的葬处在萨尔浒市郊三十五公里外的山上，山下便是浩浩荡荡的牡丹江水。野水，没有堤坝，没有人烟，只有满目的绿水青山。此处并未设公墓，这个地界也真让兄弟俩当时好找。老张站定一看，连声叫好。但这个老顽童还有个鬼心思，他想看看老王的狼狈相。山是好山，有原始森林，古木参天，针阔叶林交织密布。地上厚厚腐殖，兴许已积了千万年。老张想，老王啊，你被埋在这里二十七年了，雨雪风霜，外加腐殖酸土，指定稀泥汤子一塌糊涂，把你泡得骨灰匣子散了花，骨头渣子都剩不下几粒了，哈哈。

兄弟俩拿了铁锹铁镐开启，老张上前一打眼就看得清清楚楚，愣住了。小小墓穴，也就长八十厘米宽六十厘米那样吧，规规矩矩的长方形，挨着土的五个面码了红砖，一色儿水泥勾缝，底上铺一层细沙。老王的骨灰盒安放在左侧，右侧的空位显然是预留的。这不必多说。就说这小小墓穴，哪里像是二十七年前做的？红砖灰缝，崭新如昨，连老王骨灰盒上的红布都像是上一分钟刚盖上去的。这时，两兄弟把母亲的骨灰盒放进去了，两个骨灰盒并排一起，红布一拉，正好都盖上了，端端正正、恩恩爱爱的样子。老张看呆了，心想原来死后还可以这么像样儿，这么舒坦呀。他看了好一阵儿，突然蹲下去，伸手抓了一把沙子，就跟看到的一样干净，又摸了摸砖壁和水泥勾缝，也和看到的一样凉丝丝，干干爽爽。老张敲了下旁边放着的水泥板墓穴盖，王二像是明白他的意思，说，里面加了钢筋的。老张站了起来，问：

谁干的呀?

王二说，我们哥儿俩。

老张激动了，嘟嘟囔囔半天才嚷出来：这两兄弟——这两兄弟——

直到晚上，老张让老伴儿给倒了一杯酒，二两六十度的“北大荒”下肚之后，老张这才把后半句话补齐了——了不起呀！

念　梅

孙春平

出租车到了营盘村口，洪玫问：“这村有个叫于心芳的你可知道？”司机说：“不会是于老太太于老板吧？活着的话足有八十来岁。”洪玫心里怦然一动，说：“可不，大我整整十岁。咋，人不在了？”司机叹息说：“可惜了，前年走的，那可是个大善人呀。大姨活着时，我送客人到营盘，只要赶上饭点，尽管进她的职工食堂，可饱造。”洪玫问：“她还当上老板了？”司机说：“您这都不知道呀，念梅制衣公司呀，方圆百里，赫赫有名。您要是找她，我就送您去她的厂子吧，就傍村东山根那一片。于姨是不在了，可她的儿女在呀，闺女当董事长，儿子是总经理，托老妈的福，厂子红火着呢。”司机很热情，还要往前送，洪玫说：“我是这里的老知青，四十年没回来了，让我自己走走吧。”

洪玫是 1968 年插队的，至今足足五十年，半个世纪呀。村庄哪还有昔日的模样？路上相遇的人也概是陌然，如细聊也能想起过去的人和事，那也得是花甲老人啦！还是等见到小美和小满再说吧，毕竟自己没少带那两个孩子玩，细算算，小美和小满眼下也是五十来岁的人了。

洪玫进了厂区，四座大厂房，机器轰隆轰隆地响，不时有工人推着包装箱出来，纸壳箱上印着英文，还有阿拉伯文。看厂子的规模，工人足有上千。洪玫进了办公楼，看一扇门上挂有总经理的牌子，便推门进去。老板台后坐着的那个中年人肯定就是小满了，看模样还依稀可辨，两位外来人正跟他讨论产品提前出货的问题。小满见又有人来，做手势请她先坐。那两人总算走了，洪玫急上前，一把拉住小满的手，说：“小满我是你洪玫阿姨，认不出来了吧？”小满凝目而望，眸子亮了亮，但转眼，便淡淡地说：“这位大姨，是不是生活有什么困难？有就去办公室，专门有人负责这事。”洪玫急切地说：“小满，你再想想，四十年前，我住在你家，晚上你妈搂你，我搂你姐，睡了好几年呢。我叫洪玫。”

小满仍是摇头。忘了，都忘了，忘了也正常。说话间，一位中年女子推门进来，对小满说，雨林公司那批货，他们再加多少钱，咱们也不能答应盗用商标，砸牌子的事千万不能干。洪玫急忙又上前拉女士的手，说：“你是美丫！我是你洪玫阿姨呀！”小美怔了怔说：“您真是住在我家的洪阿姨？”洪玫忙点头说：“你还喊过我干妈，可你妈不让喊，说想喊也得等我结婚后。”这边说着，小满从门外踅回来，扯住小美的胳膊便往外走，说又有客户来谈合同。

两人这一走，便没了踪影。洪玫被人请到接待室，小姑娘倒是很客气，又是茶水又是水果的，还放到洪玫面前一个红包，里面是500元钱，说姨以后有什么困难，还可以来。洪玫只觉得心里很凉，没收那个钱，起身离去了。

走在出村的路上，洪玫泪水流下来。都说人情薄，薄似纸，真是这样吗？可自己跟心芳姐那是怎样的感情呀！自己来到这个村子，一待就是十年，知青抽工一茬又一茬，可自己因为关系特殊，回城的美事一再耽搁。于心芳大姐看青年点日渐冷清，便跑去抱洪玫的行李，说去我家住吧，正好帮我带带孩子。洪玫拖住行李不走，说你家还有姐夫呢，谢谢啦！心芳说，你姐夫十天半月才回家一次，咱家不是三间房嘛，他回来时，你就带两个孩子住西间，正好让我们两口子放开亲热。心芳大姐说完就哈哈大笑，由不得再客气。心芳家是工农联盟户，姐夫是铁路上的养路工，不常回家。小美和小满是龙凤胎，当时也都五六岁了……往事并不如烟啊！

突然，一辆宝马轿车停在路边，车门开处，跑出小美。小美挽住洪玫的胳膊说：“姨，我现在喊你干妈总行了吧？”说着，又冲车内喊：“还磨蹭什么，快下来！”小满有些扭捏地站到面前，小美再喝：“给干妈跪下！咱俩什么都可以忘，总不能连咱妈临死前的叮嘱都忘了吧，找到洪玫阿姨，她是咱家的恩人！”

两个中年人双双跪落尘埃，洪玫的泪水又流下来，喃喃道：“看到你们姐弟了，也看到你们的事业了，我心里高兴。我没事，这就回去了。”

小美和小满站起身，紧紧挽着洪玫的胳膊。小美说：“干妈一定要走，总得先看看自己的账目吧？”

洪玫吃了一惊：“账目？我还有账目？”

小美跑回车里，取来一个账本，打开，第一页，竟然是洪梅的名字，金额结存三百余万元。

小美说：“干妈没忘记吧，你回城后的第二年，就给我家送来一台织袜机，说是用你一年工资买下的，让我妈挤时间织袜子卖，还说一家四口不能总指望我爸的那点儿死工资。我妈说，我家的公司不管日后发展多大，这都是第一笔投入资金，按等额股金结算。要是一时找不到洪梅，每年的分红就再投进去。”

三人重又走在回村的路上。小美问：“我妈在世时，不知给干妈写过多少信，还求过公安机关，怎么就找不到您呀？”

洪玫说：“回城后不久，我就去南方打工了，办身份证时，因为女工叫‘梅’的太多，我就改成了‘玫’。难为心芳大姐了。”

小美说：“干妈没注意我们公司的名字吧，念梅，是我妈起的。”

小美又说：“我妈常说，人若是忘了根本，别说做事业，只怕做人都难。”

小美说这话时，狠狠剜了小满一眼。小满没吭声。

记着一只狗

刘国芳

这天，我又去了李饶村，天有些冷，寒风萧瑟。寒风中我看见路两边的山茶花还开着。花一开，天再冷也让人觉得颇有生气。我是在抚州一个叫牛角湾的地方拐上这条路的，这是一条山路，在山路上走几百米，是朱家村，朱家村过去，是白岭村，再过去，是祝家村，祝家村过去，便是李饶村。这条路，我可能走了几十次或者更多。我喜欢乡下的景致，山路蜿蜒，路两边开着各种各样的花，从二三月份算起，最早是映山红，就开在路两边，随手就可以折一大把。然后是蔷薇花，白的或者水红的，这花没人折，但是好看。接下来到六月份，栀子花开了，这时候便是一路花香。再后，在别的花都谢了的时候，山茶花忽然开了。在我们抚州，山茶花也叫玉茗花。这花开在冬天，满山满岭地开着，这花一开，就让人觉得抚州的冬天也像春天般美好。通常，我走一段山路便会走进一个村子，但村里见不到什么人，但一定会遇到狗，才进村，就会听到狗吠，在狗的吠叫声中，还是有人出来，因为我常来，他们都认得我了，见了我，他们会点一下头，甚至，有人跟我说起话来，说："又来了。"

我说："来玩一下。"

他们又说："好像你经常来。"

我说："是，我喜欢乡下。"

他们说："你这人真怪，我们都往城里去，你还往乡下来。"

我再次说："我确实喜欢乡下。"

他们说："你以后看不到这儿了。"

我问："为什么？"

他们说："要拆，这一带要建住宅小区。"

我没什么反应，因为，我不相信这一大片地方能拆得了。我甚至跟他们说：“拆这一大片地方，那要多少钱呀？”

让我没想到的是，再去的时候，朱家村就拆完了，我在朱家村看到的是断壁残垣。白岭村也拆了，我在白岭村看到的是一片废墟。祝家村同样拆了，这儿，只剩下倒篱烂壁。这就让人很伤感了，一个个村庄，就这样消失了。李饶村离市区相对远些，难道也这么快就拆了？到了以后，发现李饶村还在，但墙上到处写着拆字。见我来了，一个人说：“马上就要拆了。”

我问：“真要拆？”

那个人说：“拆，拆迁款马上就要下来，钱一到，我们就搬。”

我说：“你们在这儿住了一辈子，是不是舍不得搬？”

这回几个人同时说：“没有什么舍不得，能住到抚州去，还在这狗不拉屎的地方做什么？”

没想到村民是这样的心态，我哦了一声。

再到李饶村，便开始拆迁了。我看到一些房子已经被挖掘机挖了，还有一些房子没拆，但窗子已经拆了，门也被拆了。人已经搬走了，我在村里走来走去，也没看到一个人。

忽然，我听到一声狗叫。

循着叫声过去，就看到一只狗，一只长毛白狗，因为毛长，又因为是白色，那狗让人觉得特别脏。狗看到我，注视着我，发出低沉的呜咽声，像在哭诉。这是一只被人遗弃的狗，人搬了，搬到城里的高楼里去了，狗就不要了。我记起身上还有一个包子，是早上买的，买了三个，吃了两个，剩下一个。我拿出来，扔给狗。狗大概太饿了，扑过来一口就把包子吞了。然后，狗又看着我。只是，我身上没有包子了，只能伸伸手，向狗表示歉意。

后来，我走开了，狗跟着我，一直跟着。我没驱赶它，就让它跟着，走几步回一下头，看它会一直跟着我到哪儿。我甚至想，如果它跟我到了城里，我就多买几个包子，让它饱餐一顿。但那只是我的想法，当我走出村子也就是走出李饶村时，我发现狗不走了，它站下来，注视着我。我其实想让它跟着，为此，我向它招了招手，但狗仍然不动，只是注视着我。在我走远后，它颠颠地跑了回去。

几天后我又去了李饶村，为那只狗而去。我那天想如果它会跟我到城里，就让它饱餐一顿，但它没跟来，我就觉得应该去看看它。我买了好多包子，沿山路蜿蜒而去。到了，发现狗就站在村口，正注视着我。难道它知道我会来，不大可能，或许，它在痴痴地等着它的主人，等他们回来，像从前一样。只是，狗可能不知道，它的主人永远都不会回来了，因为，这个村子，过不了多久，就会消失得无影无踪。

我这天在村里待了好久，白狗跟着我，我不时地扔一个包子给它。当然，有时候，我还把包子扔在一些角落里，我相信，狗过后在村里找东西吃时，会找到的。半晌午的时候，来了一个人，是这个村里的人，我见过。我问他："这狗是谁家的，怎么不要了呢？"

他说："这样的狗有什么用？"

我无语。

我走的时候，狗仍然跟着我，但也只是跟到村口，狗又停了下来。然后，像上次一样，站在那儿注视着我，我仍招手，想让它跟着我，但没有，狗一直在那儿站着。显然，它既在目送着我，也在眼巴巴地等着它的主人回来。

再去的时候，李饶村已经看不见了，我所看到的，是一个建筑工地，十几台挖掘机在施工，一片轰鸣。

那只狗，不知所终。

但奇怪，以后很久，我都记得那只狗。李饶村后来变成了一个高档住宅小区。只是，看到这个小区时，我不会想到别的，只会想到那只狗。

一个老百姓

赵 新

村里人把在国家机关正式上班的人叫作公家的人。

他就是一个公家的人：他在市政府上班，名字叫张亦然，男性，35 岁，面皮白净，举止文雅，是某某局办公室主任。

过了中秋节，草木上有了一层霜雪的时候，张亦然到市郊的 S 县下乡。在县城办完公事开着车往回走的时候，张亦然看见了大路旁边红了叶子的柿子树，看见红了叶子的柿子树上挂着密密麻麻的大柿子，那柿子就像灯笼一样，红得耀眼，红得透明。正是傍晚时分，夕阳西下，山野苍茫，那一棵又一棵的柿子树就是一团团烈火，就是一簇簇落霞。

张亦然心里一激动，就放慢了行车速度。

张亦然心里一兴奋，就把轿车靠路边儿停了下来。

张亦然是个爱吃柿子的人，张亦然的夫人是个非常爱吃柿子的女人，张亦然 12 岁的女儿是个特别爱吃柿子的孩子。他们一家三口，脾气秉性虽各不相同，但是都喜欢吃柿子，都喜欢吃硬柿子、脆柿子，在这一点上和谐一致，口味相同。

张亦然下了车，立在田埂上四面八方地看了看，前边的村庄炊烟缕缕，朦朦胧胧，有饭香时时地飘过来，却看不见一个人。

张亦然跑了几步，登上了一面斜坡，猛地仰头一望，一棵树上的柿子碰疼了他的额头，而那柿子也在悠悠地晃动。

张亦然感到很有诗意。他在心里问那颗柿子：你晃悠什么呢？我没有把你碰疼吧？

张亦然感到很是奇怪：有这么大个儿这么鲜亮这么让人垂涎三尺伸手可得

的柿子，有这么繁茂的一大片丰收的柿子树，怎么没有一位看护人员呢？不怕被谁偷了柿子，不怕被什么糟蹋了东西吗？

张亦然笑了。他想，谢天谢地，我今天算是来着了。

张亦然抬手在树上摘了三颗柿子。他默默地说：“够了，我们家一人一个，拿回去尝尝新鲜，意思到了就行了。我张亦然是干部是主任，切不可‘人心不足蛇吞象’，摘了一个又一个。树的主人非常辛苦，一年四季披星戴月，忙忙碌碌！”

张亦然走了几步又返了回来，又从树上摘了三个：啊，我反正也是摘了，反正也是来了，那就好事成双，一个人吃两个吧！

就在他拔腿要走时，从背后响起一声怒喝：“站住！你为什么偷我的柿子？”

张亦然浑身一颤！他回头一看，一位老汉从柿树后面转了出来。老汉中等个头，黑红面孔，身体硬朗，年龄在60岁左右。

在一片落霞里，老汉手里握着的镰刀寒光闪闪，给人一种冷飕飕的感觉。

张亦然立在那里，低头说道：“大叔，您好。我错了，我不该摘您的柿子。”

老汉走到张亦然跟前，拍拍他的肩膀：“光天化日，你那是摘吗？你重说！”

张亦然血红了一张脸：“老人家，是偷，是偷。”

老汉不依不饶：“你说怎么办！”

还能怎么办呢？无非是拿出一些钱，赔偿人家的损失罢了。张亦然很虔诚地问：“大叔，您说吧，您是主人，您要多少钱我给您多少钱！”

老汉倒背着手，从头到脚把他打量一番，然后问他：“你能给我多少钱？”

张亦然没有说话。他从兜里掏出一张百元大钞，一伸手递到了老汉面前。

张亦然想早些回去，不愿意在这里和一位农民老汉讨价还价，来回纠缠。

老汉斜斜地看了张亦然一眼，啐了一口唾沫说：“同志，你很有钱是不是？你太小看人了，我几个柿子能值那么多钱？你这不是污辱我吗？”

张亦然觉得自己的脸火辣辣地热了一家伙，赶紧把那张100的钞票换成50的。

老汉把张亦然的手推了回去："多，还是多！"

张亦然又把那张 50 的换成 20 的。

老汉把脚一跺："多，多，多！"

张亦然真的迷惑了。他说："大叔，我还急着赶路呢。求求您，您老人家高抬贵手，放我早点儿回去吧！"

老汉缓和了口气，很认真地问他："同志，看你也是一个公家的人，一个通情达理的人，你说这世界上只有钱才能解决问题吗？"

张亦然马上回答："当然不是。还有政策，还有章程，还有纪律，还有思想觉悟，还有真诚和友谊，还有人格和品质……"

他把那六个柿子掏出来，整整齐齐地摆在了老汉面前。

老汉说："还有规矩，还有教训，还有记性，还有良心！同志，你给我 5 块钱算了，5 块也不少啊！"

张亦然把一张 10 元的钞票塞到老汉手里，说自己身上再也没有比这更小的零钱了。

老汉说："你一位国家干部，为什么要在野地里摘人家的柿子呢？"

张亦然觉得很难堪很羞臊。他眨了眨眼睛，低下头回答："大叔，我老娘已经上了年纪，但她牙口儿好，非常喜欢吃新鲜柿子，作为她的儿子，我……"

老汉挥了挥手："明白了，你走吧，你也是一片孝心啊。同志，我想搭你的车回家，到前边那个村你给我停一下，行吗？"

张亦然拍手欢迎："大叔，那太好了，您收拾收拾，就来上车吧。"

想了想，张亦然又问了一句话："老人家，您挺好，您是村干部吗？"

老汉摇了摇头："哪里呀，我就是一个老百姓，就知道耕种锄耪收庄稼！"

太阳已经落山了，山野一片烟霭，一片朦胧。老汉坐上张亦然的车之前，张亦然足足等了他 15 分钟。

第二天张亦然上班时突然发现他的车里有个鼓鼓囊囊的书包，书包里塞满了红得透亮的柿子。张亦然倒出来数了数，一共 18 个。

还倒出来一张10元的钞票。

张亦然沉默了，心里却波涛滚滚。

张亦然想，这柿子是给老娘吃的吗？可老娘远在乡下，离他有千里之遥。

张亦然想，这柿子不给老娘吃吗？可那话是他亲口说出来的。他拿起那张钞票看了又看，倏忽之间，闻到了一股汗腥味儿。

凤雅颂

红　酒

凤子和雅吟是好朋友。

两人一起上幼儿园，从小学到大学都没分开过。

毕业后各自创业，去了不同的公司。虽在不同的城市，却相距不远，周末轮流去对方的城市聚会，谈啊笑啊吃啊玩啊，开心至极。

凤子先谈了男朋友，和雅吟的聚会就少了些，雅吟来看凤子的次数就多了。

雅吟点着凤子的脑袋说，你呀，典型的重色轻友。没劲。

凤子就傻傻地笑，恋爱中的女人都是傻子，将来你也是。

凤子结婚时，雅吟做的伴娘。

雅吟对凤子的丈夫说，要对凤子好啊，若敢欺负凤子，看我扒你的皮！雅吟张牙舞爪的。

幸福的家庭都是一样的快乐，不幸福的家庭各有各的不幸。凤子结婚没多长时间就开始向雅吟诉苦，说结婚没意思，真怀念我俩从前那些无拘无束自由自在的日子。

雅吟说，你也太霸道了吧。尝到婚姻的满足了，又想夺走我单身的乐趣啊。快说说，是不是他欺负你了？

凤子说，他哪敢啊。可是，我觉得和他在一起很沉闷，不浪漫，不快乐，没激情。

雅吟手支着下巴，静静地听。

凤子说，第一个情人节，我还故意提醒过他。到了晚上，他回来了，你猜他给我带啥了？

红玫瑰呗。

什么呀，他竟然掂了一把皮抽子回来了。说家里的下水道总堵，用这个好疏通。我看到那把皮抽子心里立马就来气。

雅吟忍不住笑得东倒西歪。

还有，那天我正在网上给朋友传照片，送水的来了。我慌慌张张跑出去接水，一阵风忽地吹来，砰的一声，把门给带上了。

送水工问，你没带钥匙？我说没事，家里有人。我说这话时心中就有些发虚，我家那位睡觉特别沉，要想叫醒，除非有人在他耳边燃放二踢脚。

我使出喊山的劲儿，不停地叫门，发出的声音有美声有通俗有民族有原生态，嗓子都快喊分叉了，也没动静。我改手拍，真真正正的“五指山”，左右开弓，我懊悔自己怎么不早些练练铁砂掌。我用脚踹，一脚少林一脚武当，脚指甲都快踢飞了，动静够大了吧，可统统不管用。半个小时后，我终于绝望了。

凤子越说越来气：我跑到邻居大哥家把人家的手机借出改用电话叫起，你猜我打了几遍？电话拨到第十遍时，我家那位终于睡眼惺忪打开了房门并厉声教训了我：笨蛋，又把自己锁门外啦？！

雅吟终于忍不住，大笑。

凤子说，你说这样的人是不是很无趣？

雅吟说，不是吧，你家这位蛮有趣的呀。

雅吟对凤子的那位似乎有了兴趣，再与凤子见面时就主动问他的事情。

凤子说，我都懒得搭理他了。那天我们要去上班，临出门时才想起家门钥匙还落在客厅的茶几上，可是我们已经换好出门的鞋子了，他看看洁净的地面，说脱一只鞋单腿跳跃进屋拿就是，这种动作的确不算高难。他跟只雀儿似的单脚蹦进去取回钥匙，蹦出来后才发现脱了鞋的那只脚压根儿就没着地，穿鞋的脚倒是不辞辛苦地蹦来蹦去，地板上一溜儿大黑脚印儿。哎你说，他是不是未老先衰了？

雅吟已经笑得趴在桌子上直不起腰了。

终于，凤子和他开始分居。雅吟对双方劝说都没有用。

雅吟觉得这两人挺有意思，说是分居又同在一个屋檐下生活。

晚上，凤子照例占据书房上网冲浪。客厅那块儿地方由他统领，楚河汉界，各不相妨。

凤子说，那天也不知他哪根神经短路了，破天荒地摆弄起自己的皮鞋来。这些事情，平时是绝对不会干的。我很好奇，于是就问他。他说，晚上在酒店用餐时，果汁不慎滴到鞋上了，有痕迹，亮亮的黏黏的，就自己动手擦了，还说要放阳台上晾晾。

也是我操心操得刹不住车了。我说我来吧，你放不好，指不定还掉楼下呢。抢过鞋，拉着他来到阳台上，导师似的做示范，说你看好，就这样放——真不是大话自己，我这不一向细心嘛。于是，打开窗户，嘴还不闲着：如此简单的劳动你都做不好，我呸。

鬼使神差，忽地一只鞋子脱手而出，居然穿过防盗栅栏的缝隙一个跟头俯冲到了楼下。他倒是懒得理我，转身回客厅看电视去了。我就像个傻瓜似的穿着睡衣，气急败坏地窜到楼下，打着手电，瞪着五百度的近视眼，半夜三更扫雷似的在外面找鞋……你说，这样的人我还怎么跟他过?!

无论雅吟怎么劝说，凤子还是和他分手了。

令人意想不到的是，雅吟竟然和他走到了一起。雅吟说，这么风趣幽默的好男人，哪儿去找啊。

凤子和雅吟还是好朋友。

雅吟也和凤子讲他的故事，还是那些事，还是那些陈芝麻烂谷子的事，雅吟讲起来却眉飞色舞，娓娓动听。

凤子就奇怪了，同样的人同样的事，怎么在自己这里就觉得愚钝无趣，而在雅吟那儿就觉得风趣有情调了呢？凤子不明白，雅吟也不明白。

沉　舟

水　鬼

我贩了药材要过河西去，雇的马车夫到了角口镇，听路人说去河西的官路正在闹毛匪，无论如何也不肯载我西去，我许下大价钱他也不答应。马夫的鞭子响在马屁股上，车辙印在东去的泥路里。

连落了三日的雨，水流湍急，过河的船只能用结实的麻绳缚在河岸的桩上，河上见不着行船。天色已黑，我就近找了家客栈歇息下来，只盼着窗外的雨能早些停下，河里的水也消得更快些。

客栈老板掌了灯，在椅子上坐着。

“要过河吧？”

“不知何时河上才有船。”

“不好说，雨落得有些古怪。楼下有新猎的野味，要不要炒上两盘？”

“竹鸡？”

“也有兔子。”

“两样都用干辣椒炒了，再热上半斤米酒。”

房门推开了，进来的是一个二十来岁的女人，她小心地把酒菜摆在桌子上，并没有走，跨了几步走到窗户边。

“雨越下越大了。你是要过河去吗？”她呆呆地望着窗外黑魆魆的夜色说。

“一时半会儿怕是过不去了。”我说。

“大船是不会走的，除非花高价雇私人的船。”

她将椅子朝我这边拉了一截儿，挨着我坐了下来。

“我的老公，”她用长满茧子的双手托着下巴，“两年前随阿公的船去风浪滩运货，水急浪高，被卷了进去，到现在连身子都没见着。”

我夹了一片鸡肉，斟了一杯酒，饮了一口，浑身燥热起来。老板提了马灯站在门口，我要他再拿副碗筷上来。

老板拿了碗筷上来，怪怪地笑着，在我耳朵边哈着气，压低了声音说：“死了老公的女人，手上的皮虽说粗了些，其他地方倒嫩得紧。荒年女人讨口饭吃不容易，我瞧晚上就留她住上一宿吧，价钱只抵得上你这一餐饭钱。”

她替我斟着酒，自己也仰了脖子喝着。半斤米酒很快就见了底，她起身又下楼打了半瓶上来。屋子里灯光暗淡，可她的脖颈、耳垂、脸上被酒染上的一层桃红却很分明。

桌上的酒菜吃得将尽时，她下楼用木盆端了热水上来。她将帕子在水中浸了一阵，又轻轻地拧了下，替我擦起脸来。我说：“我自个儿来吧。”她只是笑笑，接着又把帕子浸在水中，脱下衣来，将拧干了的帕子在自己的胸前和后背上抹着。

“吃酒出了汗，抹干净了，身子舒服些。”她说。

午夜依旧能听到雨点击打在石板和瓦片上的声音。我拥了被子，靠着床头，很快她也从被子里钻了出来。

“困不着吗？”她问我。

“我急着赶回去，可这雨不晓得会下到什么时候。”

“日子总是很苦，”她并没接我的话，“这条河上常常能看到饿死的人浮着的身子。你是生意人吧？”

“靠贩药材讨口饭吃。”

“总比我强。你能带我走吗？杂活儿总是会做些的，你们这些生意人，家里的妻子自然是不愿陪着你们出来受苦的。我晓得这里的一个船夫，只要多给些银两，他定会渡我们过河的。我是自愿来这里的，哪日想走人，老板也不会为难我。”

东奔西走，路上有个肯吃苦的女人服侍总归是好的。

第二日结账，我多付了客栈老板一些钱。我正打算向他说我要带她走，他收了银子，什么也没问，又去招呼新来投宿的客人。

雨终于停了。她在沿河泊着的船中找到一艘小船，弯腰拱进了船舱。船夫同我议价，竟比平日贵三倍。

船斜斜地向下驶着。晚上的疲累使我眼睛发涩，我搂紧包袱，缩着身子打起了瞌睡。

一尾红色的鲤鱼从河中跃了上来，在船板上动弹着，尾巴使劲儿一拍，跃到了我的肩上。它张开嘴巴，说起话来，每说一字，就吐一个气泡："你遇到了大凶险，这女人和船夫，都是泅水的好手，要在江心用缆绳缚住你，沉进这河里，谋你的钱财。你看那渔夫的高大身材，你看那女人双手的厚茧。"

船许是遇到了大波浪，我的身子被颠离了船板，脑袋磕在挂着的箩筐上。我从梦中惊醒过来，睁开眼向船头望去。

"……我的老公。"

她立在船头紧挨着船夫一起撑船，我只听得她说了这么古怪的一句。她听到后舱的响动，躬身走了进来。

"你的老公？"我说，"船夫可是你的老公？"

她看我的眼神怪怪的，敛了神说："我的老公……船夫吗？是睡过几夜的。"

缆绳蛇似的蜷缩在她的脚下，她蹲下来，掂起一段，扯了扯，说："水再大也是冲不散的，只要绑得牢实。"

"只要绑得牢实。"我突然全身发热。她用手巾在我额上抹了一把，递在我眼前，湿了一片。她笑得也怪，说："热吗？过了江心就不用怕了。"

大灾荒年，毛匪露着尖牙，女人和船夫却画着假面目。舱中有一块宽长的木板，筐中放了尖刀，仗着这木板或许我能逃命；用这尖刀，也许能沉了木船。她和船夫在水中挣扎，必定是追不上我了。

我摸起尖刀，在后舱偷偷掘着，水开始缓慢浸入船舱。我将包袱扎了死结，又找来一根铁棍，将破洞扩得更大，大股水开始往舱里冒。我抱紧木板，从后舱跳进了湍急的河水中。

船像舞女一样左右舞动，渐渐沉入河中。女人慌乱地挣扎着，丝毫不习水性，我大感意外，而她旋即被迅疾的河水卷了进去。船夫朝她消失的地方极力游了过去，四下搜寻。

万家灯火

厉周吉

老赵熟练地按开开关，明亮的灯光便充满了楼房。

房子面积很大，虽然尚未装修，也能看出这房子的好坏。他在房间内转了一圈，看了下手中的表格，然后关上门，下楼，朝另一个单元走去。他现在要去旁边那栋楼的五楼。

老赵今年65岁，论说这个年龄不该出来打工了，但是农村都这样，只要身体允许，哪怕70岁了都还在打工赚钱，要是闲在家里反而觉得不好意思。当然，打工对老赵来说应该是不错的选择，自从三年前老伴儿弃他而去，他一直没有走出老伴儿去世的阴影。他害怕孤独，不打工，自己独自待在家里，日子岂不更加难熬。

老赵的身体不错，这不，五层楼“噌噌噌”就爬上来了。上楼前，他已经找好了钥匙，来到门前，熟练地敞开门，打开灯，同样明亮的灯光充满了同样的楼房。

老赵看了一下手机，时间正好。老赵年轻时当过一段时间的民办教师，养成了严格遵守时间的习惯，时间对他来说一般是准确到分钟的。

这家的户型和刚才那家完全一样，但他还是看出了不同，就像一位母亲能够轻而易举地辨认出别人很难区分开的双胞胎儿子一样。

至此，他已经用一个小时断断续续地打开25户的灯了。现在，他有半个小时的休息时间。接着，他将有一段每晚最忙碌的时间，他要连续不断地工作三个小时，陆续打开并关掉很多家的灯。

有时候，老赵觉得自己像是总司令，他的兵是这座刚建起不久却没有一户人家入住的楼房的灯。有时，他觉得自己像个音乐家，在明明暗暗的闪烁中，在这座周围尚是旷野的小区演奏着属于自己的灯光音乐，在一派空阔中营造着万家灯火式的温暖。

但是，他异常烦躁，觉得自己的努力都是徒劳的。打开，关上。关上，打开。灯光照亮的只有自己的无边孤独。他希望通过打工寻找热闹，最终他却干了这种活儿。对他而言，每个夜晚都是从黑暗复归黑暗的过程，那明亮的万家灯火，像极了了无痕迹的梦。白天和深夜的很多时间，他都是静静地待在自己的小屋内，品味着属于自己的无奈与迷惘。

当然，迷惘归迷惘，他其实是很负责任的。他觉得既然自己拿了老板的钱，就得按照老板的安排去做，至于这样干的作用和意义，那不是他应该思考和关注的。

我们仔细考察过，你一直严格按照我们的规定操作。一年来，我们的楼盘价格与周围楼盘相比上升幅度是最大的，每平方米超过 3000 元。公司认为，这与你们几个人的努力是密不可分的。公司决定给你发一份 3000 元的年终奖金。希望你在春节期间更认真地工作，年后继续跟我们签订合同。腊月二十那天，公司张副总来小区视察，给老赵送来春节福利并额外奖励给他一个红包。

每平方米涨价超过 3000 元，原来自己的劳动这么有意义！他甚至觉得公司奖不奖给他红包不重要，重要的是他知道了自己劳动的价值。公司对自己工作的肯定，让老赵非常感动，他表示要好好考虑一下。

老赵的儿子和女儿都在上海工作，平日几乎不回家，只在春节期间回来，老赵不想失去这难得的相聚时光。经过综合考虑，老赵跟领导表示只在春节期间休息三天，节后尽快上班。

儿女们是腊月二十五回来的，虽说回来了，但是都有多家亲戚需要走，有多处关系需要疏通，有多种事情需要办理，真正全家人聚在一起的时候是大年三十。

一年一次的相聚，喜庆中带着一份无奈与感慨。每年聚在一起，大家都是要回顾一下过去一年的收获，展望一下新年的生活。今年也是如此。

老赵最开心的事莫过于打工充实了自己的生活，还得到了一个大大的红包。老赵相信新的一年自己一定会干得更好并能得到更大的奖励。

女儿的最大喜事莫过于工资每月涨了近千元，她相信，新一年的工作环境会变得更好，工资也一定会继续涨。

儿子的最大喜事莫过于跟人开的小饭店生意红火，自己有十几万的年终分红。儿子相信，饭店明年生意会更好，父亲也能够过上更幸福的生活。

为了给老赵一个惊喜，姐弟俩最后才说出送给父亲的新年礼物。姐弟俩拿出打拼这么多年的积蓄，悄悄在城里买了一套新房。他们希望尽快把房子装修好，让操劳了一辈子的老赵搬过去住，过上城里人的幸福生活。

因为担心老赵孤独，姐弟俩特意在县城考察了两个晚上，最后确定了一个入住率最高的楼盘。那家楼盘每平方米比附近其他楼盘都要贵接近 4000 元，那套 125 平方米的房子虽然让他们多花了接近 50 万，但是他们觉得值。

当儿子拿着新楼钥匙在老赵眼前晃呀晃的时候，老赵着急地问小区的名字。

盛世朝阳。姐弟俩异口同声地说。

那不正是自己打工的那个小区吗！老赵目瞪口呆。

挖水井

于心亮

村里搞承包的时候，我爸头一个摁了红手印，承包了村里的菜园地。随后冬梅的爸和二猛子的爸也跟着承包了村里的鱼塘和面粉坊。许多人都等着看他们的笑话，我爸暗暗发誓要干出个样儿给大家伙儿带个好头，因此没白没黑地在菜园里忙活，一门心思想着发家致富……

这年冬天，我爸思谋着在承包的菜园地里挖口水井。住在菜园地四周的人都围着瞧热闹，却没人愿意搭把手。我爸心里就有了怨气，回家嘟嘟囔囔。我妈听了没给他好气儿："活该！想想你平时那仔细劲儿，谁肯来帮你？日子都让你给过死了！"

我爸不服气地反驳说："改革开放了，谁有能耐可劲儿使，都是有胳膊有腿的，还想跟以前那样混日子不行啦！"我妈气得心口疼，摆着手说："得、得，你有本事，看将来有了难处谁会来帮你！"我爸高声大嗓地说："我凭劳动吃饭，还用得着别人来帮？切！"

井挖好以后，我爸开心极了。他想着来年种菜，就不用担心没水浇菜啦！结果过了没两天，我爸就开心不起来了，原来住在菜园四周的人家图方便，都到菜园里我爸挖的水井里挑水了！我爸想：我挖井的时候你们不帮忙，现在倒想起挑水了，没门儿！

我爸颇费了一番心思：把守着水井不让挑？——不可；给菜园地弄个篱笆门锁着？——也不可；给水井加个盖子锁着？——还是不可。钻进牛角尖儿的我爸那些天吃不好睡不好，唉声叹气乱转悠，后来他瞧见村里有人在修理拖拉机，于是脑子里灵光一闪，想出办法来了……

很快，没人再去我爸的菜园地井里挑水了，原来我爸往水井里倒了柴油。

我妈知道后，又跟我爸吵了一通，也不做饭了。我爸根本不在乎，哼着小曲儿去冬梅家，结果冬梅她爸数落他；去二猛子家，二猛子他爸也数落他。我爸就恼了，拍着桌子骂：“当初不是我带头搞承包，你们谁敢甩开膀子使劲儿干？现在富裕了，就敢训斥起我了?！”

饭没捞着吃，还生了一肚子气，我爸头昏眼花地往回走，跨一条结冰的水沟时没留神，跌了个四脚朝天，嘴里干哼哼就是爬不起来了。很快，村里人都围了过来。我爸难堪地想，人们肯定又要瞧热闹了。没想到大家伙儿没有犹豫，抬起他就送医院去了……

我爸伤了腚巴骨，一时半会儿出不了院。想起大伙儿的不计前嫌，他惭愧地跟我妈说：“等养好伤，我回去把水井淘干净，让大家伙儿都去挑水喝。”我妈却说：“村里的人家已经开始挖手压机井了，以后啊，你请着人家去挑水，也没人挑了！”我爸听后，懊悔极了。

说起手压机井来，真是怪神奇，加上一瓢水，“吱嘎、吱嘎”按压一会儿，清澈的井水就从地底下咕咚咕咚涌了出来，而且夏天凉、冬天暖……尤其是冬梅家的机井，干脆就用不着加水，按着压杆儿“吱嘎、吱嘎”飞快干压几下，地下水就流出来了，更是不得了！

冬梅说她家的机井是因为地下水位浅。我问：“什么意思？”冬梅说：“水位浅就是水位很浅的意思……反正是，俺爸随便挖了几锨土，就出来水了，简单得很！”二猛子在旁边也使劲儿点头说：“有机井就是好，想什么时候使水就什么时候使水，想使多少水就使多少水！”

把我羡慕的。我爸伤好出院后，我就嚷着挖手压机井。我妈也说去菜园井里挑水远，去邻居家挑水又不方便，别人家有咱家凭啥就没有？不如干脆也挖个机井吧！我爸一想也是，于是就约了冬梅爸和二猛子爸来我家院子里帮着挖机井。这可把我们给高兴坏了！

眼瞅着院子里的泥土越堆越高，机井越挖越深，可就是不见出水。后来就加了木辘轳，我爸和二猛子爸在下面挖土，冬梅爸在上面摇土。我们抻着头要看，都被毫不客气地驱逐到一边，只能帮着运土、堆土……可一直挖到天黑了，也没挖出一滴水来。

我爸沮丧地说："算了，不挖了！"冬梅爸和二猛子爸就说："世上无难事，只要肯登攀。说不定下一镐头就挖出水了！"我逮空往里面瞅了瞅，头晕得差点儿没掉进去。我说："妈呀！这要是塌方了，俺爸和俺大爷可就完了……"我妈怪我乱说话，抄起烧火棍打了我两下子。

第二天，继续挖，一筐土、两筐土、三筐土……每个人头上都冒着热气，我们都累得不行了。冬梅说："你们家的水位线深，真倒霉！"我听了很恼火，不理冬梅。二猛子悄悄安慰我说："井深了好，水甜！"我听了很高兴，偷偷给了二猛子一块糖吃。

又快到天黑的时候，终于挖出水来了，我们全都高兴坏了。我爸去买塑料水管，冬梅爸去买过滤网，二猛子爸去买机井头……等把一切都侍弄好，我爸还有冬梅的爸和二猛子的爸都累熊了，他们仨人爬上热炕头开心地端起酒盅刚要喝酒，村里的大喇叭响了：

"呼——呼——社员同志们注意啦，咱村哪，决定装自来水啦！"

看　座

相裕亭

小麦扬花的时候，盐河口捕鱼的汪福，正在大盐东沈万吉沈老爷家秫子地边的河心岛上扳罾捉鱼，河对岸，一辆马车“吁”的一声，停下了。

当时，汪福认为是过路的商客，停下来观看他如何捉鱼呢。所以，他没去搭理对方，只顾忙着扳罾、收鱼。可等汪福看清楚河对岸那个身着长袍的老人，是沈家的老太爷沈万吉时，他立马慌了手脚，赶忙扔下手中的罾网，抱起刚刚捕捉到的一对大白萝卜似的鲢花鱼，蹚水跑到河对岸来，硬将那一对尚在拧滚、打挺儿的鲢花鱼，塞到沈老爷的马车上。

汪福扳罾的那个小岛，正好坐落在沈万吉沈老爷家的地头，谁能说那个河中的小岛，不是沈家的呢？他汪福怎么就堂而皇之地在沈家的小岛上搭起草棚，扯起网绳，坐收“鱼”利呢，这显然不合章法嘛。

汪福下意识地给沈老爷作揖、求饶说：“托沈老爷的福，小民汪福，在此混口饭吃。”

沈老爷支吾了一声，好像没当回事儿。

沈老爷或许就是一时兴起，想停车看看风景。刚才，若不是汪福那一番作揖求饶的话语，沈老爷没准都不记得河对面那片绿油油的秫子地是他家的。

汪福看沈老爷不言语，心里越发紧张了，误认为沈老爷要拿他是问。

汪福当即表示收网走人。言外之意，求沈老爷宽容他这一次。以后，他不敢再来了。

哪知，沈老爷看汪福那副惊慌恐惧的样子，如同说笑一般，告诉他：“那个小岛，送给你啦！”

说完，沈老爷登上马车，走了。

汪福却愣在那儿，不知所措。

马夫看汪福半天没醒过神来，便回头大声告诉他："沈老爷发话，那个小岛送给你啦！"

汪福这才"扑通"一声，跪在沈老爷马车后面的烟尘里，接连磕了几个响头，以谢沈老爷的大恩大德。

这以后，汪福的日子愈发充实了，他拆掉岛上那个临时搭建的小草棚，板板正正地盖起两间门窗敞亮的小茅屋。之后，他一边打鱼，一边铲除岛上的杂草、芦柴，开垦出一垄垄的地块儿，种上了辣椒、茄子、韭菜、洋芋。入秋以后，又种了几畦绿莹莹的芫荽、菠菜和过冬的小麦。其间，随着秋后河水变小，水面变瘦，大片的滩涂裸露出来，汪福又把小岛周边的泥土挖起来，堆积到小岛上，使小岛的面积不断扩大。

汪福守着小岛，打鱼、种菜、卖菜，后期，又喂养了一大群水上凫游的白鹅、花鸭，小日子日见红火起来。

此时，汪福没忘记沈老爷的恩德。开春的头刀韭、挂花的脆黄瓜乃至市面上尚无出售的紫茄子、青辣椒，以及鸭舍里那些白生生的鸭蛋、鹅蛋，他自个儿都舍不得上口，总要抢个头水，给沈家送去。

印象中，汪福头一回到沈家去时，是个清晨。

汪福手提一篮子圆溜溜的鸭蛋、鹅蛋，肩挑两筐碧绿的青菜来到沈家。沈家没有人认识他，拦他在大门外，直至马夫出面，与大太太说了来龙去脉，汪福这才有幸见到沈家的大太太。

当时，大太太正在小餐厅里等候沈老爷一起用餐。

汪福去见大太太时，他看人家窗明几净，尤其是大太太那身宽软的绸缎，在他眼前一闪一闪，汪福忽而感觉自己身上的鱼腥味儿、鸭屎味儿太重了，没敢踏入大太太就餐的门槛儿。

大太太身边的小丫鬟，礼节性地搬把亮铮铮的小椅子放在他跟前。汪福担心自己身上太脏了，没敢坐，就那么蹲在门口，听大太太问话。

后来，汪福再到沈家去时，他先把所送的青菜、鱼虾啥的送到后厨去，再到大太太这边来道安，以讨沈老爷、大太太的欢喜。当然，汪福也想利用那个时机，讨得沈老爷、大太太的赏赐。大太太赏过他岭南的花生、羊儿洼的稻米。有一回，大太太高兴了，还赏了他一摞叮当作响的钢洋。

汪福有了钱，便注重穿戴，每次要去沈家前，他着意要在河边多洗几遍手。天气不是太冷时，他还要在河中洗个澡，换身干净的衣服呢。

尽管如此，汪福每次见到沈老爷时，还是卑卑怯怯地不敢靠得太近。大太太在屋里与他说话时，他始终蹲在门外，不好意思去碰沈家那油光锃亮的桌椅板凳。

后来，沈老爷在城里娶了四姨太，汪福就很少见到沈老爷。沈老爷喜欢在四姨太那边过夜。

但是，此时的汪福，仍然把他种植的蔬菜瓜果送到沈家。沈家大太太对他也不薄。汪福挑去青菜、萝卜，大太太却回馈他大米、油盐。有一年冬天，大太太还把沈老爷穿过的一件灰棉袍赏给了他。

那时间，汪福与沈家人已经混熟了。他到沈家去时，无须下人通报，便可挑着箩筐，直奔后院去见大太太。

说不清是哪一天，汪福在门外听候大太太问话时，情不自禁地摸过门口那把原本是让他观看的椅子坐上了。

当时，大太太就觉得汪福气度不凡呢。

回头，汪福走后，大太太好像忽然间想起什么事似的，喊来管家，说：“去把汪福开垦的那块荒岛收回来吧，省得他以后再往这边跑了。”

就此，汪福断了财路。

但，汪福到死也不知道，他是怎么招惹大太太不高兴的。

一块五毛钱是多少钱

袁省梅

门吱扭响了一下，爷爷裹着一团寒风回来了。油灯细小的火苗忽地伏下，险些就要灭了，又努力地端端地站住了。奶奶和小哥急切切地看着爷爷。爷爷说，大夫说了，明儿个必须打针，再晚，就有危险了。奶奶问，多少钱？爷爷说，一块五毛钱。可是，爷爷翻遍了家里的犄角旮旯也没有找到一个钱毛毛。奶奶抹着眼泪，几乎要哭出声来了。

小哥看了眼昏睡的妹妹，扭头看着蹲在柜前的爷爷像是做了错事般勾着头，眼圈就红了。他不知道那个扬鞭赶马总是威风凛凛的爷爷咋就一下子变得虚弱甚至是卑微起来。他咬咬牙说，爷，奶，我去找钱去。

小哥跑出门，顺着巷子跑到二婶家门口，伸出的手迟疑了一下就缩了回去。走到狗子叔门前，脚步都停下了却没有上前敲门。在这没吃少喝的年月，哪个有钱借给你？自己家那破烂光景，哪个有钱敢借给你？

小哥跑出巷子，跑出村子。他对自己说，我就是卖血也要救我妹。奶奶不是常说小子娃不吃十年闲饭吗？我都十四了，是个大人了，没了爸妈，咋说我也该往上顶，不能为难我爷，不能呀坚决不能。

跑出村子，小哥还在跑，一直往河边跑去。

河边有个码头，时不时地会有上游来的运煤船。船上的炭要运到岸上，需要找人卸炭担炭，也就会付工钱。

小哥的运气真好啊，刚到，就有一艘运煤船靠到了码头，有个人站在灯下大声嚷嚷，下煤了下煤了，有没有人下煤？

小哥想也没想就跳到船上，抓了一把铁锹，铲一锹煤，呼嗵扔到岸上。小哥呼哧呼哧地往岸上卸煤，根本没看见黑影里有几个人走了过来。他们一过来，就喊嚷着叫他下来。一个粗笨的大嗓门喝问他是哪个，骂他吃了憨胆了敢来占老子的锅灶，还不赶紧滚？

小哥装作没听见，铁锨不停地往下卸煤。小哥心里说，我只要干了活儿，就能挣到钱。

小哥没想到的是，有个人上来扯住他的胳膊，一把把他推搡到了煤堆上。小哥身子一挺，往起站的时候就抓了铁锨，梗着脖子问那人咋哩。那人说，你说咋哩，哪个让你卸煤的？小哥知道他们是不想让他干活儿，就气哼哼地反问道，哪个让你卸煤的？

昏黄的灯下，一个胡子拉碴的黑汉挤到大伙儿前，下巴点着煤堆子，这钱你也敢挣？你也不问问，这钱，你能挣了？

黑汉旁边的小个子说，我几个忍着瞌睡受着冻守在这河边不是为了卸煤你以为是在这儿乘凉享福哩？你个小娃娃想卸就卸哩？

小哥想起爷爷说过，河口村的几个人霸着河边的下炭活儿，外人，根本没法插手。多一个人，就要从他们手里多分走一份钱，那是虎口夺食啊。这年月，哪个舍得？然而眼眉下，小哥心里说我必须要干这个活儿挣这个钱。他把锨把攥得紧紧的。

又一个人喊骂他下去，说还不赶紧下去等着锨铲你嘞？那人说着就举起了锨。

小哥喘着粗气，恼火地瞪着这个人，也举起了铁锨，倔倔地站在煤堆上，像是守卫自己阵地的勇士般，就是不肯下去。他哪能下去！黑汉嚷道，你还敢犟着不走？反了天啊你！黑汉往小哥跟前走，那几个人也朝小哥跟前走。

小哥心里说，你们只要不把我打死，今黑的这活儿我是干定了，今黑的这钱我也拿定了。他咬着牙，狠狠地盯着黑汉，把手里的锨把攥得紧紧的，脚下像生了根般一动不动。

眼看着黑汉他们就逼到眼前了，他还是挺直站着一动不动。可是，他知道不能打架。他不是来打架的啊。他就要被黑汉逼得掉下船去时，张嘴喊了句，我妹子发高烧，眼看就没命了！这句话刚喊出去，小哥就哇地哭了起来。小哥的心里不知道积攒了多少的委屈和忧伤，哭得酣畅淋漓，哭得地动山摇，哭得河水也呜咽，河边的黑风也呜咽。爸死娘走，他都没有掉过一滴泪啊。

黑汉停下了脚步。黑汉身边的人也停下了脚步。他们面面相觑，都不说话。夜色浓稠，寒风凛冽。黄河边的风，小刀子似的，割到哪儿哪儿疼啊。

黑汉说话了。黑汉说，要不……叫这娃留下吧？

旋即，人们四散到煤堆边。旋即，河边热闹了。铁锨铲动煤炭的声音，煤炭落地的声音，把黑风撕搅得一绺一绺的。

天色渐渐明晰起来，一船的煤卸完也担完了。黑汉递给小哥一沓毛票说，数数。小哥给手指上蘸点儿唾沫，一张一张数得很仔细。

一块五毛钱。一块五毛钱可以买六支庆大霉素，六支庆大霉素可以让他妹妹的高烧退下。

黑汉说，够吗？小哥捏着钱，龇着大板牙笑时，眼泪却止不住地往下流。

你独自怎可温暖

符浩勇

从母亲住进医院，主治医师证实我不祥的预感，我就意识到最坏的事情将要发生。母亲撒手归去，我顿时感到一种沉重的失落与孤独。

继父痛哭失声：“宏儿，你母亲走了……我再也听不到她的唠叨了……”他仿佛一下子衰老了许多，苍白的脸重叠着倦意。

继父是在我十岁那年，走进我和母亲的生活的。在我的记忆里，他们相敬如宾，该说的说，该笑的笑，可总会让人有一种客客气气的感觉。

处理妥母亲的后事，在清理遗物时，继父递给我一把钥匙，指着一个精致别样的柳条箱子，说：“那是你母亲唯一珍贵的嫁妆，我没动过它！”我倏地扑过去，仿佛又一次抱着母亲，泣不成声。

夜里，我独处的时光，终于用钥匙打开了母亲的木柳条箱子，那里安静地放置一条粉红色的连衣裙、一个蝴蝶发卡、一本天蓝皮日记本……

母亲 23 岁的那年秋天，一个摸得着阳光的日子。母亲的单位分来了一位转业军人，那就是父亲。

单位按例召开了座谈会，母亲去参加，她就穿着那条粉红色连衣裙。这衣裳她可喜欢了，平时从来不穿的，那天她穿上了，显得轻盈而飘逸。

母亲沉静地坐在一个不起眼的角落里。她始终都一动不动，眨着明亮的双眼，盯着父亲的浓眉大眼，宽肩长腿，一身英气，不禁在心里一阵惊叹了。在此之前她还从未见过这样的男人。

等到父亲发言了，他的声音又宽阔又响亮，让每一个听着的人都精神抖擞。

母亲心里陡然生出一种说不出的异样感觉，既激动又忧伤。这时，父亲的目光扫了过来，他发现母亲的眼眸里泛着一泓激荡的湖水，眼里仿佛燃烧着一种期待和渴望。

母亲怔了一下，他身上有足够吸引她的东西，但她的目光马上移开了，忙低下头去。

座谈会结束了。母亲一个人远远地走在最后，生怕别人知道她的心事。

往后的日子里，母亲上班的路上，总会发现父亲在一个几乎固定的场合出现，与她总是不期而遇，迎着母亲羞涩的目光。每一回走过身后，母亲转身又总是发现父亲也在扭头看着她。

那时母亲在业务第一线上岗，尽管很忙，可在人前人后，她总是忍不住偷偷在嘴唇边漾出笑纹来。

有一天，父亲约母亲去看电影。在约会点，母亲迟疑地向等在那里的父亲走过去。父亲对母亲说："我去开会……还买了一个发卡。"

母亲一怔："什么发卡？"

父亲把发卡掏出来，用手掌托着："你看。"

母亲看见了，知道是给她买的了，脸马上烫起来。不过，她却什么也没说。

父亲又说："你要是喜欢，就给你吧。"

母亲仍然不吭声，看着发卡。看着看着，便突然伸出手，一把将发卡抓到了自己的手里。动作是那样轻快，快得像抢似的。她甚至都没再看，就迅速往头上插。

那天夜里，看着电影《冰山上的来客》的时候，父亲攥紧了母亲的手。散场后，父亲送母亲回家的路上，母亲接受了父亲笨拙的拥抱，父亲的脸上留下温柔的唇印。

婚后一年，母亲十月怀胎生下了我。然而，旦夕祸福。母亲和我在乡下刚待满产假，一场意外终止了父亲的花样年华。噩耗传来，母亲眼前一黑就昏了过去……

至今，母亲也不明白父亲意外事情的前因后果。那永远都是母亲一辈子的痛。那时母亲的心中只有一个坚定的信念：将儿子哺育成人，那才是对丈夫最深切的怀念……

日子过得很快，一晃七天过去。在城里我的家里留有一个单间，那是给母亲的，我打算让继父去住。可他婉拒了："宏儿，我觉得你母亲没有走，或许是她出了远门，有你母亲在这儿，我哪里也不去……有空你就常回来看她……"

"那我帮你请一个保姆吧？照顾你的起居。"

继父说："别担心我，我会照顾自己的，我不会孤独，我一个人的时候，会想起你的母亲……"

他这么一说，我心里一酸：其实，母亲这辈子对继父没有爱情。我在读母亲的日记时，有一种无法诉说的情怀震撼了我：当年，母亲遇见继父之前，亲戚好友就开始张罗她后半辈子的生活。其中不乏条件优越、生活宽裕的人家，甚至有暗恋母亲多年的同窗，母亲却违心地选择没有爱情的继父，同样操持他几乎一辈子的生活。母亲是生怕感情的琴弦一旦被拨动，会冲淡她对父亲的一往情深：父亲在母亲的心中永远定格在25岁的花样年华。

继父说："我知道你孝顺，也知道你心思，人咋着都是一辈子，好人自有好报，自己认准了，别听别人说什么。我深知，你母亲这辈子有很多理想，我却不能帮着她去实现……可她还是同我生活了一辈子。"

我听着，有一种心碎的感觉。

复仇的鹰

巴图尔

牧羊人买买提正在午睡的时候，一声刺耳的尖叫划破长空，天空就像被撕开了一个大口子。他如同被什么猛刺了一下，突然从沙丘上弹了起来，揉了揉惺忪的睡眼，抬起头向空中张望。天空是瓦蓝瓦蓝的，几朵雪团一样的云朵，慢悠悠地随风飘移着。他并没有看到什么，可他的耳朵里还残留着那一声尖叫。这种声音以前买买提听到过，可是一时又想不起。他在脑子里回想着，这种声音是什么时候听到过、又是什么东西发出的呢？

这个声音令人毛骨悚然，简直就是扎在耳朵里烙在心上。他从尖叫声还感觉到一种悲切的痛苦感，就像失去心爱之物，发出悲戚而愤怒的长啸。他觉得自己浑身不自在，脸上的肌肉不时跳动。当尖叫声再次划破宁静的天空时，买买提颤抖了一下。他想出来了，这是鹰的叫声。平原地带怎么会有鹰呢！鹰是不会在平原安家的，鹰的家总是在悬崖峭壁上，哪里险峻哪里就是鹰的选择。鹰突然出现在平原地带，可以说是不多见的。买买提仰着脸在空中搜寻着，终于看到了，鹰高高地盘旋在天空中，它的翅膀几乎不用扇动，仅靠气流和高超的滑翔技术，就足以翱翔在这片天空。

买买提很担心，羊群在鹰的眼里还不如一只野兔，根本不费吹灰之力，就可以把一只小羊羔叼走，羊羔没有任何的反击能力。鹰的嘴和爪子是非常厉害的，再坚硬再厚的皮，它都能一下子啄穿，只要让它的爪子抓上猎物就跑不了。此时，买买提最担忧的是羊群的安全，如果鹰的巢穴就在可以看得到的山上，那么方圆几百里都不再适合作为牧场了。

买买提望着空中翱翔的鹰，心里却在琢磨鹰为什么会突然出现在胡杨林的上空。就在这时，随着鹰的一声尖利长啸，鹰突然俯冲下来。当他把目光移向地面时，他看到一只拼命奔跑的狐狸；说时迟那时快，鹰就把那只狐狸捉住，只见巨大的翅膀挥动了几下，那只狐狸就被带到空中。随着鹰的翅膀不停地扇动，距离地面的高度也在不断增加，达到一百多米的时候，鹰松开了紧抠的爪子，那只狐狸就从高空摔落下来，重重地摔在地上。然后鹰再次俯冲下来，把狐狸提到空中，再次重重地摔下来。鹰几次三番重复着一个动作，把狐狸提到空中再重重摔下。其实，就在鹰抓住狐狸的背时，鹰爪就已经抠到狐狸的背里了，狐狸的五脏六腑也都被震碎，哪有不死的道理。

买买提很不明白鹰这样做究竟为了什么，难道鹰不知道狐狸早就死了吗？这绝对是不可能的。买买提脑子里出现另一组画面。在天山深处的悬崖峭壁上，一窝雏鹰刚长出绒绒的毛，等待着老鹰带回食物喂养它们。可是厄运降临了，一只狐狸小心翼翼攀爬了上来，把窝里的雏鹰吃了，饱餐之后，迅速逃离躲藏起来。狐狸知道自己惹祸了，老鹰是不会饶恕它的。在很多时候，动物也知道自己惹祸了，也知道自己干了坏事是要还的。这也许正所谓，明知山有虎偏向虎山行。很多犯罪的人也是这样，明知道自己的行为是错误的是犯罪的，可他们都有侥幸心理，或者自认聪明，可以瞒天过海，可以逃脱法律的制裁。殊不知，天网恢恢疏而不漏，最后只落得身败名裂，遗臭万年。

老鹰带着食物回来后，发现自己的鹰宝宝都死于非命，悲痛欲绝，一刻不停就追了过来，四处寻找吃雏鹰的家伙。那时，狐狸已经逃到了这片茂密的胡杨林，距离天山山谷已经非常远了。狐狸才大胆地喘了一口气，希望已经逃脱了老鹰的追捕。老鹰循着它的气味来了，无论它隐藏在胡杨林里的哪个角落，老鹰都会把它找出来。老鹰的长啸声是有威慑作用的，会令很多动物胆战心惊，也会让一些小动物吓得屁滚尿流。

老鹰飞临胡杨林上空就是一声长啸，也就是惊醒买买提午睡的那一声。老鹰高高地盘旋着，放宽自己的视野，更清楚地看清胡杨林里发生的一切。那刺耳的长啸声再次响彻胡杨林的上空，狐狸也许做贼心虚，从洞子里钻出来左顾右盼，确认没有危险之后拼命地狂奔，希望逃出老鹰的魔爪。狐狸为什么不在洞里待着？明知道老鹰是来复仇的，也是循着它的气味来的，出来无异于自投罗网。可老鹰的长啸声让狐狸吓破了胆，不知躲到哪里才是最安全的，最后，狐狸钻出洞子疯狂地逃窜，也就有了买买提看到的那一幕。

老鹰再次把狐狸从高空扔下来，看都没看一眼就飞走了。买买提这才松了一口气，羊群安全了，可他心里却在思考着一件事，人是否该像老鹰那样疾恶如仇，睚眦必报？

他长叹了一声，他想很多东西还是忘了最好。

失忆症

江　岸

为了防止老人走失，刘永强和田红霞经常从外面把家里的门牢牢地锁上。公公只认识刘永强，认不得田红霞了。刘永强可以正大光明地进门，田红霞不行，她每次都是偷偷摸摸地溜进家门，万一被公公发现，就要颇费一番唇舌。

刘永强出差的当天晚上，田红霞不得不面对公公。她万万没有想到，自己居然三次被公公撵出了家门。

第一次进家，老人问她，你找谁？

田红霞说，爸爸，我是红霞啊。

老人说，红霞？我不认识你。

田红霞说，爸爸，我是永强的媳妇红霞啊。

老人吼道，什么？强子这个兔崽子，居然在学校谈恋爱了？等他回来，老子不打断他的腿……

第二次进家，老人问她，你找谁？

田红霞说，大叔，我是家政公司的保姆，您儿子刘永强雇我过来照顾您。

老人说，强子雇你来的？他一个学生娃，哪有钱雇保姆？

田红霞说，大叔，我去给您做晚饭。

老人伸手拦住她，说，我们家没钱雇保姆，我攒的几个钱，还要留着给强子读大学呢……

第三次进家，老人问她，你找谁？

田红霞说，刘伯伯，我是强子的同学田红霞，他到省里参加数学竞赛，让我过来帮您料理家务。

老人笑着说，谢谢你姑娘，我好胳膊好腿的，家务活儿自己能干，你走吧……

田红霞没辙了，拨通了刘永强的手机。她气恼地说，你说怎么办？我什么招儿都使尽了，咱爸就是不让我在家里待。

沉默一会儿，刘永强说，我读高中的时候，班主任是个女老师，姓赵。咱爸最听老师的话，你再冒充一下赵老师试试。

没想到，田红霞这次不仅没被公公赶走，而且还被他客气地让到客厅沙发上坐下，还手忙脚乱地替她沏了杯热茶。两个人你一言我一语，围绕刘永强考大学的话题，越聊越投机。最后，老人说，赵老师，您无论如何别走了，就在我家吃晚饭。

当然是田红霞主动请缨做的晚饭。吃罢晚饭，田红霞说，大叔，外面黑灯瞎火的，我走夜路有点儿害怕，能不能在您家借宿？

就这样，田红霞顺利地留在家里过了夜。

田红霞心想，看来自己只能把班主任赵老师这个角色好好演下去了。

刘永强出差回来，两个人继续演。一个演学生，每天回到家里，就忙于复习功课，演算习题；一个演班主任赵老师，每天上门辅导学生的功课。由于配合默契，老人竟未发现破绽，每天总是毕恭毕敬地感谢赵老师。有一天早晨，他们相拥而眠，醒来的时候，听到客厅里老人细碎的脚步声。刘永强赶紧翻窗户跳到阳台上。

转眼之间，夏天到了。田红霞开车到高铁站去接放暑假归来的儿子小宝。小宝问，我爸呢？

田红霞叹口气，说，你爷爷监督你爸在家复习功课呢！

在车上，田红霞告诉了儿子家里发生的变故。爷爷一直在城里住不惯，有时候会回老家黄泥湾住些日子。三个月以前，他在山上摔了一跤，经过医院治疗，外伤痊愈了，可是大脑受了损伤，留下了失忆症。奇葩的是，他记不住眼前发生的事情，记不住过去经历的许多事情，单单记得你爸读高中那段日子。医生说这叫作选择性失忆症，也不知道什么时候能恢复。现在，我在家里的身份是辅导你爸功课的班主任赵老师。你到家了，一切听我的安排。

田红霞先进的门。她对老人说，这位是永强的同班同学，帮助永强提高学习成绩的。

老人不解地问，我强子不是班里第一名吗？怎么还需要同学来帮助？

田红霞说，大叔，永强同学虽然总成绩在班里第一，但是数学成绩不如这位同学。他是专门来帮助永强提高数学成绩的。

儿子后进的门。他一眼瞥见爸爸刘永强坐在书桌前，手里拿着笔，面前铺着作业本，正在演算习题。他不敢喊爸爸，飞快地冲爸爸做了个鬼脸。

第二天一大早，老人把刘永强喊到一边，对他说，让你同学赶紧走吧。他从进门到现在，没有看过一页书，没有做过一道题。我怕他把你带坏了！说着，老人警觉地四处看看，压低声音说，我还发现他和你们班主任赵老师勾肩搭背、嬉皮笑脸的，不像个正经孩子！

刘永强心想，糟了，小宝的戏没演好，穿帮了。

老人往外轰小宝的时候，小宝急眼了。他抓住老人的手，大声喊道，爷爷，您真的什么都忘了吗？连您的宝贝孙子都忘了吗？

老人一愣，嘀咕道，孙子？

小宝继续喊道，对呀，我是您的宝贝孙子小宝啊。我这个小名还是您老人家起的呢。

老人仍然发着愣。

小宝一把拉过刘永强，说，这是我爸爸。二十多年前，我爸就大学毕业了，您瞧，他两鬓都斑白了，怎么可能还读高中呢？小宝又一把拉过田红霞，说，这是我妈妈，嫁给我爸二十多年啦，她可不是什么班主任赵老师！

老人喃喃自语，爸爸？妈妈？

小宝紧紧抱着老人，说，对呀，爷爷，我们是一家人啊。

突然，老人咧开嘴哭起来，大叫一声，小宝，想死爷爷了！

推　迟

夏　阳

吃过中饭，男人出门时，墙上的电子挂钟显示是一点半。女人浅笑着站在门边，看着他换鞋。男人换好鞋，在她的额头上啄了一下，算是告别。

男人住在老城区，下午要陪老板去参加一个教育设备投标说明会。男人是公司的普通职员，只能坐公交车。说明会两点半开始，地点设在新城区的市政府，时间还比较宽裕。男人坐上公交车后，掏出发言稿默读。因为过于专心，他多坐了两站后只好往回坐。

这个时段内，另一个男人悄悄溜进男人的家门，他刚出差回来，就急不可耐地想与情人幽会。大约是想制造些浪漫，女人止住心急火燎的情夫，两个人相拥进了浴室。这时墙上的挂钟显示是两点一刻。

男人下了公交车，穿过马路南行三百米，来到市政府大院，在门口做了登记，又问了一个人，寻到一栋办公楼。他按照资料上的指引，坐电梯上了七楼，推开会议室的大门，里面却空无一人。男人颇为惊愕，退了几步，才发现会议室的门上贴着通知，上面说说明会因故推迟。男人连忙掏出手机给公司老板打电话。老板说，我也是上午才得到消息，一忙起来就忘记告诉你了，要不你下午就在家休息吧，顺便把我们的材料再捋捋。

男人打电话时，他家里的好戏才刚刚开始，情夫抱着女人一丝不挂地从浴室里走出来，快到床边时，女人调皮地挠了挠情夫的胳肢窝，情夫双手一哆嗦，两个人笑着倒在了床上。床头柜上的闹钟正指向两点三刻。

男人挂了电话，感到有些遗憾。他没有任何想法，只想早点回家。男人上了公交车，在座位上低头看着手机，感觉身后有人在拍他的肩膀。男人扭头一看，原来是一个高中的女同学。女同学盛情地邀请他去喝咖啡。女同学向来名声不太好，也不是男人喜欢的那一款。“不了，我得回家。”男人头也不回地拒绝。身后立刻变得悄无声息。车到下一站时，女同学起身越过他，走到车门时，突然对他说：“想知道说明会为什么推迟吗？”男人显然是吃惊了，仰起脸愣愣地看着她。女同学眨了眨眼睛，妩媚一笑，下车了。男人想起女同学的哥哥在市政府上班，还是一个不小的头头，便变得无法控制自己的脚步，尾随着女同学下车，转身进了一家咖啡馆。

男人家里的床戏还在继续，女人展现出不同凡响的贪婪，情夫一边亲吻她的肌肤，一边不时地瞅床边的闹钟。女人一把操起闹钟，向墙角扔去。

男人在女同学对面坐下，叫了两杯蓝山，然后掏出一支烟点着，瞄了两眼女同学。女同学伸出右手，比画了一个V字。男人立马会意，摸出一支烟欠身递过去。女同学拨开他的手，一把从他的嘴里把烟夺下，转而叼在自己的嘴上。顿时，猩红的嘴唇间，吞云吐雾。他只好挠了挠头，尴尬地点燃自己手里的烟。

这时，女人正在床上百媚千娇，莺声呖呖，情夫再也按捺不住，强行扳开女人的双腿，进入她的身体。女人叫了一声，世界顿时风雨飘摇，可怜的床成了茫茫大海上的一叶孤舟。

男人耐住性子和女同学聊了一阵，聊到最后，他越发觉得这种聊天毫无意义。女同学也是来参加投标说明会的，晚男人一步，也是从市政府里面沮丧地出来，如此而已。她不能提供有价值的信息，却对他依然语气闪烁，目光炽热。男人感觉有些恶心，一杯咖啡喝完，礼貌地买了单。“不了，我得回家。”他再一次坚定地说。

男人家里的床戏已经到达高潮，却总是被女人蓄意推迟。女人不知道自己的老公已经踏上归程，而且离家越来越近。在男人离家还有一站路时，情夫的发动机终于停止了咆哮，山一样终于倒在女人的身上。世界顿时坍塌，静寂无声。情夫坐起身要穿衣服，却被女人一把拽住。女人依偎在男人的怀里，葱一般的手指在男人的胸脯上顺时针地画圈圈。“急什么，还早呢！”情夫只好平躺在床上，两只手拢着怀里的女人，眼睛却看着天花板，陷入无限的空茫之中。

公交车继续向前奔跑，在离家还不到半站路时，车胎意外爆了。乘客只好下车，骂骂咧咧。男人没有骂，离家只有几百米，步行回去就行。下了车，男人心情突然大好，脚步也变得格外轻盈。

当男人来到小区门口时，情夫再一次坐起身，开始穿衣服。这次，女人没有挽留，也跟着起身，到处找自己的内裤和胸罩。女人一把捡起墙角的闹钟，发现完好无损，便对情夫埋怨："急什么，才四点半，他六点钟才回来呢。"

在小区门口，男人瞥见一个乡下老表，蹬着一辆三轮车，一边走，一边吆喝："土猪肉嘞，石江山区正宗的走地猪，不土不要钱！"男人心里一动，他想起前天老家亲戚送来的冬笋。男人要了一斤肉，心里不大放心，盘问了好一会儿，又细细看了肉质，确定是土猪肉，才扫微信支付。情夫和女人穿好衣服，女人絮絮叨叨地嘴没有停，情夫不知道怎么有些心慌，说一些不痛不痒的话，然后起身离开。

男人付好了钱，却对那杆手秤心存疑虑，他转身踅进旁边一家士多店，约了约秤，还好，没有短斤少两。因为是熟客，士多店老板还和他寒暄了几句，就这样又耽误了一些工夫。

情夫下了楼，路过小区门口的士多店，他一眼就看到了那个熟悉的背影，正在和士多店老板吹嘘自己认识税务局的谁谁谁，他不敢停留，赶紧走出了小区大门，像几天没吃饭一样，猫着腰，两条腿直打晃。

男人没有敲门，而是用自带钥匙打开家门。女人正窝在沙发上看电视。女人听到门响，有点吃惊，马上一脸浅笑地迎上去，接过那一袋猪肉。"好香的猪肉啦，正好焖冬笋！"开心起来，又在男人脸上"啵"了一下。

很快，天色渐暗，屋子里飘满了冬笋焖五花肉的香味。城市的灯火也亮了，一格一格，星星点点，璀璨如海。

呆　鸟

袁炳发

呆鸟是他的外号。他从小到大就特别憨，因此人们都叫他呆鸟。

呆鸟在宾州城给做豆腐的爹打下手。

战事发生后，宾州城内经常发生血腥事件。

一日，房门被推开，几个日本兵提着长枪拥进来，“哇啦啦”叫着向爹要豆腐吃。日本兵吃了豆腐就要走人，耿直的爹却死死拉住一个日本兵讨钱。日本兵急了，几把枪刺就豁开了爹的肚子，还把爹的肠子挑出来甩得满屋都是。

呆鸟看着日本兵手里的枪，抖若筛糠不敢靠前，双手抱头蹲在地上。

爹死后，呆鸟天天蹲在豆腐坊的灶火旁，呆呆地像是想什么事。

一天，呆鸟拎着一瓶酒和一只烧鸡，出现在日军营房前。两个日本兵见了，垂涎着要来抢，呆鸟就高高举起那瓶酒，意思是你们要抢，我就摔碎了这瓶酒。日本兵见呆鸟一副憨态，就把他哄进了营房，与几个日本兵一起喝酒吃烧鸡。

连续三个晚上，呆鸟都买来酒和烧鸡，和几个日本兵一起喝酒。

第四天晚上，到了营房，呆鸟就把酒和烧鸡放在了桌子上，对一个日本兵比画着说，太君，我肚子疼，去下茅房，你们先咪西着，这酒大大的香！

呆鸟从茅房的后门溜了，一直溜出城外。

第二天，呆鸟用毒酒毒死五六个日本兵的消息，就传遍了宾州城。

当夜，呆鸟就逃出城，误打误撞糊里糊涂走进了苇子沟抗联支队的营地。

一晃，几年过去了。宾州城解放前夕，上级转给苇子沟抗联支队一份重要情报，让支队安排人务必在两天之内，把这份情报送到城里的抗联地下交通站。

支队长先后派了几个交通员去送这份重要情报，但都因城门关卡那里搜查太严，情报都没有送出去。

呆鸟找到支队长，主动请缨，要去送情报。

支队长上下打量一下呆鸟：你有什么高招？若能把我说服了，就让你去。

呆鸟憨乎乎地咧嘴笑着答，有。

呆鸟从腰间拿出一个烟口袋，在支队长眼前晃了晃说，我只需要10块大洋，放进烟口袋里，这事就成了。

接着，呆鸟和支队长耳语了一番。

支队长听后，觉得呆鸟的计划可行。呆鸟当年毒死日军的那批日伪军，一早就换防到汤原县去了，现在的日伪军根本不认识他。他本身这副憨相，也能迷惑住敌人的。

呆鸟又向支队长请求给他派两名手脚利索的“保镖”，暗中听他安排。

县城南门关卡那里，伪军值岗的一个班头儿，在呆鸟身上没有搜出什么，就对呆头呆脑的呆鸟说，非常时期，非常管制，你这10块大洋充公了。

呆鸟哭咧咧地不肯走，班头儿说，不服呀？不服连你人都扣了！还不快滚！

呆鸟听后，吓得慌着碎步，急忙向城内方向跑。

呆鸟让俩“保镖”随自己在南门不远处的一条街口，死死盯着班头儿。不一会儿，就见那个班头儿，哼着小曲颠着快步，向城里走来。呆鸟和俩“保镖”在后面跟着。班头儿进了庙胡同的一家赌馆，呆鸟也随即跟入赌馆。赌馆的人很多，班头儿挤到赌桌前，从兜里掏出那装着10块大洋的烟口袋，倒提着把10块大洋倒在赌桌上，顺手把空了的烟口袋往身后一扔，正好被站在班头儿身后的呆鸟接个正着。

到了地下交通站，呆鸟把烟口袋拿出来，找来大头针挑开夹层，把情报拿出来，交给了交通站的负责人。

负责人听了俩“保镖”讲述送这份情报的前后经过后，问呆鸟：我有个疑问，假如那班头儿不去赌馆你怎么办？呆鸟说，他不去赌馆，不论去什么地方，我都会让“保镖”用武力抢回烟口袋。

几天后，抗联总队和几个支队之所以能顺利攻下宾州城，是呆鸟送出的这份情报起到了里应外合的重要作用。

攻下南门那天，蹲在路边的班头儿，看到了挂在呆鸟腰间的那个烟口袋，又抬头看了看呆鸟，一时愣在那里。

补记：

宾州城的县志上有这样一条记载：呆鸟，原名李富贵，祖籍山东，抗联战士。在一次执行任务中，遭潜伏在县城内的日军特工枪杀，时年28岁。

欢　聚

李　方

写小说的人通常爱说无巧不成书。一方面当然是为着让情节出人意料，使自己的小说成色好一些，以吸引读者；另一方面，也是作者的某种投机，不那么巧，他的小说就写不下去了，玩不转了，读者又不是傻子。

我这个可是真的巧。因为精准扶贫，单位选派了第一书记、扶贫队员驻村。单位上的其他人，每人有五户帮扶对象，虽不需要天天去，但每个月至少要去一次，和帮扶户共同努力，脱贫致富奔小康。

我就随着单位的大队人马到了黄花乡张湾村，拿着扶贫手册让村干部领着去了我的帮扶户董汉山家。

董汉山不在，他婆娘在。

“掌柜呢？打工去了吗？”我望着从厨房里奔出来的女人问。

“你……你不是李方吧？”婆娘正在做饭，端着一双面手，满脸疑惑中深藏着惊喜。

“哈，张……张万秀！老同学，你怎么在这里？”我认出了她。

“我嫁到张湾了呀，都几十年了！”

张万秀和我同在一个大队，但不在一个庄子，在村小念到小学毕业，我上了公社的中学，她就不知所踪了。

张万秀将我们请进正屋，极快地洗了面手，高声大嗓地喊着儿媳妇宰鸡：“几十年不见了，今天无论你有多忙，都要在我这儿吃了饭再走。何况，我还是你的帮扶户，你要好好了解一下我家的情况。”

盛情难却，也为这四十多年后的欢聚，我就和村干部坐下来。村干部打趣：“今天沾你的光，吃上了董汉山家的老公鸡。”

在张万秀家的相册里，看到了我们小学时的黑白毕业照，二十多个神情古怪的乡村少年少女或坐或站，簇拥着坐在椅子上、双手规矩地覆在膝盖上的老师。照片上题写的时间是1977年6月。

张万秀说："快吗？一眨眼过去了四……四十二年了。"

我说："是啊，我孙子都上小学二年级了。你呢？"

张万秀感慨道："你们有工作，过去计划生育政策紧，肯定只能生一个，我两个儿子一个女儿，现在孙子、外孙子一大群。"

我仔细端详着照片中的她：羊角小辫，碎花衬衣，下身看不见，被老师挡着。我自己瘦小，白衬衣，黑裤子，双手抱膝，满脸的难为情，坐在前排的土地上，脚上的布鞋破了个洞，露出两个大脚趾。

我转脸对她说："几十年了，你还保留着这张照片，我的早都找不到了。"

张万秀瞄了一眼照片，突然哈哈哈笑起来，少女一样赶忙用手捂住了嘴，说："你还记得小学毕业的那年过六一节，我们四个人表演快板得一等奖的事吗？"

艰涩的童年记忆被激活，使我的脸瞬间很不应该地红了起来。

那年我12岁，班主任写了一段现在想来很不像样的快板，选了我、张万秀、王君琦、刘彩梅两男两女来表演。虽然训练了不短的时间，虽然是在大队部为全校师生和父老乡亲们表演，但毕竟是第一次登台，除了兴奋、紧张，还有说不出的难受：我没有演出服，其他三个同学跟我一样，大家都缺吃少穿的。我的裤子裆部撕裂了一条长口子，屁股上还有对称的两个洞。演出是在晚上，下午，母亲艰难地用线密密地连缀了，又找了两块颜色迥异的旧布，给屁股上缝了一双"眼睛"。我就穿着这样的服装，在头顶上哧哧作响的汽灯照耀下登上了舞台。

演出的程序是，四个人走上台，站齐，鞠躬。然后依次上前两步，打着竹板说四句，退回来，四个人打着竹板再说四句，鞠躬，下台，节目就算结束。

可恨的是，第一个打着竹板说四句的我，在迈出那两步的时候，一声微弱的但在我听来却惊心动魄的裂帛声，让我方寸大乱。我不清楚是裤裆里开了线，还是屁股上掉了“眼”，稀里糊涂地说完四句，夹紧两腿退了回来，张万秀接着上前两步开始说。但她退回来后，王君琦并没有上前，刘彩梅却上前说了两句又退回来了。我正在想裤子的事。张万秀小声给我说：“该你了。”我将羞愧化作了恼怒，转过头对她低声说：“我们已经说过了，该第三个了。”她挤眉弄眼地对我说：“该你了。”我的恼怒突然变为了愤怒，扭头大声对她说：“该驴日的了！”然后转身，捏着竹板快速地走下了舞台，另三位同学惊愕了一会儿，在全村男女老少的哄笑热浪中也灰溜溜地走下了舞台。

我填满一脸的羞愤立即回了家。在煤油灯下，我看到了那已经洗涤磨损得“带不住线”的裆部，裂缝比原来更大，那一团黑乎乎的小东西，幸灾乐祸地露在外面。

第二天我才搞明白，原来第三个上前的王君琦忘词了，第四个刘彩梅上前救场，次序就错了。坐在舞台侧面的班主任说：说乱了，向右传，重来一遍。所以我左侧的张万秀才会对我说：该你了。

尽管如此，我们的快板还是获得了一等奖。原因是贫下中农管理学校委员会的主席、饲养员赵大爷说：这个快板说得好，不愧是咱农村娃，说话就是硬气。该谁说谁就说，谁不说就是驴日的！应该给个一等奖。

奖品是每人一本带绿色横线的笔记本，两支屁股上带橡皮擦的铅笔。

清炖土鸡熟了，摆放在葡萄架下的饭桌上。看着张万秀家的新居，吃着鸡肉，喝着鸡汤，村干部说：这样的生活，还真难说你们是谁给谁扶贫呢。我和小学同学张万秀感觉：四十二年里，我们曾在两个不同的世界里跌跌撞撞地生活，现在，终于处在了同一个平面上，挺起胸膛朝前走了。

寻找头羊

申　平

我的羊群里，头羊死了。群羊无首，急需要一只新的头羊。

我在脑子里把整个羊群过了一遍，想挑选出一只头羊来。可是我很失望，竟没有一只羊堪当大任。

我的头羊，那可真是个好家伙！我敢说，它的智力水平有时候一点儿也不比人差。有它在，我每天只要打开羊栏，把羊群放出来就行了。它会带着我的羊群，去吃草，喝水，然后平安归来。草原上的人都管我的头羊叫“羊司令”，一个个都眼热得不行。可是几天以前，几个羊贩子开车到草原上来收羊，看见我的羊群没人管，就起了歹心，青天白日的，他们竟然上前偷羊。我的头羊奋起反抗，把几个家伙撞得滚的滚，爬的爬。最后，一个被撞得头破血流的家伙急了，掏出刀子，对着我的头羊连捅几刀，然后他们开车逃了。等我赶到的时候，我的头羊已经奄奄一息了。它的两只眼睛依恋地看着我，好像在说：主人啊，我尽力了……

我呼天抢地，我痛心疾首，我无语凝噎，我以人的规格和礼节为它举行了葬礼。我在羊坟前哭诉：司令啊，你让我到哪里去才能找到一只像你一样的头羊啊！

我通过微信群发出广告，重金求购头羊。我相信，重赏之下，必有好羊。

但是我再次失望了。尽管我的手机差点儿被打爆，家里的门槛几乎被踢平，有人牵来一只又一只的羊供我挑选，可是，却没有一只羊可以和我的“羊司令”同日而语。

他们牵来或者赶来的那些羊，有的也很高大，有的看上去也很威猛，但是它们却没有一点儿灵性，更没有一点儿血性。它们在人的面前，一律表现得低眉顺眼，老实听话，甚至连高叫一声的胆量和勇气都没有。你想，它们能被牵着或者赶着来到这里，这本身就足以说明它们温柔有加，或者叫作奴性十足。这样的羊怎么能做头羊呢，怎么能领导整个羊群呢！

这一天，我把羊群交给家人，骑上马儿，驰向草原深处。我要到远方去寻找头羊。

我骑马走过草原，看见了许许多多的羊。它们密集地散布在草地上，在羊倌儿皮鞭、棍棒、石块的指挥下，都在忙着低头拼命地啃草。它们挨挨挤挤，你争我抢，仿佛来到这个世界上，目的就是来吃草的，然后就是挨刀。我为它们感到深深的悲哀。

我走走停停，寻寻觅觅。多日过去，依然没有找到我心目中的头羊。

已经来到了草原边缘，我的心中充满失望。我爬上山冈，手卷喇叭高喊：我的头羊，你在哪里？

群山回应，绵延不绝。

忽听一阵歌声隐约传来，我跳起来循声望去，发现一座更高的山上有一个红点。我骑马急驰而去，近了，更近了，终于看清那是个身穿红色蒙古袍的姑娘。我接着看清，在她前面的山坡上，还散落着一大片雪白的羊。这些羊儿，似乎和草原上的羊不一样，它们在树丛草棵间穿行跳跃，撒欢打闹，俨然一派欢乐祥和、无拘无束的景象。

我跳下马来，快步走向姑娘，走向羊群。我隐约感到，我的头羊就在这里。

忽然听见一声高亢的羊叫，抬头看，一块巨大的山石上出现了一只威武的公羊。它昂首而立，气势非凡，居高临下，虎视眈眈地看着我，头上的两角就像是两把弯曲的利剑。我的身子不由得一震，天啊，这不就是我的头羊再世吗！我不顾一切向它跑去，张开两臂想拥抱它……

但是，却见那羊突然跃下巨石，扎下脑袋，身子一纵一纵，一直朝我冲来。不好！我转身就跑，还故意跑出了曲线；但是非常不幸，我觉得屁股上猛地被撞了一下，身子就像鸟一样飞了出去，在平缓的山坡上连滚几滚。我趴在地上不敢再动，我明白，只要我一起身，撞击就会马上再来。

过了许久，才听见轻柔的喊声响起。我爬起来，看见那个美丽的姑娘正一手拉住羊角，身子斜靠在羊背上，对着我咯咯咯地笑。

我急忙说：美女，我是来买头羊的。把你的这只羊卖给我吧，要多少钱都行。

姑娘的普通话虽然讲得不好，但是还能听懂。她说：这个的……不行。它是我的……头羊。不过，我的羊群……还有这样的羊，你可以……看看。

她打了一声呼哨，立即有一只和那只羊差不多模样的羊从什么地方钻了出来。它威风凛凛，眼睛灵光四射，野性十足。一看就知道这是一只非同凡响的羊。

姑娘用蒙古语对它说了一通什么，那羊咩咩地叫了两声，似乎在回应她的训话。

我小心翼翼地往前走，脸上挤出笑容，伸出两手向它示好，但是姑娘却制止了我。我们谈好价格，姑娘便找来一条绳子，拴到那只羊的脖子上，把它交到我的手上，说：这羊是你的了，你要好好……待它。说完，她含着眼泪，赶起羊群走了。

这边，我拉起我未来的头羊要走，没想到却遭遇了它激烈的反抗。那羊先是四蹄撑地，死活不肯动窝，随后，它竟然跃起身，一头把我撞翻在地。然后它就拖着绳子，一路狂奔去追它的伙伴。我爬起来拼命追赶，终于又抓到了绳子，而且再也不肯松开。一人一羊，就在山坡之上展开了激烈的拉锯战。

这只该死的羊！它竟然是那样的野蛮，那样的不识好人心。我对它来软的，对它说好话，求它跟我走，它不为所动；我对它来硬的，折下树枝抽打它，它宁死不屈。最后，它竟然毫不留情接连向我发动攻击，用头撞我，用羊角剜我，搞得我屁滚尿流，伤痕累累。

我终于恼羞成怒，终于忍无可忍！这个头羊，老子不要了！就在它再次向我冲来的时候，我掏出了腰间的匕首，对着它刺了过去，毫不留情地刺过去……

结局就是这样，我千辛万苦去寻找头羊，却垂头丧气地带回了一具羊的尸体。

带着母亲去方特

秦　俑

去年暑假，母亲带着小侄女和小外甥来郑州做客。

母亲在电话里唠叨，说我北上郑州，我妹远嫁广东，一家人难得团聚。今年夏天，小外甥到湖南外婆家过暑假，天天念着要到河南来找他的作家“大豆腐”（广东话谐音，大舅父）。

我揣摩着，母亲一定是想我了，又不好意思开口说，便提早帮他们预订了往返郑州的火车票。

那天我到车站接母亲，远远地便看到她一手牵着小侄女，一手提着一篮鸡蛋，背上还背着一个大包。小外甥跟在后头，懂事地帮外婆推着行李箱。我心里有点儿内疚，母亲都五十好几的人了，这几年身体发福，走路爬楼梯都吃力，我怎么着也该去站台迎接一下的。

到家后，将老人小孩安顿好，我还得去单位上班。下班回来，母亲早做好了几样从老家带过来的菜肴：干笋烧腊肉、坛子酸刀豆、腊味合蒸……

母亲一来，家乡的味道便浓郁起来了。

我一边吃着饭，一边安排着这几天的行程：再上两天班就是周末，周四晚上带两个小孩去看电影；周五晚上有豫剧表演，我知道母亲好看戏，就特意托人找了几张票，顺便带他们去尝尝豫菜，吃吃烩面；周六去郑东新区走一圈，逛逛动物园；周日我开车带他们去登封，游少林寺，看少林功夫。

两个小孩听得直拍手。母亲说，你安排吧，别影响工作就好。犹豫了一会儿，又问，去少林寺多远路程？门票多少钱？

不远，开车一个多小时。门票也不贵，大人一二百，小孩子半价……话一出口我就后悔了，母亲勤劳节俭了一辈子，她哪里舍得花钱出去旅游？

果然，母亲不愿意了，少林寺就别去了，你上班累，周末正好休息休息。

花不了几个钱，你都大老远来了，就一起去看看吧。我劝母亲。

母亲没有再反对，到周六晚上，临睡前，才小心翼翼地跟我说，今天走了一天路，腰也酸了，腿也乏了，少林寺那么远，就不去了，下回再去。见我面露不悦，她又补充说，要不，我们换个离家近点儿的地方，随便转转就行了。

想了半天，那就去绿博园吧。天气不热，逛公园对老人小孩都适宜。玩半天，还能休息半天。商量妥当，母亲这才安心睡下。

没想到，第二天又出了岔子。那天绿博园刚好做活动，我看到进园的车子排着长队，便掉头将车停到了路对面“方特欢乐世界”的停车场。刚下车，小外甥和小侄女就往方特大门跑，叫都叫不住。

我们去方特吧。小外甥拉着外婆的手，央求着。

我要去玩过山车。小侄女也跟着直嚷嚷。

这两个小家伙儿，也不知道从谁那儿听说过方特，这会儿早被方特大门的彩色城堡给绊住了脚，迷住了魂。我劝了好一阵，好话说了一箩筐，俩熊孩子就是不听。

母亲本来就宠小孩，这会儿全没了主意，直看着我，不知道如何是好。

我两手一摊，要不，今天就玩方特吧。

买票进了园子，母亲一路开启了埋怨模式：俩小兔崽子，一张票好几百呢。后来看小孩们玩得兴起，自己也跟着乐呵起来。

这一辈子，比花钱还让母亲心疼的，恐怕就是这几个孩子吧。

小侄女和小外甥像是上满了发条的机器人一般，先玩了一些小孩子的项目，又兴冲冲地跑到过山车那边。

母亲几乎是一路小跑，跟在两个小孩屁股后头。这里说说要注意安全啊，眼睛要看好前方，鞋带先系好；那边又嚷嚷拉住扶手，系好安全带，手不要乱动……一圈下来，小孩们没累着，母亲的额头上早渗出了一圈细细的汗珠。

到坐过山车的时候，母亲说，这个你也可以玩，你带他们玩吧，让我歇歇。

排队的当儿，母亲给俩小孩递水递吃的，眼看着别人在过山车上坐了一回，上上下下转着圈儿，眼都看直了，一个劲儿问我，这么高，这么快，还倒着开，能保证安全不?

我说，放心吧，安全着呢。

我们下来的时候，小孩们兴奋得还在尖叫。我看到母亲的脸色有些发白，额头上的汗珠更密了，似乎她那颗心还悬在半空中。

太吓人了，我看着眼睛都不敢眨一下。母亲这样说着，把我们都逗笑了。

又玩了几个项目，有些项目本来母亲也可以参与，但她说得留人看包包衣物，而且刚看我们坐过山车，这会儿腿还是软的。

最后一个项目是 4D 电影《飞越极限》，我再三邀母亲参加。我说，你也是买票进来的，一个项目都不玩，太浪费了。

母亲终于答应了。排队进去后，工作人员走过来询问母亲的年龄，还特意安慰她，不要紧张，将身体放轻松，就当是看电影环游世界了。

俩小孩一刻也闲不住，短短几分钟里，两个人一直在比赛谁认的地方多。小外甥明显要胜出一筹，嚷嚷着做起了“导游”:外婆，快看，这是里约基督像、伦敦大桥、纽约自由女神、巴黎埃菲尔铁塔、埃及金字塔……到中国啦，喜马拉雅山、布达拉宫、长城、北京故宫、东方明珠、维多利亚港……

场面宏大真实，甚至有点儿惊险刺激，我担心母亲，眼睛不时地往她那边瞅，但直到影片放完开灯，影院里都是黑漆漆的，什么也看不到。

回家路上，俩小孩还在嚷嚷着回味今天玩过的项目。母亲可能真的累了，坐在副驾上打了会儿盹。见她醒来，小外甥问，外婆，今天你就玩了一个项目，你觉得好玩吗?

好玩，好玩。母亲笑着说，只要你们玩得开心，我就觉得好玩。

我在一边接腔，妈，其实你还不到六十，这里边很多项目你都能玩，下次再来，遇到害怕的地方，你就使劲喊出来，那样，你就不会怕了。

我哪敢看啊，只看了一眼，我闭着眼睛晃过来的。母亲轻轻地嘟囔了一句。

坐在后座的小孩们没有听到，依然在饶有兴趣地讨论着他们的话题。我却听得很清楚，心里突然有种莫名的悸动。作为一位母亲，她的快乐是那么简单，就是陪在孩子们身边，心疼他们，让他们开心。

以后，我们也该多花点儿时间陪陪母亲。是时候我们来心疼心疼她了。

一支队伍路过乔家屯

乔　迁

队伍来到乔家屯的时候，正是年根儿，眼瞅着就要过年了。这天，天色刚刚泛白，屯子还笼罩在一片灰白之中。乔家屯的乔老六最先看到队伍，应该说是碰到的。他一大早被尿憋醒，急忙爬起来，迷迷糊糊地蹿出屋就往房后的树趟子跑。钻进树趟子裤子没褪，便一头撞在了一个人身上。乔老六没抬头嘟囔了一句："一泡屎尿也抢早啊！"

话音未落，他的肩膀便被牢牢抓住了。他挣扎了一下，没挣开，骂了一句："瞎闹啥，快憋死了！"抬头一瞧，立马清醒了，面前黑压压耸着一群人，个个手里都拿着家伙什儿的，能打响的那种。他虽没摸过，但是见过，百八十里地外的拉哈镇他去过，有扛枪站岗的。

乔老六差点儿没把尿整到裤兜子里，神色紧张地看着这群带枪的人。

抓着他肩膀的人口气和蔼地问了他一句："你是这屯子的？"

乔老六忙点下头。

那人就笑了一下说："兄弟，你别怕，我们是抗联，屯子里来没来外人？"

乔老六赶紧摇头，磕巴着说了一句："我们这地儿偏，没人来。"

那人便说："我姓王，是队长。你能带我去见一下屯子里主事的人吗？"

王队长说话的语气一直和蔼可亲，乔老六便不那么紧张了。他苦着脸说："能让我把尿先撒了吗？快憋不住了。"

王队长笑了笑，松开了手。

乔老六撒完尿，一身轻松地说："走吧，我带你们去找我四哥，他是主事的，我们屯儿大事小情都由他做主。"

王队长回头对队伍说："你们在这里等着。"

这会儿，乔家屯主事乔金贵已经起来了。他每天起得都很早，琢磨着该做的活儿，派谁干着合适。乔老六把王队长带到他面前时，他怔了一下，目光盯在了王队长挎的盒子枪上。

乔老六说："四哥，他说他是抗联的。"

王队长就上前一步，冲乔金贵伸出手说："你好，我姓王……"乔老六突然在后面一把抱住了王队长，急切地冲乔金贵喊道："四哥，快，拿绳子！他们老多人了，都在房后的树趟子里呢，他是头儿。"

王队长既没动，也没挣扎，微笑着说："我们是咱穷苦百姓的队伍……"

乔老六叫道："别蒙人了，拉哈镇我去过，警察贴着告示说你们抗联烧杀抢掠无恶不作，谁要是发现你们，报告了有赏钱，抓住赏钱更多呢。"

王队长说："那些警察都是日本人的汉奸走狗，专门帮日本人祸害咱老百姓的。"

乔老六喊道："我们这从来没来过队伍，谁知道哪个好哪个坏的！"

"松开！"乔金贵冲乔老六喝道。

"四哥……"乔老六还是不撒手。

"松开！"乔金贵厉声喝道，口气不容置疑。

乔老六迟疑着慢慢地松开了手，目光紧紧盯着王队长的手，怕王队长伸手去摸枪。

乔金贵冲王队长一抱拳："来的都是客！不知贵客有何吩咐？"

王队长忙道："我们要去火烧沟，昨天晚上八成是走错了路，跑到了这里，能否找个认路的给带个路？"

乔金贵没吭声。

乔老六看王队长被松开后并没掏枪，依旧和蔼亲切地说话，心中颇有好感，便说道："我认识路，我带你们去。"

乔金贵迟疑了一会儿，点了下头。

王队长说："能否再给弄点儿吃的，一天一宿没吃东西了。"说着，从兜里掏出两块钱，递给乔金贵说：“只有这些了，日后一定来补上。”

乔金贵面容抽动了一下，摆手说道：“不用！王队长去把队伍带进来吧，我立刻安排人做饭。饭菜虽不好，但是热乎，管饱。”

王队长连声感谢，转身去带队伍。

队伍吃饱后，要走。王队长跟乔金贵告辞，一个战士过来，牵着一匹健壮的大黑马，对王队长说：“队长，咱们用一下老乡的这匹马吧，伤员走得太慢了。”

王队长立刻喝道：“不行！抬着伤员走。”

那个战士无奈地松开了马缰绳。

乔金贵喊乔老六：“你带他们走小路，送到就回来。把大黑马牵上，驮着伤员走。”乔老六转身要走，乔金贵又说道：“带上干粮和水。”

乔老六说：“不用，送到后，我骑大黑马有个把小时就回来了，大黑马跑得快。”

乔金贵眼一瞪说：“带上！”

乔老六只好进屋去拿了干粮和水。

贴近晌午的时候，乔老六便回来了。乔老六跳下大黑马时，乔金贵说了一句：“骑回来了？”乔老六边拴马边对乔金贵说：“不骑回来我还能再牵着走回来？非得让我带干粮，我都说了大黑马跑得快，晌午饭都没耽误的。给，王队长非得让我交给你的。”乔老六伸过来的手里是乔金贵没要的那两块钱。

乔金贵嘴唇抖动了好几下，伸手摸着大黑马的脖子，哽咽着说了一句：“这支队伍，能行！”

这时，远远的屯子里依稀传来爆竹声，一声高，一声低……

红尘劫

陈　敏

夜阑人静时，鸠摩罗什总是走入寂静的禅房，面对佛祖圣像，深深作揖，忏悔。

鸠摩罗什惧怕每月逢五的日子。因为每逢这一天，国主姚兴都要在太平峪的西明阁里敬候他来说法讲经。

一年前，姚兴发兵西向，一举攻灭了宿敌国后凉，将关押在牢中十七年的鸠摩罗什救出，并以西域圣僧的名号，拜为国师，日日侍奉。

国主姚兴，乃是崛起西域与中原的明主，雄才大略，尊儒崇佛，把国家治理得一派升平。由于自幼崇拜鸠摩罗什，姚兴发誓，一定要延请鸠摩罗什来东土弘扬佛法，传播佛教。

姚兴在长安南部的终南圣境修造了一座浩大的佛寺，号西明阁，供鸠摩罗什在此讲经说法，又在临近帝都的河滩旷野上修建了千间禅房，号称草堂寺，专供鸠摩罗什译经课徒。

然而，姚国主清楚，德高望重不代表长寿，鸠摩罗什尊龄五十七岁，已经日渐年迈。姚兴时时恐惧，一旦国师圆寂，自己就再也无法沐浴于大师的神圣光环之下。因此，他断然行使了一国之主的权力：在全国挑选各族妙龄少女，一次性给鸠摩罗什娶了十个夫人，希望他能留下法种。

红尘滚滚，香艳魔障。对于这位自幼发誓以童子之身侍奉佛法的沙门净宗传人来说，这无疑又是一场毁灭性的灾难。其灭绝性不亚于后凉吕光对鸠摩罗什的野蛮囚禁和身心戕害。当年，吕光因为憎恨佛教徒的戒律大施淫威，竟然用药酒灌醉鸠摩罗什，让征战俘获的龟兹国公主给鸠摩罗什的肉身破戒。想想这些，鸠摩罗什万念俱灰。

此时，幽深的静夜，跪拜于佛前，鸠摩罗什陷入痛苦的思考中。

自从十位夫人环绕左右以来，追随他的众徒开始窥探他的生活，并议论纷纷。

作为佛门弟子，第一等戒律就是要戒杀生戒邪淫。人若贪欲好色，必然六根不净，苦海难回，最终会将佛国世界搞得乌烟瘴气，一塌糊涂！到那时，佛将不佛，国亦将倾，更何谈弘扬佛法，度尽天下苍生，实现往生永恒极乐世界的宏愿？

每想到此，鸠摩罗什就感到脊背透着冰凉，额头上冒出冷汗。

寂静的修炼密室里，脱掉圣僧神秘外衣的鸠摩罗什感觉自己就是一个十恶不赦、万劫不复的罪人。生平两次以肉身之躯公然破戒，陷在情色肉欲之网中不能自拔。而且，还丧失了为人诚实磊落的品行，公然在众目睽睽之下撒谎，利用众僧徒弟的崇信心理，玩弄偷梁换柱的伎俩，掩饰了自己的罪恶，骗取了众人的信任，这是多么可耻的行径啊！想到那天当众说谎的行为，鸠摩罗什感到深入骨髓的羞耻……

那天，讲经课毕，鸠摩罗什庄严地提醒众僧，神情凝重，语言顿挫有力，说："你们当中有为数不少的人试图效仿为师，蓄养女宾，娶妻纳妾，此乃我大乘佛法所不容的；老衲无福无能，引颈受柄于人，万辞不得当今圣上施主，抗圣命者尽斩其所赠之嫔妃者，尚要究其九族之罪。佛法云，救人一命胜造七级浮屠，况且命又连命，殃及无辜者岂止千人乎！我今传汝等大乘之法，首在普救众生，今以我区区一人之名节，换取广众人等之性命，弘我佛法之大义，孰轻孰重，汝等自可掂量。况且，无人相逼于汝等！俗家云，出于污泥而不染，为师身陷囹圄，日日浸漫于色窟肉网之污泥中不能自拔，本该自戕于蔽所而不见于人，然佛法在前，我不得幸于私了。今虽身陷，而心犹纯如处子。天网恢恢，疏而不漏，我今立誓，此一钵铁针，尖锐无比，我若言而有虚，吞下这钵穿心异物，让我千疮百孔，肝肠俱断！"

言毕，即从随身携带之手钵里取出一根铁针，插入左手背上，手背即刻见血，渗出一道血迹，如蚯蚓状滴下。然后再从钵里捏出一把一模一样的铁针送入口中咽下。但见师父喉结蠕动，以手抚心，众人惊呼不已，以为师父将要暴毙当下了。然而，他竟面不改其色，步不乱其稳，一如平常而去。

从此，关于师父二次破身和妻妾成群之谣言不攻自破。

鸠摩罗什虽然压服了他的众徒，也拯救了佛法在东土的弘扬和传布，但却一直无法让自己释怀。因为他当众撒谎，将一根铁针和一钵特制的针叶铁观音混在一起，瞒过了众人的耳目，而他自己却在心灵自责的地狱中煎熬。

他请求佛祖饶恕他的罪孽，但佛祖始终默不回声。

因为长久无法释怀，他去求教于他的启蒙先师盘陀拉多。

盘陀拉多告诉他，我虽是你的小乘师父教不了你什么，但我可以告诉你，佛门子弟不可自戕，如果你死了，是按照你自己的意愿争气而有面子地死了，而不是照佛祖给你安排的限期和方式去死，你就真的万劫不复了，比恶人更恶千百倍！你少有贤才之名，远播西域诸国，各国政要以识你为荣。如今你几经磨难，终于能集佛学精华成一统，肩负着世界东方琉璃国一片净土弘法之重责，乃是千年一遇的圣者神僧，你怎么可以和俗人一样重名节而轻性命，丢宝藏而抱粪土呢？

盘陀拉多大师一席话说得鸠摩罗什沉默无语，最后他双手合十，躬身退去。

这一夜，鸠摩罗什突然茅塞顿开。密室的窗户开始发白，天亮了，圣僧的心也亮了。

说了你也不信

奚同发

“咚”一声，铁锤似的拳头砸在吕旭旺面前的小桌板上，让他想到自己曾用过的榔头。虽然早有心理准备，但他还是下意识身子往后一躲。眼前那道太阳光斜斜地从迎面的小窗射进来，他注意到那一拳砸起许多我们平时所不注意的微尘，在阳光的照射下快速翻飞。

你不招，我们也可以根据掌握的证据链给你定罪。你明白吗？警察这样说时，与他仅隔一鼻子的距离，彼此的呼吸都能感觉到。

说了你也不信。吕旭旺的话音未落，警察又抬起手，拳头捏得骨节咯咯直响。他干脆闭了眼，心说，打吧，最好一拳打死我拉倒。但那拳头并没有落在他身上，而是在空中划了个弧又收了回去。

警察双眼通红，飞起一脚踢在小桌腿儿上。“啪”，他能听出桌腿儿的木裂声响。不知道怎样他们才能信，所以开始前他第一句话就是“说了你也不信”。警察却平静道，没事儿，你先说说看。

被抓时，他已逃亡半年，突然觉得很累，不想跑了。

这半年中，他没有睡过一次踏实觉，却一遍又一遍把“说了你也不信”变成了口头禅。有一次在酒吧跟一些陌生人碰杯，喝着喝着喝高了，他说，说了你也不信，我是杀人犯。对面那一位刚入口的酒便喷射出来，笑着说，对不起，对不起，不是有意的。转了头对人耳语，真能吹牛。是啊，就他这样，不足一米七的个头儿，戴着眼镜儿，一副瘦弱且猥猥琐琐的样子？他也曾对招到房间的小姐说，说了你也不信，我是个杀人犯，杀人碎尸那种。小姐眉头一蹙，别说得那么吓人好不好，然后继续在他身上按的按、揉的揉。这次抓捕，全市扫黄打非，他跟一个小姐同屋被捕。他对警察（一看就是协警）说，说了你也不信，我是杀人犯。人家一撇嘴，看看你这熊样儿。后来，跟一堆男女手抱头蹲在酒店大堂，他又说，说了你也不信，我不是嫖娼的，我是杀人犯。一位警察冲他喊，闭嘴，找抽是不是？最终，他们把身份证扔给他，让他打电话叫家人来交罚款。他说，证是假的，我也没钱了，我真名叫吕旭旺。其中一位警察立刻去网搜。片刻等待，眼见回来的警察脸色都变了，几个人瞬间把他按趴下。虽然他一再喊，别……别这样……我不跑，就等你们……他说得断断续续，但头还是被死死地压在水泥地板上。

手铐、脚镣伺候，被押回他生活了十多年的城市——大学毕业后，他来到这里，一直没挪窝。

审讯开始前，他还是那句话，说了你也不信，先给我一张纸。然后他写下了作案过程。那天大中午的，他想在床上跟妻做一次，她拒绝后像往常一样冲他一顿吵吵：总是乱七八糟地喝酒，然后就干女人（没别的意思，只对她，不指别的女人），胸无理想，庸俗不堪……这些话说多了，他也没啥感觉。他拿了个榔头，想砸核桃吃，结果跟她在走道上脸对脸。妻子发狠说，咋啦，还敢砸死我不成，你来试试。他至今也不明白当时发生了什么，真的一榔头砸在她头上，仅一下她就倒了。岳母听到动静跑过来——平时也如此，妻跟他一旦发生争执，岳母便立刻加入围剿。永远都是二对一，无论他是对是错，永远都是他错。岳母独自把女儿带大，即使女儿婚后，她也一起过来生活。他回家都颇有压力。岳母看到女儿倒在血泊中刚喊了一声，他的榔头再次砸了过去。仅仅几分钟，两具尸体，静静地躺在那儿，再也没有往日的聒噪。生命如此脆弱，一榔头便化为乌有。他吸了几支烟，出门买了水泥、香料、空气净化剂、铁丝、编织袋之类。碎尸，不是他多残忍，当时想法很简单，这样才能把尸体运出去。而后，他把尸块混了水泥、沙子装袋放到地下室，收拾了两天屋子，以最快的速度把房子卖掉，开始逃亡。

说了你也不信，没有预谋，就在那一瞬，假如没拿榔头，假如拿了榔头她没说那句话，后面或许什么都不会发生。自逃亡始，我多次思考这个事儿，想得头皮都疼，也没想明白是什么直接理由让我杀了她们。与妻之间没什么深仇大恨，一起生活了几年，还有个两岁多的孩子。说了你也不信，我们之间的矛盾，就是生活的琐碎，虽然争执多，但不过是鸡毛蒜皮的事儿。

他把写的文字对着屋角的摄像头晃了晃说，说了你也不信，这样写给你们。我知道你们还会连续疲劳审讯，希望我再多招一些什么，其实没了，真的没了。如果三天不睡觉，或许我会胡说八道，但那些肯定不是真的，希望以此为据。

说了你也不信，我再强调一次，真的没预谋。

那你说说为什么把孩子送到哥哥家？

这纯属偶然，当晚孩子不想回去，要跟哥哥的孩子一起玩，我们计划过两天再去接她的。

警察无语，吕旭旺明白他们几天不审，自然是找了高手来。可让他们失望了，真的没什么特别理由，也没有隐瞒，即使当下社会许多人身有戾气，杀人事件频频，他不相信自己也会如此。做什么事总要有理由，没有理由本身是否一种理由，有时候环境什么的呢？

说了你也不信，真的如此，说不太清楚。吕旭旺最后道，只求速死，别无他想，说了你也不信。

诗 人

徐全庆

汪海华是个诗人。

作为县作协主席，我却不知道我们县有这么个人，直到一个朋友谈起他。我这才知道，汪海华是某镇的镇长，很喜欢写诗。朋友说，哪天我给你介绍一下，又补充说，他是你的粉丝呢。这话说得让我有点儿飘飘然。又想，既然他是镇长，也许能为我们的文学聚会提供一点儿帮助，比如解决一顿饭什么的。于是我对与他的见面就有了些许期待。

朋友走后，我在网上认真搜索了一下，并没有见到汪海华的作品。一首诗都没见到。见到的都是作为镇长的他的新闻，比如他到困难群众家中慰问，再如他到田间地头与农民座谈，等等。或许是他用了笔名，也可能他并没写过什么诗，只是喜欢而已。

之后很久，我和汪海华都没有见过面，渐渐地把他淡忘了。

有一天，汪海华突然找到我，拿出一沓打印的诗稿，请我指点。还有一个精美笔记本，里面贴着他发在报纸上的几首诗。汪海华诚恳地望着我，目光中竟还有一丝腼腆。我先看了一下笔记本上的几首诗，全发在本市日报或晚报上，且都是十多年前的作品。诗显得很稚嫩，但好在还算清新。我又简单翻了一下那沓打印的诗稿（都是近几年的作品），觉得没什么诗意。明显不如十多年前发表的那几首。我不知道该怎么和他说，生怕说得太直让他生气。我放下那些诗，说待我认真拜读后再提意见。我们又随便聊了些有关文学的东西。

我问他平时读不读诗，他说很少。又感叹道，没时间呀。我呵呵地笑了笑，说，还是要多读一点儿，不读诗怎么能写好诗呢？他连说，是，是，我尽量多读一点儿，态度颇似一个小学生。

汪海华说今天恰好有空，要请我吃个饭。我说不用，其实只是客气。这时他接了个电话，然后一脸歉意地说，实在抱歉，今天还真的不行了，改天我再请你。又解释说，他们镇正在洽谈的一个大项目的负责人来了，他要去陪一下。这个项目要是谈成了，我们镇的好多蔬菜就可以就地加工了。汪海华说。

之后我们又通过几次电话。于是我知道，汪海华从学生时代就立志当一名诗人。毕业后他选择当了老师，因为这个职业有利于他创作。我说这倒是的，那你为什么又改行了呢？他说是因为一次上访。你还上访？我惊奇。他说，是帮别人。

汪海华有个学生，父母双亡，和爷爷奶奶生活在一起。家里确实很穷，爷爷奶奶身体也不好，完全符合低保的条件，但村里就是不给申报。汪海华就找到村书记，饱含深情说了一通大道理。汪海华觉得，铁石心肠的人都会被他感动的。但村书记只丢给他一句“符不符合条件不是你说了算的”就不再理他了。汪海华就到镇里上访。镇长也签批了，要求村里“按规定办理”。可村里说“按规定”不该办。那一刻，汪海华发现，手中无权，想为别人做点儿事居然那么难。于是，他决定从政。

再次见到汪海华是在电视上。那段时间连降暴雨，淮河水位猛涨。汪海华任职的那个镇内有一条淮河支流经过，因为地势低洼，每次防汛都是重点。电视上，汪海华正扛着一个沙包加固一处要决堤的地方。记者采访他时，他很豪迈，表示一定能战胜洪水。最后他还即兴作了两句诗：“我兀立于淮河之上 / 滔滔河水在我脚下打战。”记者还笑着说了一句，这只是淮河的支流。汪海华也笑，说，是淮河咱也不怕。

然而第二天就听到了汪海华去世的消息。

又是一夜暴雨，那条支流还是决了个口子。水流太快，沙包扔下去马上就被冲走。汪海华带头跳进水中，像根木桩拦住沙包。决开的口子终于被堵上了，但汪海华由于太疲惫，滑倒水中被冲走了。

我的眼泪立刻流了下来，耳边响起他最后创作的那两句诗：我兀立于淮河之上 / 滔滔河水在我脚下打战。

我觉得，这是他一生中写得最好的一首诗。

乌木泥金扇

朱雅娟

在老百姓的生活里，哪能离开木头和竹器呢？大到帝王的宫廷楼阁，小到一把木梳一根牙签，全都以竹木为原材料才能建造或制作而成。一根木头从采伐、运输、加工、制作到销售，基本都是竹木行当。阶州的富商沈水生，就是靠贩木材起家的。

千万别瞧不起木材商人。沈水生每次到木料场去，总要如此这般叮嘱。

那是，那是。料场的主管满脸堆笑，武则天的老爹就是木材商人出身，这故事我听说过。

不是故事，是史实。沈水生“哗”一声打开手中的乌木泥金折扇，志得意满地说。

这把乌木泥金折扇大有来头。扇面上的画是江南四大才子之一的文徵明画的，但最值钱的是这把扇子的扇骨，是由非常名贵的金丝楠乌木制作的。金丝楠是楠木的一种，因木纹熠熠生辉，呈现黄色丝绸光泽而得名。难得的是这种名贵木材因机缘巧合深埋地底或河床，经几千年物化才能形成阴沉木，也就是乌木。民间早有“纵有珠宝一箱，不如乌木一方”的句子，乌木难得，金丝楠乌木更是难得。如此珍品，可谓价值连城。

这么名贵的折扇，沈水生随便带在身上，足见他家境殷实。其实三十年前，沈水生不过是个伐木工，每天翻山越岭，用斧头砍下树木，削去其枝杈，将其推下山坡，再在坡底将木头置于谷沟河水中，令河水冲击至开阔地带，再用绳子捆好背到集市上去卖。官府有令：“春三月，山林不登斧，以成草木之长。”这是大禹时就定下来的规矩，历朝历代都沿袭下来。但沈水生以为山高皇帝远，阳春三月就怀揣斧头进了山，结果被官府的人追捕，掉到水里差点儿淹死。沈水生在河里扑腾时摸到一截木头抱着漂了几里路才得救，上岸后才发现上天给了他一截金丝楠乌木。

发家不能忘本，沈水生用金丝楠乌木的边角料做了把扇骨，再配上泥金宣纸扇面，花重金托人让文徵明在扇子上画了幅图。如此高贵又风雅，谁能说他沈水生是个大老粗！

沈水生的夫人出手也很阔绰，卖艺的都喜欢她。有次沈夫人和知州大人的小夫人同去戏园子看戏，演戏的使出浑身解数，极其讨人欢心。知州的小夫人心生欢喜，给戏园打赏了纹银二两。二两银子可真不少了，相当于知州大人一月的俸银。沈水生的老婆一看官太太都打赏了，自己也不能觉悟低，随手就打赏了纹银十两。偏巧戏园领赏金的是个见钱眼开的势利鬼，故意拉长声调吆喝了一嗓子。

知州小夫人打赏纹银——二两！

东门沈夫人打赏纹银——十两！

小夫人哭哭啼啼离开了，枕头风一吹，沈水生莫名其妙就进了牢房。后来花了不少银两，沈水生才得以脱罪。

沈水生离开牢房不几日，木料场又是一场大火，虽说没有伤及沈水生老本，但让他沉寂许久。有相士听到沈水生的故事，捻须微笑。

沈水生，沉水生（古代“沈”与“沉”都写作“沈”）。这名字将他的前半世生活已经概括了。根据五行相生，水能生金，沈水生才能落水之后得富贵。现在受了祝融之灾，运势就变了。木生火，火生土，一切都要化为乌有了。

相士的话传到沈水生耳中，沈水生“呸”了一声，依旧摇着他那把金丝楠乌木泥金扇，慢条斯理，如在意如不在意。

火生土后不是还有一句话吗？土生金，金生水，水生木。我沈水生的运势我自己说了算。

沈水生举家搬迁到浙江临安，做的依旧是木头生意。因临安盛产竹子，遂将货源扩大到竹类产品，到后来依旧成为富甲一方的财主。

经年之后，沈水生携带家眷回乡扫墓，遇到阶州熟人，音容改变无多，只是手中折扇换作了普通扇子。

沈水生离开后听到熟人耳语，看来这家伙在浙江混得不行。

沈夫人又想返回争辩，沈水生用折扇挡住夫人，轻声道，包子有馅不在褶上，这么多年你就没懂?

沈夫人真没懂。

陌生人的欠条

徐　东

那时我刚来深圳不久，租住在劳动村，有份赚钱不太多的工作。每天早上我会去同一个早点摊吃早餐。摊主是个中年男人，他卖些肠粉汤粉之类的早餐。

有天早上我在路边的桌子上吃肠粉，有个20岁出头的年轻人走过来，伸着一只手，不好意思地对摊主说："我就这一块钱了，可以给我一份吗？"

一份肠粉当时需要3块钱。摊主看了一眼那个落魄的年轻人，拒绝了他。摊主不确定那个年轻人是不是故意想要占他的便宜，他那么忙，没有时间多想。

我看着那个被拒绝的年轻人失意地走开，便飞快地吃掉余下的肠粉跟了过去。我本应该去相反的方向，当我故意走过并回头看他时，我看到一张苍白无助的脸。大约忽然有个人回过头看他，让他吃了一惊，身体微微地向后顿了一下。

我向他点点头，不好意思地说："你……需要帮助吗？"

他犹豫着，点了点头。

我说："你是从什么地方来的呢？"

他有些语无伦次地说："兰州。我到了深圳的蛇口，手机、银行卡、钱包都丢了……我上过大学，正在找工作，可现在特别不顺利，找不到工作……我也可以干体力活儿，我想好了，总得让自己生存下去。"

他很瘦，胳膊上还有一块擦伤。可能因为没有钱，也没有住处，他身上的衣服有些脏。

我说："你需要钱吗？"

他看了我一眼说："你……"

我说："你需要多少？"

他想了想，说：“10 块，5 块也可以……”

我笑了一下，说：“为什么不多要一些呢？”

他也笑了一下，说：“我不知道什么时候能找到工作，也不知道将来该怎么还……”

我说：“没关系，就当我送你了。你觉得需要多少？”

他说：“谢谢你！我想我要 10 块钱就好了。我两天都没怎么吃东西了，如果能吃上一顿饭，我就可以走路去找工作了。”

我说：“你也不一定今天就能找到工作啊！”

他说：“可是，我觉得不该向一个陌生人开口要太多的钱，除非你愿意留下你的联系方式，将来我有钱了还你。”

那时我刚发了工资不久，钱包里还有一千多块钱。我想着要不要给他 500 元或者 300 元，但最后还是按照他的要求，给了他 10 块钱。

他接过钱的时候，感激地看着我。

我说：“祝你一切顺利。”

他点点头，给我鞠了一躬，说：“谢谢，谢谢你！”

我看着他那样有礼貌，想了想又拿出 200 块钱，说：“拿着吧，不用考虑还了。”

他犹豫着从背包里掏出纸和笔，说：“请留下您的联系方式吧，等我赚到了钱给您寄过去。”

我说：“不用了。”

他说：“如果您不方便留联系方式，我不能接受您这么多钱。”

我说：“为什么呢？”

他说：“我也说不好，只是觉得 200 块钱不是个小数目，不该平白无故地接受您这么多。”

我想了想又从钱包里掏出 300 块钱，说：“好吧，我给你留个地址，等你有钱了再还给我。”

他笑着接受了，非要给我写个欠条：

本人来深圳找工作，举目无亲，因不小心丢失了钱包，遇到困难，有幸遇到 ×× 先生，他好意借我 500 元（伍佰元整），本人承诺找到工作、领到工资后第一时间还清欠款。

×××

2007 年 3 月 5 日

12 年后的一天，我又见着了他。

我早已忘记了他的模样，或者他的变化太大，我想不起曾经见过这个年轻人。

他微笑着说：“当年我写给您的欠条还在吗？”

我说：“早就丢了。”

他说：“我还能认得您。当时我给您寄了欠您的钱，还写了一封感谢信，但后来退回来了。那时我刚找到工作，很快就被派到外地去了，等我再次回到深圳时，再去您地址上留的您原来的那个单位问，您的单位也不知搬到什么地方了。”

我说：“那你是怎么找到我的呢？”

他说：“我在网上搜您的名字，又与发表您小说的编辑取得联系，这才找到您的联系方式。我真没想到您是位作家。如果您愿意，我想给您 50 万，对于现在的我来说，50 万并不算一个大数目。”

我想了想说：“我不能接受，因为一直没有得到你的消息，我在心里早就把你当成了一个骗子，早就把你给忘了。”

他笑笑说：“您是个好人，实在人。现在我想给您 100 万，如果您可以接受的话，我会十分开心的，因为我一直想要感谢您。”

我说：“如果现在我再遇到像你当初的情况，可能不会再那样做了。”

他说：“人都是会变化的，这个我理解。这十多年来，我也经过多次蜕变才有了今天。”

我说：“虽然我变得现实了许多，但仍然很难接受你那么多钱，虽然我仍然租住在别人的房子里，很需要100万付个首付，买一套自己的房子。”

他有些吃惊地说：“像您这样的好人竟然还没有自己的房子？这样吧，我是真诚的，我给您500万，去买上一套吧。我想和您成为朋友，如果您不嫌弃的话。”

看着他真诚的目光，我仍然觉得他是陌生的，因此我说：“对不起，我无法接受。”

他急了，有些生气地说：“您必须接受，因为当初我都快要饿死了，如果没有您就没有我的今天。您一定要给我一个报答您的机会。”

我说：“可是我觉得我不能接受，因为我的生活还过得去，和你当初不一样。”

他说：“您就当买了一张彩票，中了大奖。”

我摇摇头说：“我当初对你的好意或者说好心，不应该用金钱来衡量，不是吗？”

他说：“那我该怎么样报答您呢？”

我说：“不需要。如果你想要报答的话，请你今后遇到需要帮助的人，力所能及地去帮助一下吧！再说，您今天的出现，已经算是报答我了。”

他郑重地点了点头，留下了500块钱，走了。

回到家，我对着镜子看，觉得镜子里的自己多少有些冒充高尚，没有出息，不由得有些痛恨自己，觉得自己这一辈子，再也没有什么飞黄腾达的机会了。

由于丢掉了那个人的欠条，我至今也不知道他叫什么名字。

我觉得这样也好，省得我总是记起×××曾经欠我一份人情。

藤　下

金　光

人民公园的东南角有个紫藤架。年久，那紫藤盘根错节，七拐八扭，很有些沧桑。春天，紫藤盛开着花儿，香得醉人；夏天，密密麻麻的紫藤叶儿，罩得一片阴凉；到了秋天，紫藤叶变成了粉红色，火一样，煞是好看；唯有冬天，那一根根紫藤像老人胳膊上的青筋，风骨傲然。

不知什么时候，紫藤下的水泥凳子上多了一位老人。只见他抱着一杆坠胡，低着头忘我地拉着。起初，那琴音是孤单的，浑厚中透出一种哀伤。后来，渐渐变得悠扬了许多，引得不少人前来围观。有人认出了，那是市豫剧团刚刚退了休的坠子王张贵生。于是，老张每奏一曲，都有喝彩声和鼓掌声。来公园晨练的老人，每天就伴着老张的坠子曲或打太极或绕湖慢跑，多了一种情趣。

老张拉了两个多月之后，又来了一位老太太。她叫于旦妮，曾是剧团的副团长。前些年退休后，跟着儿子媳妇去了南方，最近回市里办事，早晨到公园散步时被老张的胡琴声招呼了过来。两人我拉你唱，有了情景。于老太干脆给儿子打电话，不去南方了。

又过了一些时间，更多的人加入了老张的队伍。他们中，有演员，有拉二胡的，有吹笛子的，简直成了一个小小戏班子。每天清晨，藤下热闹异常，《天仙配》《穆桂英挂帅》《朝阳沟》，拉胡琴的人拉得起劲，唱的人字正腔圆，听的看的人直叫好。

有了这个场所，参与的人也抖擞了精神。没有人组织，也没有人号召，每天天刚亮，大家都背着乐器准时而来。梆子一响，胡琴声骤起，随之或男声或女声就开唱了。唱的拉的，都陶醉在戏曲音乐之中，好像年轻了几十岁。

一天，张贵生拉了三曲仍不见于老太过来，便问身边拉二胡的王生荣："老于呢？”

王生荣伸长脖子在人群中瞅了一圈儿，摇着头回答：“不知道。”

老张放下坠胡出来找，没找着，就拿起手机拨号。打通才知道，于老太在家感冒发着高烧呢。大家提前结束，赶到于老太家，把她送进了医院。

一周之后，于老太又出现在藤下的队伍中，继续唱她的《三娘教子》。

唱完了，老张对于老太说：“你该到你儿子那儿去。”

“不想去。”于老太的嗓子因发烧还没有复原，“在那儿一点儿意思也没有，能把人憋死。”

“起码有了病孩子们能照顾到。”老张劝解说。

于老太很满足地说：“这儿不是也很好嘛，我有病了，你们把我送到医院，还轮班陪护，送饺子吃，比儿子媳妇们强多了。”

老张便不再说什么，看着手中的坠胡，忽然来了精神，拉了一首歌，那歌名叫《我们的生活充满阳光》。

电视台的记者发现了这群玩戏曲的老人，带着摄像机来采访，给他们取了名字叫“戏曲沙龙”。于是，“戏曲沙龙”先上了市电视台，后来又上了省电视台。

紫藤花开花落好多次，但藤下一如既往地响着乐曲、唱着段子。

渐渐地，有心人发现，“戏曲沙龙”的队伍越来越小了。先是于老太消失了，后来王生荣不见了，再后来吹笛子的胡光年也不见了。一打听，原来这些人都驾鹤西去了。

终于有一天，藤下只坐着张贵生一个人。只见他抱着一杆坠胡，低着头忘我地拉着。没有伴唱，也没有别的乐器伴奏，那胡琴音显得无比的孤单。而老张选的曲子，也充满了哀伤。人们只能围着他，默默地听着、看着。

三年之后，老张也消失了。晨练的故人到了藤下，就会小站一会儿，回味那一曲曲远去的音乐和唱段。

又过了一段时间，藤下来了一个年轻人，坐在老张曾经坐过的水泥凳子上，天天早上架上画夹，对着那些充满沧桑的紫藤写生。

晨读图

马宝山

顾况是一位很优秀的诗人，他的画也画得好。

诗人在五十岁的时候，膝下有一男二女，也算儿女双全了，一家人生活得很美满。可是在他六十七岁那年，长子忽然暴病死了。伤心欲绝的顾况写了一首诗：老人丧其子，日暮泣成血。老人年七十，不作多时别。

三年后，顾况又喜得贵子。小妾给他生了一个儿子，取名“非熊”。寓意于辅佐武王伐纣的太公望，寄望这个孩子长大后能成为姜太公一类非凡人物。

孩子满月那天早晨，顾况起得很早，想画一幅画。研墨、调色、展纸，几笔画出干梅枝，又画过喜鹊。在沾墨点鹊喙时，传来小儿的啼哭声，一走神，画鹊喙的笔下重了。本来想画开口鸣喜的鹊儿，这下没法开口了。也罢，就画成哑鹊吧。接着画一座小亭，亭下三个孩子在读书。起画题《晨读图》，下面又题款：亭下三个读书郎，枝头喜鹊口不张，莫扰学子读书忙。

顾况为不张口的喜鹊找出一个好理由，画意也还好，马上就请人裱过了挂到墙上。

非熊四五岁了，一直不开口说话。寄予厚望的儿子原来是个哑巴，顾况很惋惜。

一天，有一僧人来到顾家，说口渴，要讨一碗水喝。这时顾况正在家里，热情地请僧人进家门，叫用人煮茶，上点心款待。僧人一边饮茶，一边与诗人说些闲话。僧人看到墙上挂的《晨读图》，说：“这画倒也有意境，可否让老衲在上面涂鸦几笔，使画意更深远喜兴一些呢？”

诗人看出僧人非一般出家人，便拿来笔砚，请僧人在原画上添笔。僧人在哑鹊旁边，几笔画出一只正在飞落，仰头鸣叫的喜鹊。在原款下面添写两句：

忽有一日飞鹊报，顾家儿郎上金榜。

顾况看后拊掌叫好，家人看了也都啧啧赞叹。顾况说："借师父吉言，可惜膝下一个儿子却是个哑人，金榜题名美梦难成喽。"

僧人一笑："有梦，就有希望啊。"

这天，僧人在顾家吃过午饭离去。

第二天，孩子们在院子里玩耍，两个姐姐捉弄小兄弟，把非熊弄急了，他忽然开口说话："你们为什么要捉弄我？我曾经是你们的兄长。我做哥哥的时候可不是这样啊！"

大家都愣住了，非熊怎么一下子会说话了呢？急忙喊来父母，说弟弟能说话了。

父母一来，非熊就说："我是你们死去的长子，因为留恋顾家，想念父母和姊妹，又投生回来的。"接着他叙说了前生的往事，历历不误。还将姐姐们的乳名，她们曾经的往事一一说得清清楚楚。

开口说话的顾非熊，好学求进。七岁作赋，十岁作诗，一时诗名大噪，成为远近闻名的诗童。他一边写诗，一边习文，准备参加科考，实现家族的夙愿。遗憾的是他从十八岁开始科考，屡试不第，考了十多次后，心灰意冷，不想再继续考下去了。

这时候，父亲顾况已经去世十多年了。

这天，顾非熊正在家中校审诗稿，下人来报，说一位僧人想讨一碗水喝，还说，他曾经来过咱们家呢。顾非熊就请僧人进来，一见面，似曾相识。忽然想起在他五岁那年僧人来过府上，便称僧叔："僧叔，小侄想起来了，您为我父亲的《晨读图》添过笔加过款。我还记得自从您来家后，我才开口说话的，这是您给我们家带来的吉祥啊！"

顾非熊很热情地用茶点招待客僧。

"既然称我为僧叔，我就叫你世侄吧。"僧人微微一笑，"今天我也是路过这里，顺便捎来一个口信给你。前夜做梦，梦中悲翁（顾况字号）嘱咐我一定劝勉你再去科考，不可辜负家人希望啊。”

他们又说了一些闲话，僧人看到几十年前的那幅《晨读图》仍挂在墙上，便上前仔细观看过，说：“世侄啊，可否把画取下来，容我再加几笔啊？”

画被取下来，僧人添笔并不多，只在干枝梅上戳戳点点，画几朵梅花——梅开二度。在他上次题款下又加一句“唐皇钦点育栋梁”。

这样题款就完整了：忽有一日飞鹊报，顾家儿郎上金榜，唐皇钦点育栋梁。

旧作新颜，增加了更多的喜庆。

唐长庆二年（822年），皇上听说顾非熊屡试不第，很奇怪，鼎鼎大名的诗人，又是名门之后，怎么就考不上呢？

这年秋闱，顾非熊再一次走进考场。皇上调阅顾非熊的考卷，发现文笔清丽，辞理精密，见解独到，甚为欣喜，钦点为进士。

进士及第的顾非熊，并不怎么喜欢做官，官也就做不大。大中年间做了几年盱眙尉，便挂冠而去，到父亲曾经隐居的茅山做隐士去了。

据说，僧人添过两次笔墨的那幅《晨读图》一直在顾家珍藏。后来家族蔓延，分散各地，《晨读图》究竟落入哪支哪脉顾姓人家，那就说不清楚了。

放　生

郭震海

夜隐，晨至。

薄雾如拉开的纱幔，围着葱茏的山腰。晨光如水，一点儿一点儿自遥远的天际流淌至山巅，远处的树梢便被晨光点亮。

山下，有一条宁静的小河，微风轻轻吹过，宁静的河水泛起粼粼波光。

他自山中来，一身布衣，头戴一顶宽边草帽，一只手里提着两个空鱼篓，在晨风中摇摇晃晃，一只手里拎着渔网。

他来到小河边，放下鱼篓，先是站定目测水面，然后伸手在水里一划，随后双手一挥，把渔网抛向空中，就如瞬间绽开的花朵，落入水面。这一系列动作，干净利索，如舞台上的魔术师，娴熟而优雅。

多年捕鱼，他已经完全懂得这条河的秉性，目测水面能懂风的走向，手划水面便知鱼的动向。每天早上，他不多也不少，只下一次网，就要两篓鱼。大鱼也好，小鱼也罢，他都要，当然这条小河也没有太大的鱼。

他虽捕鱼但不食鱼，也不拿到集市上去卖鱼。倘若你问他捕鱼用来干什么，他长满胡须的嘴微微一动，吐出两个字：“坐等。”

日升三竿，山川、河流、捕鱼人尽收金色的阳光之中。这时，沿河的一条大道开始沸腾，飞驰的车辆沿着大道来来去去，消失在山中。山后就是一座城，一座繁华的城。山上有一座庙，庙里香火很盛。

网已收，鱼满篓。他悠闲地坐在河边的一块青石上，确如他所言，是在坐等。陆续有香客沿着高高的石阶走下山来，男男女女，有领着孩子的家长，有情投意合的小夫妻。他们有的会直接驱车离去，有的会来到他面前买鱼。

他卖鱼不论斤，论条，一条 10 元。高高竖起的纸牌上明码标价，不还价，当然来者也不会还价。这似乎是世上最公平的交易，一个愿卖，一个愿买，无须碎言或多语，交易便轻松搞定。来者买鱼后，不会带走，而是来到河边，虔诚地把鱼一条条放入水中，名曰“放生”。

午后，两篓鱼全部卖光。一条条小鱼来自小河，又重新回归小河，他又如早上来时那样，一只手提着两个空鱼篓，摇摇晃晃，一只手拎着渔网，优哉游哉地回家。路过集市，他会买二斤牛肉，打二两散酒，也会为妻子买条丝巾，或为 80 岁的老娘买点儿爱吃的糖酥点心。

日复一日，年复一年。他每天早上来，中午回，总是那般悠闲，那般自在，似乎和山上的庙、与河里的鱼达成某种默契。有了山上的庙，才会有虔诚的信徒来祈祷、“放生”，有了“放生”，就有了他的每天捕鱼，这形成一个完美的供需“链条”。

当然，每天来找他买鱼“放生”的人，也知道他是捕鱼者，因为他的身边就放着刚刚收妥的渔网。这也无碍，因为来买鱼者需要鱼，需要有鱼来“放生”。

买鱼者说，他们买鱼是为了“放生”，是行大善，是为自己或家人祈求幸福安康。

卖鱼者说，他捕鱼不杀鱼，仅供“放生”，也是行善。他靠卖“放生鱼”养着一家老小，小日子过得蛮滋润。

每一次途经小河边，我总会忍不住驻足静观许久，看头戴宽边草帽的捕鱼者，看前去买鱼“放生”的人。我想，其实，在这个世界上，有许多事情一旦形成某种平衡，就很难用简单的对与错、是与非去衡量。

过　坎

练建安

腊月二十九，年下圩。落日西沉，满堂和阿爸德凤肩扛担杆沿山路回村。担杆上挂的棕索，俗称络脚，晃晃荡荡的。

爷儿俩足力健捷，片刻，登上了西向山坡。晚霞绮丽，群山连绵，村落宁静祥和。参差错落的泥墙黑瓦上，飘散袅袅炊烟。

满堂出神地望着对山的一座五凤楼。楼内猛地蹿起数道白烟，于半空炸裂，一会儿，传来闷响。

满堂戳在那儿，不走了。

满堂喉结搐动，说：“今晡春娣定亲吧？好多人哪，蚁公样般。”

德凤说：“傻子啊，同族同姓，春娣和你无缘。”

太阳下山了。德凤父子来到了三岔口。

大樟树下，坐着一对三十出头的男女。旁边，放置猪笼竹杠。男的乌黑壮实，拿出一条熟番薯塞给女的。女的脸黄瘦弱，说不饿，饱饱的，吃不下。两人你推我让，拉拉扯扯。

猪笼里的黑猪崽，叫槐猪，约莫七八十斤，架子显，耷拉着耳朵，见人靠近，便惊恐地转圈儿，哼哼唧唧。

“买的？”

“卖的。”

“没卖掉？”

“不到三块银圆，俺不卖。”

“哪村的？有点儿面生哟。”

“笠嫲寨的。俺堂姑嫁到你们村，叫来招子。”

“噢，来招婶子的大侄哥啊！”

“俺也认得您哪。前年您到俺村舞狮子，硬是赢了铁关刀的三斗米酒哪。啧啧。”

“嘿嘿。后生，喊嘛介？”

“大名是叫禄贵的，乳名板墩。”

“板墩，俺也不多还价，两块半。”

“两块半？”

“两块半。不能再多了。”

“俺要和家里的，商量一下。”

板墩就拉着那女人走开，悄声说话。

“娘……”女人扭过头去，像是要流泪。

板墩走回，说：“两块半就两块半，现钱。”

德凤摸出银圆：“先付两块，欠款年后给。”

板墩涨红着脸：“便宜卖，就是等钱急用哪。”

德凤缩手：“这两块，还是老东家的。俺只有脚钱三百文。”

板墩一跺脚：“两块，添三百文，卖了！过年就是过难。”

德凤感慨：“这年头儿，过年还是过坎儿。”

一手交钱，一手交货。板墩连带猪笼竹杠也一同奉送了。

满堂心不在焉，不吭声儿。爷儿俩搭肩，扛起猪笼，一前一后，踏着暮色赶路。

村外，小溪蜿蜒南流。水车旁，有独立排屋。这就是德凤家。

凤婶老远就瞧见了猪笼，赶紧抱来稻草，铺入猪栏。刚铺好，爷儿俩也就到了。

前些日，家里的大白猪卖给了七里滩的唐大善人，得款还清旧债，剩余两块银圆，当当响，猪栏却空着。

德凤取出银圆，径直往外走。

“不要等，先吃。”

德凤返回，已是掌灯时分。

满女随小哥给外公送年礼回来了，正在呼呼啜粥，放下碗筷，甜甜地喊了声阿爸。

德凤坐下：“吃吧，吃吧。”

桌上很丰盛，油豆腐、猪膏渣炒雪里蕻、猪骨头炖水咸菜、煮番薯芋头，管够管饱。

兄妹几个不时张望厅堂横梁。那里挂着一扇新鲜猪肉，前腿肉。日里打狮班送来的。

德凤抓起煮地瓜，想起了什么，掏出一把铜钱，摊在桌子上，推向凤婶：“收好，老东家赏的。”

“当家的，那乌猪崽，不对劲儿呢。”

“嗨，搞一把黄连、桔梗、板蓝根，拌入猪食，三五天，包好。”

三十大早，村庄敬神祭祖的鞭炮声此起彼伏。清新透明的空气里，荡漾着缕缕香气。德凤带满堂张贴大门对联，私塾华昌先生手笔，颜体，红纸黑字。

“哎哟嗨，衰哟，还衰哟。”

循声望去，猪栏边，凤婶踉跄而出。

乌猪崽翘尾巴了，硬邦邦的，周身布满红黑斑点。

德凤紧咬腮帮，良久，嘶哑着说：“满堂，去，拖走埋掉。”

凤婶嘟嘟囔囔的。

德凤说：“莫叫啦！赶紧挑几担石灰来，猪栏里外，不留死角。”

太阳出来了，一家子沉闷地吃过早饭，德凤就去大围屋找荣发了。每年正月，客家山乡都要舞狮子。德凤和荣发，是最雄壮的一对。

两人喝茶聊天。讲完狮班安排，德凤起身告辞。荣发说：“凤哥，您有心事啊！”德凤捶了老伙计一拳，朗声大笑。

走上石拱桥，德凤遇到了六叔公。

六叔公养了一群生蛋白鹜鸭，过年也不得闲。

六叔公说：“奇了怪了，溪坝里，福佬嫲捡到一头乌猪崽。”

福佬嫲七老八十，孤苦伶仃的，住在溪边一栋废弃的老屋舍里。

德凤径奔老屋舍，苦心劝说福佬嫲勿吃瘟猪，要赔她一扇前腿肉。

德凤回家，问满堂：“瘟猪崽埋在哪儿了？”满堂红着脸说：“扔在溪坝里了。”德凤说：“满堂，都是快要娶媳妇的人啦，做事要老成哪！那东西被五婆捡去了，害人嘛。”满堂低下了头。德凤说：“狮班给的，留下三斤，都给五婆送去。瘟猪肉，全他娘的倒入粪坑里头。”

满堂斫下一块肉，扛猪腿过溪去了。

德凤坐在门口竹椅上，吧嗒吧嗒抽旱烟。忽听哇哇哭声，满女的。接着，传来小哥的抽泣。德凤挥动烟杆嘭嘭敲击木门槛。安静了。远处，鞭炮声断断续续。

三年后的一个冬日，汀江流域竟飘起了纷纷扬扬的雪花。沿江石砌路，光滑难行。德凤、满堂一大伙儿挑夫从大埔石市挑来盐包，翻越鹞子岽，前往河头城装船载运。

“救命啊！救命……”

途经半山亭外，忽听撕心裂肺的呼救声。

百十步远，两个威猛蒙面人，翻转刀背，狠力敲打一个乌黑汉子。

乌黑汉子跪地哭号。

那不是笠嫲岽的板墩吗?

德凤他们停下了脚步。

“凤哥，救吗？”荣发问。

德凤站在原地，不动。

雪花飘落在斗笠上，无声无息。

“救！”

德凤和他的同伴，几乎同时抽出了硬木担杆。

弹花匠和他的女人

赵淑萍

老弹花匠指望着小弹花匠来继承他的行当，可是，小弹花匠却嫌这活儿又脏又累。别看这棉花挺干净，可是细绒粘在头发上，吸进嘴里，那不是一般的难受。

小弹花匠眉清目秀，处处机灵，干啥一学就会。小时候，他觉得弹棉花很有趣，他爹摆弄那张大弓，他就在旁边和着节奏唱。但等自己也摆弄熟练了，就开始厌倦。农闲时弹棉花，他高兴时跟着他爹去，做个帮手，不高兴时就干脆不去。

可是，这一次，听他爹说要到几十里外的梨花村去，他破天荒地说他也要去，而且一个人就行。其实，他心里在打小九九。听说梨花村有个姑娘叫莲莲，人长得俊俏，而且会在棉胎上盘花。这里的人家，凡是弹新棉花做嫁妆被的，就要用毛线在棉胎上盘出红双喜字、福字、八耳结或者简单的雀鸟的图案来增加喜气。这盘花，有的是由弹花匠完成。如果弹花匠不会，就会找当地心灵手巧、容颜姣好的未出阁的女孩来盘。小弹花匠盘花盘得好，但是，这一次，他要去见见那个莲莲。

小弹花匠背着一张大弓，携着一个木盘、两只木槌，来到梨花村。他接连弹了三户人家。这三户人家，有的把两扇大门板卸下来，擦干净。有的抱出一席收拾干净的簟。他就在那上面弹棉花，又板又硬的发黄的旧棉花，在他手下，顿时蓬松、白胖起来。他一块块地弹，最后，又把棉花弹成四四方方的一整块。然后，网纱，再用木盘来回磨。这样，又是一床蓬松暖和的棉胎。到第四户人家的时候，这户人家拿出又白又柔软的新棉花，说要给已下聘的女儿弹嫁妆被，这就意味着要盘花。但是，他故意说他不会盘花。于是，这家的主人就说去请莲莲。他终于能见到那个传说中的姑娘了。他还有意把头上的棉花絮捋了捋。

莲莲来了，真像一朵出水的莲花一样清新明媚。莲莲从来没看过弹得这么方整的棉胎，不禁抬头看了小弹花匠一眼，这一眼，看得小弹花匠心突突地跳。莲莲轻巧伶俐地在棉胎上盘起红双喜来。盘好，又盘了一个喜鹊登梅的图案。那一刻，在小弹花匠眼里，那洁白的棉花就像一朵洁白的云，而莲莲就是他心中的菩萨。盘好图案，接下去，要网纱。网纱就是两个人将棉絮的两面用纱线纵横着摆成网状，来固定棉絮。主人家让莲莲再帮着网纱。小弹花匠和莲莲就成对角地蹲着，拉着同一根线，看线，也看人。小弹花匠的目光里有电，莲莲羞得不敢直视但又禁不住偷偷瞧他。明明一会儿就可以网好的，却延长了好一会儿。

从此，这小弹花匠就害起了相思病，一到农闲，就要去梨花村弹棉花。

第三年，莲莲的爹叫小弹花匠上他家弹棉花。小弹花匠弹得特别卖力，那声音特别清脆，节奏感特强。这一次，小弹花匠自己盘花，他用红毛线盘出两朵牡丹，又用绿毛线盘出牡丹叶子。“这小子，其实盘花盘得比我家莲莲还好。”莲莲爹心里嘀咕。“我就知道你会盘花，还说自己不会，假惺惺地还说要跟我学。”莲莲嗔怪道。

那六斤的棉胎，他弹得中间厚边缘薄，这样的被子，睡起来是最熨帖最舒服的。临走，莲莲爹拍拍小弹花匠的肩膀说：“你小子脑瓜好使。”

这事就算成了。

莲莲过了门，小弹花匠就不想再去弹棉花了。可是，莲莲却向老弹花匠学起了弹棉花。其实，莲莲小时候就喜欢看人家弹棉花，听那铮铮的乐音。而且，她喜欢脱下鞋子在干净柔滑的簟上行走，喜欢在棉絮上画画——盘花。“哪有女的穿家过户去弹棉花的？这样吧，给我三年的时间，我保证你足不出户就可以弹棉花。”小弹花匠说。

这小弹花匠给社办企业跑业务，果然，三年后，他用赚来的钱在家里开了一个“莲莲棉花坊”。他收购来上好的棉花，还出售各色织锦缎被面。凡是要嫁女儿的人家，可以到这里定制棉被。

现在，“莲莲棉花坊”还出售各种被子，蚕丝被、羽绒被、羊毛被……但是，在这里仍然可以定制棉被。虽然店里有好几台弹棉机，但那个两鬓染霜的女人，只要是亲朋好友家有喜事了，她还是自己弹棉花、盘花。要网纱了，同样，一个两鬓染霜的男人，就蹲在她对面，两人拉着线，看线，也看对方，好像这辈子还没看够。

速食时代的情爱

王培静

十年，房价翻了十多倍，演艺明星的婚姻几乎全移了位。

在这个快节奏的时代，青年人也会因为工作、情感、学习等问题而出现心理压力，也会出现无聊的情绪状态。

这不，无聊的青春就干出了很无聊的事。

青春是我朋友的儿子，和我儿子的年龄差不多。我孙子都能打酱油了，他还没有结婚。

这天晚上，朋友给我打电话抱怨：你说我儿子这个王八蛋，惹下的事，这屁股还帮他擦不完了。

我关切地问：怎么了？

把人家女孩子搞怀孕了。

这是好事呀，你老封建，还嫌未婚先孕不好？现在的年轻人，这种情况太正常了，你给他们准备婚礼不就行了。我笑着说。

我也这样想来着，可是不可能啊。朋友叹气。

你儿子的对象，是咱们几年前吃饭在饭馆碰到的他那个同学吗？

是她。人家怀孕了，儿子却不想和人家结婚。对方父母找家来谈，他虽不敢露头，但死活不和人家好了。

没办法，人家女孩还不错，打掉了孩子。但她父母不愿意，我们给人家五万块钱作为补偿，才算了事。

女孩却偷偷把钱又还给了我们，弄得我们上不来下不去，更觉得儿子和全家对不住人家。

没过一个月，他提出结婚。

他妈问：你和谁结婚？

他说：我搞了一个对象，晚上到家来和你们见面。

晚上，女孩来家，长得还没他那个同学好看，穿着打扮我们一点儿也不喜欢，勉强应付吃了个饭。

女孩是外地人倒是小事，但给我们的感觉是不舒服。

天很晚了，女孩待在儿子的房间里，没有走的意思。

把儿子叫出来，他妈说：天太晚了，你送人家走吧。

到哪去？这就是她的家，我们马上就结婚了，她就是这家庭的一员了。

我严厉地说：那不行，你们还没有结婚，现在不能住到家里来。

儿子领她出门后，又回来对我们通告说：你们满意不满意，愿意不愿意，就是她了。你们孙子跑她肚子里已经三个多月了，赶紧，麻利地准备我们的婚礼吧。

我吼他：你给我滚蛋！

气得我和他妈几天都没睡好觉。

我们想，刚搞的对象，正在热恋当中，怕我们不同意，骗我们说女孩怀孕了，逼我们接受这个现实。

他几天没回家，他妈打电话给他：你说女孩怀孕了，晚上把检查结果拿回来。

儿子晚上果然回来了，那检查日期是十多天前的，女孩真的怀孕了。

反正他也老大不小了，他自己选的对象，将来他们一起过。我们慢慢接受了这个现实，开始给他们准备婚礼。这不，请柬都发出去了。

是呀，不是定的十月二日吗？又出什么幺蛾子了？我有些纳闷。

他出差去东北，在回来的动车上，认识了一个女孩，说是个大学生。对方正在听小鲜肉马小东的歌，他说他认识马小东，对方不相信，他就和马小东视频，马小东果然接了电话，并说，大哥，有时间了一起聚聚。看到这些，那女孩幸福得要死，原来她是马小东的歌迷，骨灰级的。

他们互留了微信。他答应那女孩，找个合适的机会，带她见见马小东。

爱屋及乌，她因为喜欢马小东，又因为他认识马小东，从而对他产生了好感。

他们去酒店开了房。

女孩怀孕了，问他怎么办。

他听了，也感觉无所适从，她还在上大学，这可怎么办？他偷偷喝了一斤白酒，想把自己灌醉，忘掉这许多烦恼。他狠扇自己耳光，骂自己是畜生王八蛋。

回到现实，没办法，他把这一切告诉了我们。他妈妈去和女孩谈判，苦口婆心，答应给对方六万块钱，终于才劝动女孩去打掉孩子。

朋友说：这事帮他解决完后，我和他妈商量好了，这是最后一次，他再干出什么出格的事，我们是坚决、肯定不会再管了……

婚礼上，看到他们夫妻俩满面春风、他们儿子春风得意的样子，我宁愿相信，过去的一切都未曾发生过。

翰墨街

田双伶

黑槐成荫的翰墨街上，宜兰轩和翰墨斋相邻，除了两家店主人一个擅操琴一个喜弄墨之外，与别家无甚区别。

鄘南古城有宋时遗风，人们多喜临池研墨，平时来翰墨街逛的人从未断过。也常有邻近县市的人来这里买纸墨选字画做装裱，再去近处茶城品茶买茶，而后到鼓楼夜市吃美食。

来翰墨斋的人，一进门都会眼晕。满壁悬挂的字画，行草隶篆山水花鸟，看落款，都是临摹之作。门口的茶桌上摆满杯杯盏盏，谁来了，店主老陶就赶紧将绿茶普洱的沏上；若遇到性情相投的，免不了铺纸研墨切磋一番。

有人把一幅幅卷轴细细看过，说，您这，都不是真迹呀。

他吁叹一声说，这可都是好字。

来者指着其中一幅问，这幅价钱多少？

他顺势望一眼，脸上满是虔诚之色：哦，这幅，您好眼力，这是弘一法师的字呢。

不是真迹，价钱就该低些。

他就呵呵一笑，您看，弘一法师的气韵可都在呢。

最后搞定价钱，不过两三百元。他恭敬地将书轴取下，放进特制的木盒里，说，这大家的字也都是写给百姓看的。若藏在书斋里，又标得价高，谁个舍得买，谁个去欣赏呢？您说是不是？

来店里逛的人从翰墨斋出来，拐进宜兰轩，一进门先觉得自己俗了几分。迎门的条案上放置的全是兰花，墨兰、蕙兰、四季兰。案上有素琴，几上放金经，小小斗室，雅意非常。听闻店主朱先生所结交的多是书画名家，在古城也算知名。

他店里悬挂的字画，一看钤印落款皆是名家。他给人讲：我这里可都是名门正派。你看这幅山水画，大气磅礴，庄严肃穆，丰润富贵。这位名家起先不给，我多次上门去求，他才放到小店，可谓我的镇店之宝。

若买者讨价，他就面露不屑，您出那价钱，还是赏赏看看吧。

可是古城一位作山水画的老先生携了几幅画去做委托，他斜看一眼，鼻子里哼出冷气，说，这山水画题材狭隘，技法单一，章法凌乱，这样的皴法，稍显破败之色。您这润格还不太好定，还是当修身养性之作吧。

一番话说得人悻悻而去。

可是那日，他店里的一幅墨兰小方就卖了三万块。这在翰墨街上已算是高价了。

可偏偏那人的亲戚是同在翰墨街经营的纸墨店老板，于是就找回到宜兰轩。翰墨街从南到北都是做书画的，谁个不懂行呢?

你这可欺不得人啊。这不就是您自己画的兰花嘛，怎么混同名家的价钱出售呢？那人说。

朱先生面不改色，正颜道，我画的兰不输于名家啊。再说我画兰也有三十多年了，难道名家画的是兰，我画的是韭菜不成？画兰，讲究的是禅意。您看这兰，叶形悠然，雅致非常，哪里不值得三万块？若说名家，那润格更高，哪是三万块就能求得的？寻常人家挂幅兰花，让陋室添几分雅意就行了！

气得那人要砸店。

一时就嘈嘈杂杂围聚了好多人。

这时老陶过来，说，既然肯花高价买《墨兰图》，看来是真心喜欢。这样吧，我店里有幅隶书，写的是东晋诗人陶渊明的《饮酒·幽兰生前庭》，赠您，算是给这幅《墨兰图》做伴礼吧，您就别再为难朱先生了。

旁边有人就笑出了声，就您店里那些临摹的画作，赠人不显得失礼吗?

老陶赧然一乐，从屋里捧出一幅卷轴，打开看，当时惊得众人大赞：一行行字体线条凝练，气势通达，高秀清峻，既有《曹全碑》的丰腴，又有《礼器碑》的峻拔，还可见《封龙山颂》的宽博。落款是松龄。

你从哪儿得来松龄先生的墨宝？那人惊疑地问。

老陶说，您没看见我店里那张留墨台吗？松龄先生来店里喝茶，随手写的。

他的字您也舍得送人？

老陶说，这有什么不舍得。若他的字价高得吓人，或是只闷在屋里独赏，还会有几人看他的字喜欢他的字呢，那样写得再好又有多大意思？

朱先生听了赶紧跑过来，看看字，又看看老陶，又看看店内的留墨台说，故弄玄虚。这松龄先生我早有耳闻，是鄌南籍的一位隶书名家。怎么可以跑到这儿留字给你？倒是天天见你在那儿练笔。不过……你以前送过我几幅兴起得意之作，我看着和这幅字形似得很呢。哦，我想起来了，好像你落款只署名不钤印，倒是有腰章闲印，我还以为是雅趣，你，不会是……

不料，老陶竟然点头说是，松龄乃鄙人拙号。他说，平日喜欢研墨习字，不承想名气在外，市价虚高，让朋友们破费了。我也心存愧疚，因此不再让字悬于市面上叫卖。经营这个字画店虽是个小营生，却让我结识了许多喜欢书法的好朋友，平日将他们所托的字画平价出手，他们也很乐意。书画本来就是让人欣赏的嘛，若价高了岂不是孤高了自己？各位若喜欢，欢迎以后常来这里切磋技艺，留墨台上的笔墨纸砚随意用。

天色将晚。那人取了字连连道谢，众人散去。

朱先生朝翰墨斋不屑地呸了一口，恨恨地说，不就会写个“字”嘛。他咬着牙把“字”说得很重。

翰墨街上，晚风缓缓吹来。

鸡　公

王　溱

蟋蟀警觉地竖起触须，惊慌失措蹦过一排水磨青砖墙，消失在拐角处。

不好，鸡公来了！

鸡公依旧是醉醺醺的。左脚绊右脚，右脚绊左脚，啪啪啪，人字拖结结实实砸在地上，溅起各种水花。天刚下过雨，水泥路是崭新的，铺满晚霞的余晖；洗刷过的“人字面墙”像换了新衣裳，青苔嫩得发亮；最美的要数它头顶上那道大大的弯弯的彩虹，一抬头就能看到。

可是鸡公始终低着头。

捡废品哪有不低头的。他吆喝一句“好靓鸡公大过榄”，捡起一个牛奶盒子，再吆喝一句“好味道，真正爽”，又扒到一个奶粉罐子。他踉踉跄跄，一步一晃，捡到的宝贝都被他塞进挂在胸口的大麻袋里，大麻袋鼓成一座小山。重吗？不重！比起当年驮着十几斤重的“五彩大公鸡”走街串巷叫卖鸡公榄，这算什么。

鸡公早就不卖鸡公榄了。不卖鸡公榄的鸡公依旧被人叫作鸡公。

胖婶从木趟栊探出头来，“喂！鸡公！来把纸箱搬走！”

拐个角，高叔在天井里扯着嗓子骂：“死鸡公，又拿走了我浇花的铁罐?！”

鸡公把胖婶的纸箱顶在头顶上，快步绕过高叔的门前，转眼又拐进另一条巷子。这一块叫“十八曲”，小巷子纵横交错，像好多条长蛇胡乱纠缠在一起。鸡公就住在这儿，某条蛇的蛇尾，某个连窗户都没有的屋子。其实有没有窗户都一样，鸡公天天睡到日落西山才起床，先喝上二两白酒，套上麻袋，再跌跌撞撞地闯进巷子，惊起无数寄居在此的蟑螂、老鼠、蟋蟀。

通常走到最宽的那条巷子的时候，鸡公就会停下来，默默地注视着拐角处那栋骑楼，确切地说是注视着楼上最左边两根罗马柱中间的那个窗户。

路过的拿他寻开心："鸡公，又在望二小姐呀？"

鸡公骂了句"滚"，又把视线移回窗户处。他自然是望不见二小姐的，二小姐早得病死了，那栋楼有好几年没人住了。但鸡公又坚信自己是望得见二小姐的，看哪，二小姐就倚在窗户上，托着腮帮子眺望着远方，听见鸡公的吆喝声才把眼睛转过来，巧笑倩兮，像往常一样扔下一块钱来。鸡公接住了，掏出一条鸡公榄拧紧了往上扔，不偏不倚，正好落入二小姐怀中。二小姐拧开鸡公榄，往嘴里塞了一颗，又开始凝望远处。鸡公看着她手中飘动的手帕，心痒得很，她到底在望什么呢？

想着想着，鸡公不自觉地把手伸进麻袋里掏着，掏出来的却是个易拉罐。再一抬头，二小姐不见了，空荡荡的窗户飘过一阵孤寂的风。鸡公把易拉罐摔在地上狠狠踩了几脚，从口袋里摸出小酒瓶子，咕噜灌了一口，又弯腰捡起了易拉罐。

但今天不一样。鸡公望了一阵之后，窗户上竟真有人探出头来，是个打扮齐整的女人，看见鸡公就喊："喂，收废品的，上来搬一下，这里好些旧东西，都给你了。"

鸡公一听，点头如啄米："来来，马上来。"

鸡公爬上楼，见地上堆了一堆满是灰尘的杂物，有书，有梳妆盒子，有废旧的小家具。女人说："就这些，都搬走吧。"说完又打扫去了。鸡公搬起一沓书，掉落一沓纸来，定睛一看，竟是压得整整齐齐的鸡公榄纸！鸡公摸着纸发呆了好一会儿，哆哆嗦嗦走到窗前，学着二小姐的样子眺望远处。远处有一条江，江上有星星点点的船只，夕阳照在江面上，闪着令人向往的璀璨光芒。

鸡公正看得入神，那女人忽然说："看什么呢？还不搬？"

鸡公吓了一跳："看……看落日呢，落日真好看。"

女人笑了："日出更好看呢。听房东说，以前住这里的一个大户人家的小姐，最喜欢在这个窗口看日出。"

鸡公连连点头："对，对，日出更好看。"

鸡公把东西全都搬走了。接下来好长一段时间，鸡公好像凭空消失了一样，谁也没见他再出来捡垃圾。“十八曲”少了他的吆喝声，顿时寂寥了许多。

两个月后，吆喝声忽然又响起来了，伴随着吆喝声的还有尖锐的唢呐声，街坊们大跌眼珠子，鸡公竟又变回名正言顺的鸡公了：身套一只五彩缤纷的“大公鸡”，头戴尖顶“叉鸡帽”，手里一只小唢呐，走几步就吹一吹，吹几声又喊起“好靓鸡公大过榄”。

有人摸着崭新的鸡公模型问：“你做的？”

鸡公说：“对啊，我很小就会做啦。”

又有人问：“你躲起来这么久就是做这个哇？”

鸡公掏出一条鸡公榄说：“还有这个！买不买？有辣的有不辣的。”

从那天起，鸡公也不喝酒了，走街串巷吆喝着卖鸡公榄。也怪，以前卖这玩意儿无人问津，现在重出江湖竟十分畅销，不仅不愁卖，而且还经常被拉着合影拍照，一天下来收入十分可观。街坊都啧啧称奇，这个鸡公，还能预测市场风向哇？

更让人惊奇的是，鸡公居然给自己的屋子挖了个窗户！窗户不大，正好够探出半个身子。每天清晨天还没亮，鸡公就套上五彩公鸡从窗口探出身子来，高高抬起胸前的“鸡头”，摆开了打鸣的架势。

住对面的人忍不住推开窗户问：“大清早的干吗呢？这么早也没人买啊！”

鸡公说：“我在看日出呢！”

那人疑惑地看了看他窗户对面高高的青砖墙，砰一声关了窗户。“呸，垃圾佬。刚挣点儿钱就学会显摆了！”

赵 林

赵长春

河不缺水。

袁店河也是这样。

袁店河最不缺的就是水。

想来想去，赵益儒在沙滩上跪下了，燃草为香。草是香草，已经干黄，一点就着，袅绕起三股细烟。赵益儒对着河面磕头三响：“天有天神，地有地神。袁店河神，我是赵益儒，请使我饮水不饥，谢了！”

赵益儒家穷。那时候，国家也穷，各家都不富有，赵益儒家更穷，穷得吃穿都是问题了。为这“吃穿”二字，大姐跟人家走了，二姐跟人家走了，三姐跟人家走了。走时，都留下些许钱，就是人家买走她们各自给的钱，都交代一句话：“好兄弟，好好活着，养好咱妈！”

爹早就走了，在袁店河边的一块高地上睡着，十好几年了。现在，家里就剩赵益儒和母亲了，母亲年迈体弱，更饿不得。赵益儒就把自己的口粮给母亲吃，还要做出吃得饱饱的样子。可是，样子是样子，肚子是肚子，怎么办？就喝水，袁店河的水，好喝，喝了还饿，饿了就喝。如此，赵益儒就给袁店河磕头了。他的愿望很简单，盼望河水能止饿。他相信有神，相信袁店河的河神能听懂他的话，让他喝水不饿！

袁店河，有的是水呀！赵益儒这样想着，就又蹲在河边，咕嘟咕嘟喝了一气水，回家了。他的怀里揣着一个小瓦罐，里面是小半罐稀菜汤，回去给母亲吃。姐姐们都交代过，得好好地养着母亲。不交代，赵益儒也会好好待母亲的。

赵益儒还会下河逮些小鱼小虾。人们都下河，鱼虾太少了，鱼虾也太小了，看着可怜。赵益儒就比较着大小，选上四五条，给母亲煮上一碗漂着油星儿的咸汤。母亲让他也喝，他说：“饭上百样，厨子先尝。你好好喝吧，妈，我在河边吃了一条大烤鱼！”

就这样，赵益儒喝袁店河的水，每天好几次，趁没人的时候，早晨、中午、傍晚……人少的时候，水更清静、更香、更甜。他这样说时，有人摇头一笑：“哪有什么甜，你就糊弄人吧，糊弄你自己吧！”

赵益儒也一笑，作为回应。不过，喝水这么长日子了，赵益儒觉得自己上瘾了，不喝就着急，喝了还真的止饿，特别在他跪拜的那片地方。河底有石，石下有泉，源源不断，出水如花。他探下身子，就着水花喝，水甜、软、柔、香。早晨、中午、傍晚，水的温度、甜蜜、软香各有不同，他能品味出来。可是，说给别人，没有人信。

赵益儒信。他这种信成为一种执着，虽然好多年过去了。

好多年过去了，赵益儒还是坚持喝水，喝袁店河的水。现在，不再是为了止饿，他觉得袁店河的水是最好喝的水，虽然现在水少了，没有过去的水清和净了。赵益儒看不得别人在河里挖沙、淘石、伐树、毒鱼……这些，与他无关，他总是上去跟人家理论。人家恼火了，骂他：“这河是你妈?！”

赵益儒就接了话：“是！也是你妈！”

赵益儒搜集了不少资料，关于袁店河的源头、一路走下来所形成的水陆码头、灌溉面积、大旱之年人畜涌向袁店河的图片，特别是过去与现在的有关对比……沿河上下，他一个村一个乡镇地宣传，在农闲的时候，在逢集的时候。赵益儒还自己掏钱请了剧团，在河滩里唱大戏。戏台两侧，是他制作的展板，讲环保，讲爱护袁店河。正戏开始前，是他创作的小戏，活泼热闹，也是说爱护环境，为子孙后代留下一条永远美好的袁店河。

赵益儒挨过打。村上有人在滩地建砖窑场，规模很大。赵益儒就跑县里、跑市里，甚至跑到了省里，一趟又一趟，一封信又一封信，窑场最终被封了。还有一项招商成果，有人要投资在河边建一个矿泉水厂，前提是要建起一座水坝……赵益儒也跑，找到从袁店河出去的一位老领导，请他为保住这又甜又香的袁店河出主意想办法……水厂最终没有上马。不过，赵益儒因此挨了黑砖。

赵益儒在河边种树，杨树、柳树、槐树、桐树等等。一年又一年。谁要是折了一棵树苗，他就跟人急。他说：“树会在乎的，河会在乎的，将来的闺女娃娃们会在乎的……”

有人听得懂，有人听不懂。听懂听不懂没啥，大家都觉得坐在赵益儒所栽的大树下很开心，走在这树林里就想唱歌。

人们给这些树起了个名字：赵林。河东岸、河西岸，都立了一个大碑：赵林。

如果那是假如

徐均生

晚上喝了点儿酒，喷着酒气，思维特别活跃，我问老婆阿梅：亲爱的阿梅，假如我有了钱，你想做什么？

阿梅瞪我一眼，你会有钱？省点儿脑细胞吧。

我说，这是假如嘛，假如一下总行吧？

行，当然行！

我嘿嘿笑笑。

那你说假如有钱了，想做什么？

我说首先想换套大房子。

想换多大的？

我说要三四百平方米的排屋。

这倒还可以。

阿梅又问，还想做什么？我说，把车换了，换辆百万左右的。

阿梅赞同，是该换辆车，其他的还有吗？

我说，我们去周游世界，那些名胜古迹，都要去看看。

这个想法好！我喜欢。

那当然，我就知道老婆喜欢旅游。

是啊，那是我的梦想。

阿梅又问我，除了刚才说的，你还有什么需要做的？

我想了想回答，咱不是有钱了嘛，那就不上班了，想干啥就干啥。

阿梅问，还有没有了？我说暂时没有了。阿梅笑我说，你呀有钱了就这么点儿出息。我连忙反击，那你说，假如你有钱了，想做什么？

假如我有钱了，房子肯定要换大点儿的，车子也要换一辆新的，不过不需要百万左右的，二三十万的足够好了，至于周游世界，没那必要，玩几个地方就够了。

我笑阿梅了，你比我还没出息。阿梅却认真地说，不过，我会捐赠一大半的钱去做公益事业，让那些贫困家庭的孩子不用为钱发愁，能安心读书。其实，阿梅自从参加工作以来，一直把自己的五分之一收入捐赠给希望工程，至今已整整十年了，哪怕结婚买房生孩子，也雷打不动。

阿梅问我，假如我真的有钱了，把大部分钱拿去做公益事业，你愿意吗？

这是好事，我当然愿意啊！我由衷地表示。

阿梅却盯着我追问，你真的愿意？

我说，咱这点儿思想觉悟还是有的。

阿梅说，那好，谢谢老公！

不言谢……话刚出口，我忽然想到了什么，忙问，阿梅，你，你……

我怎么啦？

难道你，你……我不好意思说出口。

你是想问我是不是真的有钱吧？阿梅说。

我点了点头。

阿梅说，很有可能真的有钱了。

我眼睛睁得大大的，不敢相信。

阿梅说，每次捐钱给希望工程，他们都会给我一张奖券，我从不拿回来的，如果得奖就直接捐赠了。但这次得奖的数字很大，他们征求我的意见。

我忙问，得了多少？

阿梅说，他们说有上千万吧。

那……那那……你什么时候去领奖？我激动得说话都结巴了。

阿梅说，不去领了，刚才你不是说愿意嘛，全部捐了吧。

这下子我急了，老婆，阿梅，亲爱的老婆，最最亲爱的阿梅，这事，我们再考虑考虑好不好？

阿梅冷冷地问，你又不愿意了？

我连忙解释，愿意当然是愿意，但这捐赠的比例是否可以重新考虑一下？

你认为多少比例为好？

就按你的惯例吧。

五分之一？

是的。我很小心地说出了这两个字，不敢抬头看她。

阿梅说，那好吧，我考虑考虑。

那真是太好了！我心里暗暗地高兴。

那排屋梦，那百万豪车梦，那周游世界的梦，每天夜里，轮番做过来。而领奖的事，我不急，一般有两个月的期限。阿梅也没跟我提起，咱要沉得住气，何况这是阿梅得的奖。

时间就这样一天天过去了，这期间，我看好了排屋，看中了车子，看定了欧洲的名胜古迹，还有机票。现在只等阿梅一句话了。

这句话，阿梅终于跟我说了。

她说，我算看透你的本性了。

我……我本性怎么啦？

一句可能真有钱了，把你忙成这样了，还出尔反尔。

你……你不是中奖了嘛！

如果那是假如呢？

阿梅眼睛亮亮地看着我，等待我回复。

夜　行

薛培政

那天夜里的月亮啊，白亮白亮的，就像被水洗过一样……九十多岁的凤山爷，说起 1941 年白露前夜的月亮，依然啧啧称奇。

老人呷了一口茶，顿了顿，继续说道：

抗战爆发后，为打击日军的嚣张气焰，八路军某支队于 1939 年 8 月间，经淄河流域进入鲁中南地区后，我就担任起了地下交通员。

那天刚擦黑，我放羊回来，正圈羊哩，镇上开羊肉馆的刘大眼来了，他是我的上线。一看他眨着那双忽闪忽闪的大眼，我就知道有任务了。

他一把将我拉进羊圈，从鞋帮里抠出一张二指宽的纸条，交代我务必在天亮前送到队伍首长手中。他说完，逮上两只羊走了。

我坐在院里那棵国槐下，边抽烟边琢磨着行程。待主意拿定，我舀瓢凉水喝下，回屋和婆娘交代了几句，就揣上张煎饼上路了。

按说我一个棒小伙子，六十多里路程，天亮前赶到不算啥。可自打日本鬼子侵入朐城后，接连在一些交通要道上修筑了据点。国民党军也陆续进驻朐城西部和南部山区。这方圆几十里的地盘上，日军、伪军、国民党军、土匪和地方游杂武装盘根错节，敌我难辨，要将情报安全送到目的地，并非易事。

出村后，大路不敢走，我观察了一下周围，便疾步走进村南野猫沟里。

月亮升起来了，像一个硕大的玉盘，把山沟里照得如同白昼，一草一木看得真切，这对夜间秘行极为不利。

为便于隐蔽，我顺手拔草编个草帽戴在头上，又折下几根树枝用桑皮编了个蓑衣，一番伪装后，继续悄悄地前行。还好，这段路上，除了几声狼嚎，倒也没遇上险情。

从沟里出来，要过一个三岔路口，这是进入南部山区的必经之路，也是各路武装经常出没的地带。

我躲在庄稼地里仔细观察，见没有动静，就想快速通过。谁料没走几步，我忽然看到从西边过来的路上，有个人影一晃不见了，惊得我头皮一炸。

站在明处的我，躲是躲不过去了，便极力定了定神，小声朝那边喊道：兄弟，都是过路人，出来吧！

不一会儿，那人站到了我的面前，看上去也是庄稼人打扮。他倒是先开口了：这位大哥，半夜三更的，你这是往哪儿去？

唉，俺娘傍黑得了急症，要去南厢水泉村王先儿（方言：医生）家药铺抓药哩！我回过话后，看了对方一眼，便随声问道：这位兄弟是——

俺是沟北刘家坡的，吃过晚饭撵驴进圈时，才发现驴挣断缰绳跑了，出来找驴哩！您从东边来，有没有碰见头大灰驴？

这一路没碰见驴，要不您再找找看？我想尽快甩掉对方，离开此地。

哦，那我再往前找找。说罢，他便朝向南的那条小路走去。见此情景，我的心里不由得咯噔一下，这也正是我要走的路，怎么办？改道已经来不及了，看来只好陪着走下去：正好，我也要走这条路，咱兄弟俩就做个伴儿吧！

那好，大哥请！望见他不经意的一个手势，我对其不敢小觑了。

半夜了，月亮依然亮得让人晃眼，青纱帐里幽静的小路上，忽近忽远的虫鸣，衬托着夜的寂静。

不明身份者的结伴同行，非但没为我壮胆，反让我心里发毛。每走一段路，或是他说脚心被石头硌了一下装作磕鞋，或是我怨裤子被露水打湿了要拧裤腿。两人心照不宣地变换着行进位置，谁走在前，都会用余光左右扫视，提防来自背后的袭击。

突然，随着扑棱棱一阵响动，栖息在路边庄稼地里的几只野鸡腾空而起，四处飞散。那一瞬间，我俩本能地拉开架势，同时朝腰间摸去。虚惊一场的举动，让彼此都多少猜出了对方的身份。我们对视了一眼，转身继续赶路。

走出青纱帐后，我俩停住脚步，趴在草丛中仔细观察周围的动静。放眼望去，南边村口新修建的炮楼上，鬼子的探照灯鬼眼一样照来照去；东边的大路上，几辆摩托车突突地来回穿梭，听话音像是伪军在巡逻；只有西边一片寂静，只能从西边绕行过去。我朝他使个眼色，他会意地与我同时起身，悄然向西边摸了过去。

原来，西边不远处是一条深沟。站在沟沿朝下看，深不见底。只见他紧了紧身上的衣服，沿着沟边骨碌碌朝下滚去。我正惊讶时，就听他在下面小声喊道：没事的，下来吧。我也照着他的姿势下到沟里。

穿过那条深沟，又前行十几里山路后，我俩在一个岔路口分手。他双拳一抱，向着我微微一揖道：这一路同行，小弟钦佩大哥的机智和胆识，只要咱们国共同心，小鬼子的日子长不了，咱们的国家亡不了！那一刻，我俩的手紧紧地握在一起。

随后，我沿路向东去，他朝西进山了。

月亮偏西，天快亮时，我终于赶到了目的地。看见村口站岗的八路军哨兵，我悬着的心才放了下来，便加快脚步朝前奔去。

生活白描二题

邓建华

铁皮小屋

风拼命摇晃着铁皮屋，雪毫不留情地砸向屋顶，我唯一能做的就是抱紧抱紧再抱紧身上这件捡来的已经穿了两个冬天的破棉袄。

我以为我听错了，好像有人在敲门。

在雪粒的爆炒声里，我还是听清楚了真是有人在敲我的门。

我恨恨地说，谁啊，就是要查个什么证也该挑个好日子啊。我颤颤巍巍地开了门。

一个小老头儿背着一个蛇皮袋跳了进来，一边跺脚一边将袋子丢下将两只手放嘴边哈热气。

我说，今天就算你送块金子来，我也懒得过秤了。

小老头儿就笑，一脸皱纹水波一样漾开。他说，就一些柴火，现在用得着。

我依旧抱紧自己，没有请他落座，也没有给他水喝。当然，我的铁皮屋也没有一条板凳，没有第二个茶缸。

小老头儿四处打量，说，也难怪，这火没法生啊。小老头儿就出去了。不一会小老头儿又回来了，这回，他带来了一个缺了口的陶盆、一些引火柴、半瓶谷酒。

小老头儿开始生火。引火柴可能被雨夹雪打搅过，有些湿，烟就冒出来。他干咳了好久。当他不咳时，就又趴在地上，使劲儿吹火，终于显出明火。火一亮，我就看清楚了他那张脸。

唉，那脸，像个作战的沙盘。

这火，终于把我的话给暖了出来。我说，我不管你是谁，请你别对我太好。

比如说这火，我烤了今天，明天还是会冷。我这人，贱，和这狗日的天气一样。

第二天，天还是冷，我还是抱紧自己。

小老头儿又来了，还是让火旺着。

一连半个月，老天处于冰冻模式，小老头儿处于温暖模式。半个月的时间话题也就多了起来。

小老头儿说，我也住在这个小县城，也捡了十多年的废品，也租过铁皮屋。我积攒了一点儿钱后就买了个小挖机，来钱就快多了。

我说，这柴火也是买的？他就笑，说，挖坑挖渠还没有一些树蔸树根？捡回去就能够派上用场。

小老头儿看见我不再抱紧自己了，就说，人啊，要有点儿想法才行，有想法心里就有一团火。

我说，那好，等我也有钱了，买个推土机，和你搭伙，接土方工程去。

小老头儿在我的背上轻轻地拍了一巴掌，拍出了我心里的火星子。

一天黄昏，小老头儿离开我的铁皮屋时，我悄悄跟着他。走了一两里路，我看见他拐进了一个小院子。院子里有个敞棚子，一台瘦弱得如同小老头儿似的小挖机歇在那儿，一堆杂乱无章的树蔸占据了各个角落。小老头儿没有歇，往手心里吐了一口唾沫，拿起一把柴刀，狠狠地剁着。柴刀好像很不给力，小老头儿不时将握刀的右手虎口轻轻放在嘴里哈一下，像是有活生生的疼痛，可以细细品尝。

我的泪就流了出来。

回到铁皮屋，我就拼命寻找所有的零钱。

第二天我去了县城最大的杂货店。

带着一把锋利的斧头，我穿越寒风和冷雨，守在那个小院的柴门前。我在等一个小老头儿。

祝你幸福

请10号考生进来！我叫了一声。

来了！外面的女生应道。

她轻轻地进来，说，评委老师好。

评委们眼睛里满是惊诧。

这个女孩，大眼睛，挺鼻梁，小嘴巴，高个子，穿一套红色的衣裙，化着浓浓的妆。她长得很漂亮，根本不需要这么装扮啊，是来考试又不是来参加舞会。当然这些想法只能够在心里嘀咕，和考试无关的话，我们也不好说什么。

作为主评委，我只能按照既定方式，进行我的开场白。我说，欢迎你参加今天的面试，希望你从容作答，考出好成绩。试题放在你座位上了，请你依次作答，答题时间10分钟。你听清楚了吗？

听清楚了。女孩应道。

我说，那好，计时开始。

女孩开始审题。

评委们开始相互交换着目光。我知道，衣着打扮得体，也是要放在考生面试计分里考量的。大家在用眼神示意着什么。

女孩思考成熟了，微笑着抬起头，开始作答。没有想到她答得特别流畅，答题要点把握得十分到位。

我不由得替她惋惜，唉，谁给她出的歪点子啊，要是今天在衣着方面得体一点儿，应该可以拿到目前的最高分啊。

很快，女孩站起来，笑了笑说，我的答题完毕，谢谢各位评委。不过，还有一点儿需要说明，不知道主评委是否同意我说？

哦哦，你说。我表态。

今天是我新婚的日子，婚礼时间和今天的面试时间冲突了，婚礼是没法推迟的，但我也不想失去人生中这次难得的打拼机会，所以我只能化好我的新娘妆来参加面试，婚车就等在外面，我马上就要赶去婚礼现场。这次面试不妥的地方，请评委谅解。女孩说完这些，一脸轻松地行了个礼，准备离开。

我也暂时放下严肃，微笑地向这个女孩说了一声，祝你幸福！

评委们放下评分笔，给出了掌声。

女孩走出去时，我们不约而同地往外看了一眼。

窗外，阳光正好。

一个穿着西服的男孩，抱着鲜花，安静地等在警戒线外。

最后一枚银币

陈　炜

哈吉特离家时，爷爷把家产都给了他，总共十五枚银币。他们卖了草房，邻居付了这些钱。邻居同意，爷爷可以住到过世为止。如果哈吉特还要返乡，付还原价就能收回房子。邻居的宽厚大度让人感动，但哈吉特知道自己再也不会回到那个穷乡僻壤，他一定会在外面混出个样子来，再把爷爷接到身边。

两年后，在西罗王国都城游荡的哈吉特遇到了老家的邻居。他惊悉，一个月前爷爷咽下了最后一口气，死前只想见上孙子一面。

哈吉特哭了很久，深深后悔没能跟爷爷告别。现在，一事无成的他连唯一的亲人爷爷也没有了。除了蔽体的破衣裳外，属于他的只有一枚银币，爷爷给他的十五枚银币中的最后一枚。到都城近两年，哈吉特做过许多事，肉铺的伙计、贵族家的下等用人、旅店的侍应、讼棍的跑腿，这些在他看来不算体面的活计，也从来没干长久过。他常常流落街头，靠那些珍贵的银币换成食物维持生命。这一次，他已经五天没有活儿干了，上次打零工挣的几个铜币早已用完。

月光洒满小巷。这样的秋夜让哈吉特感到寒冷，空空的胃一抽一抽地疼。如果不把最后这枚银币换成食物，他就会饿坏，甚至饿死。他知道食杂店很快就会关门，但他攥着银币死死地不松手，他不能失去最后这一件和爷爷有关的东西。

守夜人慵懒的脚步渐渐远去，夜已经很深了。胃好像融化了一小块，让哈吉特感到既空虚又充盈。他把银币小心地放到紧贴胸口的衣袋里，裹紧破旧的外衣躺倒。再过些天，等到初冬，他得换个地方栖身，否则就会冻死。不过，能不能挨到初冬还很难说。

哈吉特闭上眼。往常的夜里，他都能梦到爷爷。“爷爷已经去世了，还会出现在我梦中吗？”这样担心着，哈吉特渐渐合上眼。

哈吉特是被冻醒的。拂去几片吹到脸上的落叶，他明白，寒流就要来了。这是一件很让人忧心的事，但他还是开心地笑了，因为刚才在梦中，他又见到了爷爷。爷爷头发稀疏牙齿稀落，笑嘻嘻的皱巴脸和以往一模一样。他的担心消失了。

实在太冷，哈吉特再也睡不着。蜷着身子等到天亮，他走出巷子，朝埃尔顿花园走去。花园中间有座荒废的小屋可以避风挡雨，但因为附近是贵族的豪宅区，天暖时不准无家可归者进园，只有天寒时才默许他们在小屋里栖身避寒。

无人阻拦，哈吉特很快就进了花园中间的小屋。里面有十来个和他一样无家可归的人，大多老弱病残。他找个角落坐下，打算睡上一觉。肚子里闷闷的，感觉不到饥饿，这是饿过头了。按以往的经验，他知道自己还能再撑上两天。

眯眼好久，哈吉特都没能入睡。左右两个人一直在哼哼，吵得很。他索性睁眼看。左边是个胡子拉碴的汉子，一身体面的衣服肮脏得很，这让他显得奇怪，如果他的衣服不是捡来的，那就不正常了。仔细一瞧右边的人，哈吉特几乎跳起来，要是他还有足够力气的话。这人七十岁往上，稀疏的白发、消瘦的脸颊、瘪瘪的嘴，尤其那病歪歪的样子，简直就是他爷爷的复刻品。

“爷爷，爷爷！”哈吉特凑到老人面前。他虽知道这不是他爷爷，但还是脱口而出。

老人的眼睛微微睁了一下：“孩子，你是来接我回家的吗？”

“不不，老人家，我也没有家。”哈吉特有点儿惭愧。

“哦，我认错人了。”老人吃力地说，“我早就没亲人了，在这里等死呢。”

哈吉特说不出什么，默默流着泪。这老人眼看不行了，随时可能油枯灯尽，要是老人能有食物进肚……他把最后那枚银币从胸口兜里掏出来。他觉得，这个老人是上天送到他身边的，让他弥补没有给爷爷送终的遗憾。

衣袖被人一扯，银币险些掉到地上。哈吉特紧紧攥住银币，回头一望，左边的汉子目光灼灼。“把银币给我吧。”汉子说道。

哈吉特没理他。这人不但饿得快死，而且快疯了。

华服汉子没有放弃，竭力向哈吉特解释，他是首相海德拉斯公爵府上总管的助手，年收入三千银币。只因为得罪了总管而被陷害，剥夺了财产扫地出门，不许他找活儿干，眼看饿死。但他相信，公爵和夫人会弄清真相，把他接回公爵府恢复职位。如果哈吉特给他这枚银币让他撑过这阵子，等到那一天来临，他会在公爵府给哈吉特安排一个既收入高又轻松的职位。

哈吉特紧紧攥着银币没有松开。一旁的老人又呻吟起来，极其微弱："面包，面包……"

许多年过去。哈吉特时常会想起那枚银币。银币最终给了华服汉子。此人马上离开小屋，两天后回来兑现诺言。那时，哈吉特饿得几乎说不出话来，而像极了他爷爷的老人早已去世，死前也没有吃上一口面包。哈吉特在公爵府中顺风顺水，后来成了首相之子兰多思子爵的得力助手。

这一切，都得力于那枚银币。

只是，自哈吉特送出那枚银币后，再也没有在梦中见到爷爷。

画家与商人

戴　希

画家的画很抢手，而虾画又是画家的代表作。

收藏画家的虾画肯定比炒房增值更快！商人断想。

于是，商人就找人通关系，专门登门求购画家的虾画。

画家拿出一幅新画的虾画让商人看，商人频频点头。其实商人并不懂画，毕竟隔行如隔山。

赞美一番之后，商人问画家这幅虾画要卖多少钱。画家说，既然是朋友介绍，那就便宜点儿，十万元。

少一点儿吧？七万卖不？商人还价。画家摇头。

再多一点儿，八万六。商人试探。画家依然摇头。

最高九万五，不能再加码了！商人狠狠心说。

画家面露不悦，略一思忖，说，也行，那我给你另换一幅，和这幅几乎没有差别。

商人不再吱声。

于是，画家收好手中的虾画，很快又找来另外一幅。

看看咋样？画家打量着商人。商人则打量着画。很快，商人点头。

那——成交啦？画家问。

成交！商人回答。

他们一手交钱，一手交画。做完生意，画家起身送客。

回家的路上，商人想到这幅画现在市价早已经超过十万，而且还在持续升值之中，心里美滋滋的。

屁颠儿屁颠儿地回到家里，正好来了位懂画的朋友。商人便请朋友鉴赏他刚买的虾画。

朋友先是满面春风，但瞅着瞅着脸便阴了。

你这幅画少了样东西哩！朋友惋惜地提醒他。

商人一愣，不会吧？少了什么？

朋友拉过他指点道，这幅画上的虾怎么会没有脚呢？

商人赶紧凑上去细辨。

是没有脚吧？朋友又问。

商人定睛再看，是没有！这个老狐狸，他可耍了我啊！

商人大怒，立马卷起刚买的虾画，气呼呼地去找画家。

请问，这幅画上的虾怎么会没有脚？商人强压住心中的火气责问。

画家淡然一笑，物有所值，你出的买价低了一点儿，虾子身上的东西自然要少一点儿！

哦，是这样？商人不悦，我要买完整的虾画，那幅没有少脚的呢？

当然可以啊！画家瞥了他一眼。

商人咬咬牙掏出五千元，又把没有脚的虾画还给画家。

还是买先前那幅吧，分文不少，十万元，我给你加五千元……商人看了看画家。

画家笑盈盈地接过商人手中没有脚的虾画，却不肯接商人递给他的五千元钱。

怎么啦？商人一头雾水。

现在的十万元已买不到先前那幅画喽！画家盯着商人说。

为什么？商人眉头紧锁。

因为嘛，画家慢条斯理地解释，时间不同了，那幅画也增值啦！

你究竟要卖什么价？商人追问。

十万五千元，少一分都不行。画家斜眼看着商人。

商人的脸唰地红了，犹豫再三，还是无可奈何地加价买下了先前的那幅虾画。

望着商人渐行渐远的背影，画家摇了摇头，又点了点头，笑了起来。

——这是很多年前的事了，一位唯利是图的商人，一位维护自己尊严的画家，两个人上演了很有意思的一幕。只是画家和商人都没有想到，若干年后，画家的虾画价格翻了数番，而那幅没有脚的虾画则成为极品，拍出了上千万的高价！

长　大

谷　凡

母亲生病了，儿子只是把一堆买来的药放到她面前，转身走开了。儿子没有想着还要为母亲倒水，他就那样匆忙地去看书了。儿子从小就爱学习，一直学得很好，这让做母亲的很是开心。现在儿子已经长大了，还是那么爱读书，整天把自己关在屋里，看那一大本一大本又厚又重的书。

母亲有些失落，躺在床上，眼睛里装满了泪水。此刻母亲看不到儿子，因为儿子的房门关得严严实实。母亲一边流泪，一边想儿子的过去，想儿子成长的整个过程，她甚至还想到了丈夫过世时的情景。

母亲想到丈夫临死时紧紧拉着她的手久久不放，知道丈夫放心不下儿子，那时的儿子才十一岁，可他一句话也没有说出来，就那样一直拉着她的手，直至停止了心跳。

自从丈夫离世以后，母亲没有来得及悲伤，就开始陪着儿子备战小升初。好在儿子争气，他的成绩一直非常好。为了让儿子看起来不寒酸，母亲又多做了一份工，每天的时间都是紧紧张张的，连喘口气的机会都很少。

现在母亲病了，虽然只是小小的感冒，但让她十分难受。

这么多年，母亲最害怕的就是自己生病。记得那时儿子刚刚六岁，一次她生病了，儿子居然站在她的床头说："妈妈，我带你去看医生吧！"母亲听后特别感动，病立马好了一大半，觉得自己的儿子又聪明又懂事。

去做作业，不许再玩了，快去学习！不知什么时候，母亲和儿子之间只有这些事了。每次回到家母亲都敦促儿子学习学习，儿子也听话，一直都是学学学。

儿子大学读的是名校，又被保送研究生，儿子还要继续读博士，可母亲觉得儿子不能再学了，她一个人支撑着这个家实在太辛苦了。

上个月儿子也去找了工作，儿子以为自己是名校毕业，去一个小单位应聘应该是水到渠成，结果儿子碰壁了。后来母亲从一个熟人那里打听到儿子碰壁的原因，才知儿子当时说话口太满了，他认为自己到那个小单位，从普通职员干起对他是一种侮辱。

后来儿子又四处投简历，依然是到处碰壁。现在的儿子不愿意再出去找工作了，整天一个人躲在屋里看书、看书，对不让他读博的母亲一直耿耿于怀。

看着儿子紧闭房门，母亲突然喊起了儿子的名字。母亲让儿子帮她倒水，然后让他把换洗的衣服洗了，把房间打扫一下，去菜市场买菜，准备午饭。

儿子走出房间，和母亲对视了几秒钟，他有点儿不相信母亲会让他做这些事，但母亲的目光很坚定。儿子知道母亲现在病着，不想和她较劲，但嘴里还是嘟囔着他做不好这些事情。

母亲很温和，她说一次做不好两次，两次做不好三次……儿子带着不满去做了，虽然没有做好，但已经超出了母亲的想象。

…………

第一次吃到儿子做的饭，母亲有点儿激动，她眼里闪动着泪花，这让儿子有点儿不知所措。一连四天，都是儿子打扫房间做饭，甚至连母亲的衣服，儿子也帮着洗了。母亲的笑重新回到脸上，病也就好了。

那天母亲让儿子陪老张去市场进菜，老张在他们居住的家属院里有一个菜铺，每天天不亮，老张就得去批发市场进菜。初开始儿子不愿意去，母亲说你只需要看，不需要帮忙。后来儿子就跟着老张跑了几趟，那天母亲远远地看到儿子在帮着老张卸菜。

半个月后，儿子不但帮着老张进菜，还帮着老张卖菜，把自己搞得紧紧张张的。老张有一个儿子，学习一直不好。那天儿子看到老张的儿子在学习上正犯难，就帮他指点了一下，再后来就多次帮他解难题。很快，老张儿子的学习成绩上去了。

就这样，儿子的自信越来越大，家属院里陆续有其他的孩子要求他辅导，儿子的心思也就用在了如何教学生这个问题上。一学期后，儿子所辅导的学生成绩都飙升了，儿子特别有成就感，整个人也充满了朝气。找儿子辅导学生的家长越来越多，儿子的精神头也越来越好，母亲看在眼里，喜在心里。

由于儿子辅导的学生考上了名校，儿子也跟着出名了。当初把儿子拒之门外的重点学校，现在亲自找上门来，让儿子去他们那里工作。

儿子说话的方式改变了，思维也改变了，他对周围的一切感觉都变了。母亲松了一口气，她知道，儿子这次才是真的长大了。

表叔的圈套

刘立勤

朱大碗也是个猎人。

可朱大碗是倒流河边唯一一个不会用枪的猎人。

舅舅说："朱大碗很狡猾，会设圈套，爱做圈套。朱大碗设置的圈套没人能逃得脱。"我说："应该是没有动物能逃得脱吧。"舅舅说："都一样，人也是动物。"舅舅又说："只是人有时不这样想。"

舅舅和朱大碗是发小。舅舅说朱大碗小时就会玩套。他在墙上的窟窿眼里套麻雀，在石头缝里套蛇，还会在水口子里套鱼。最好玩儿的是他还套过人。玲花的男人死了，总有行为不端的人去找玲花的麻烦。有人掏钱请朱大碗在玲花窗口设了个套，看谁欺负玲花。朱大碗去了。第二天一早，人们看到朱大碗的大哥被朱大碗的套吊在玲花的窗外。

朱大碗长大后就去深山老林下套。那时山里人喜欢打猎，几乎家家都有一杆枪。农闲时白天打，农忙了晚上打。白天打黑熊、打山羊、打野猪，想打啥就打啥。夜里只能打果子狸、打锦鸡。砰，猎物就掉在地上，持枪的男人很是得意。得意的男人就笑话朱大碗，说他是娘儿们，只会拿套套人。

朱大碗真的会套，几乎每天都有收获。舅舅说朱大碗眼睛亮，会跟茬子，也就是跟踪动物的脚印，一跟一个准，然后在动物经常行走的路上下套。

一般人下套是用铁丝，朱大碗喜欢用钢丝。铁丝容易断，钢丝不断不说，还越拉越紧。朱大碗把钢丝的一端固定在树上，另一端制成或大或小的圆圈活扣隐藏在路上。大的圆圈套头，小的圆圈套脚。动物的头要是钻进大的圆圈，或者是脚踩中小的圆圈，活扣立马拉紧，它就注定要变成朱大碗的盘中餐。

钢丝做的套可以套小动物，比如山羊、鹿子等。要是套黑熊、金钱豹这样的大家伙，得用铁夹套。铁夹套有铁齿，咬合力强。朱大碗把铁夹用铁丝拴在大树上，埋在黑熊出没的路上。要是黑熊踩中铁夹，叭，黑熊就完了。朱大碗还会做一种树套——在路边选择一棵树干弹性很好的不大不小的树，把树压弯去顶绑一个钢丝套藏在路中，动物要是踩中机关，树唰的一声弹起来，就把动物吊在了空中。

这套危险，大多数猎人不敢用，害怕误伤人。要是用，也会旁边做个标记提醒他人。朱大碗喜欢下这种套，而且不做标记，他害怕野兽也会发现他的机关。铁夹套夹住过一头熊，谁想那头熊比他更狠，知道脚被铁套套住，干脆咬断自己的脚掌，拖着一条伤腿走了。待到朱大碗几天后去看套，熊掌已腐烂得狗都不吃了。后来呢，铁夹套还套过两个挖药人，人们心想他要赔好几个钱呢。谁想，会下套的人也会解套，朱大碗把自己择得干干净净，挖药人气得干瞪眼没办法。

朱大碗挣钱主要还是靠他的钢丝小套。那种小套下得密，到处都是。那时小动物也多，满山跑，跑着跑着就钻进了朱大碗的圈套。套的多是小鹿、山羊、野兔、羚羊，这些东西多不太值钱。朱大碗最喜欢套的还是林麝，最好是公林麝，公林麝带有装麝香的香包。麝香是名贵药材，那是很值钱的东西。有一段朱大碗套了很多林麝，几乎每天一只。可惜，看起来笨笨的林麝真有灵性，知道朱大碗的目的，凡是被套中的林麝，都会把自己身上的香包吃了，让朱大碗空喜一场。不过那东西真的值钱，朱大碗偶尔弄一个，一年的花销都够了。

舅舅救了老麝后，朱大碗再也套不到林麝了。舅舅把他的套都解了。为此，朱大碗还和舅舅打了一架，把舅舅打得卧床半个月。舅舅说，老麝真的仗义，舅舅在家养病时，一只公麝还来到他们院子，在他家门墩上留下了一坨麝香。所以，舅舅病好后第一件事就是上山。这次他不好意思解套了，他在朱大碗下套的路口撒了一泡尿。舅舅想，林麝有灵性，肯定会明白他的苦心。还真别说，舅舅的那个招数很管用，朱大碗再也没有套到过林麝。

舅舅说，玩套就是那么几招。玩得多了，也都识破了。

朱大碗不这么认为，他认为他的套路越来越熟，也越来越花哨，但他套到的动物却越来越少，后来十天半月也套不到一只。朱大碗使狠招，意欲一招制胜。他吹得天花乱坠，依然收效甚微。

直到政府收枪禁猎了，朱大碗才高兴起来。他说用枪的猎人废了，只剩下他这个用套的猎人了。他偷偷溜进封山区下套，下钢丝套，下铁夹套，下树套。隔一两天他就去看看，收获依然不多。朱大碗就继续下套，越下越多，多得自己都不知道哪里有哪里没了。

一天，朱大碗又去找猎物。可是，半夜还不见回来，家人急忙央求村里人到山上寻找。人们找上山，发现朱大碗钻进了自己的树套，被单腿倒挂在空中，已经死了。

舅舅叹息一声，说："朱大碗还是你表叔呢！"

我没见过朱大碗，可我想起了一句唱词——我家的表叔数不清。

巴音诺尔的旗

何君华

只要看到学校的五星红旗升起来，我们就知道该上学了。

升旗的除了老那外，不会有别人，因为老那是我们嘎查（村）小学的校长。说他是校长是抬举他，因为他是个“光杆司令”。他除了是校长，还是我们的蒙古语课老师、汉语课老师、数学课老师和体育课老师，他是我们各门正课副课的老师。是的，整个嘎查小学只有他一个老师，他是他自己的校长。

老那叫那日苏，但没人叫他那日苏，也没人叫他那校长，包括我们学生在内，背地里都喊他老那。老那究竟在我们嘎查小学当了多少年校长，没人说得清，我爸上学的时候他就是校长，你说得有多久了。

有人说，嘎查小学创立的时候老那就是校长。用现在流行的说法，他属于创校校长。老那有个雷打不动的习惯，那就是每天早上六点准时起床升旗。一旦哪天没有升旗，那意思就是学校放假。起初我们连什么是星期天都不知道，时间久了才知道一个星期是七天，只有星期日那天放假不上学。在我们嘎查，谁都不习惯按照星期过日子，因此仍然每天还是看老那升旗没有，升旗了就赶紧催自家的孩子起床上学。

说起来，老那的“旗语”在我们巴音诺尔嘎查还真是挺实用的。我们嘎查虽然地势极为平坦，但却是出了名的“幅员辽阔”（这个词当然也是老那用半生不熟的汉语教给我们的）。毫不夸张地说，我们嘎查可能是整个内蒙古自治区乃至全中国最大的嘎查，各家各户住得远，升旗确实是最简单最有效的联系方式。

老那吃住都在学校，平时没事也很少离开学校，学校就是他千年不变的根据地。老那如果有事，通常就是作为优秀教师代表去苏木或是旗里乃至盟里领奖。老那有时候想不明白，自己每天无非就是给孩子们教教课，水平也不高，能力也有限，很多知识他都不掌握，很多他掌握的知识也不一定对，比他优秀的应该是大有人在，可是怎么他就被评上“优秀教师”了呢？老那想不通，我们也想不通，完全不知道长年一脸严肃的老那“优秀”在哪里。

尽管想不通，我们还是热切地盼望老那去参加颁奖大会。那样的话，不仅我们能放一天或是两天假，而且老那还会给我们带回一些我们喜欢的物件儿，有时是一副羽毛球拍，有时是一副乒乓球拍。我们就在操场上用粉笔画一条线，或是把课桌拼起来摆上砖头拉开架势就打，别提有多高兴了。最让我们激动的是，有一次老那去自治区首府呼和浩特领奖，那次我们不仅难得地一连放了三天假，而且老那回来后还给我们带回一只崭新的足球。这是我们第一次看见真的足球，所有人都疯抢着上去踢，人实在太多了，脚又不听使唤，虽然经常一节课也踢不上几脚，但仍然乐此不疲。

后来我们才知道，这些东西都是老那用自己得奖的奖金买的。老那除了给我们带回这些礼物，每次还要买些粉笔三角板之类的教具文具，因此他回来时肩上的帆布袋子总是鼓鼓囊囊的。除开这些，一定还能在袋子里找到一面崭新的国旗。

我们嘎查地处科尔沁草原腹地，夜间风大，每天傍晚老那都要把国旗降下来收好。尽管这般爱护，可国旗还是经不住每天的风吹日晒，因此只要有机会出门，老那就一定会买一面新的国旗回来。

我们都不知道，一双破胶鞋穿了又穿的老那竟然如此慷慨。

我们不知道的事情还有很多。老那的两个儿子都非常有出息，一个是北京一所著名大学的博士，一个在国外一家顶尖科技公司任职，他们都想将老那接到他们身边去，但老那从来没动过这种念头，他一心只想留在嘎查小学当他的光杆校长。

这一晃多少年过去了，我们赶回去参加老那的葬礼时才偶然知道这些，一时都忍不住湿了眼眶。

如今，巴音诺尔小学早就不存在了，整个巴音诺尔嘎查也已经异地搬迁安置，但我们所有人都决定回去看一看，因为那里曾经有一面旗帜，指引着我们年少求学的路，也将永远指引我们人生的路。

请保持安全距离

刘正权

请保持安全距离！

陈志大表情严肃地对着镜子里的老婆周小米进行演说。

严肃换来周小米的嬉笑，镜子里的周小米啪一巴掌拍在陈志大后脑勺上。

我是警察！我现在在执行公务，你的行为已经涉嫌阻碍执行公务！

陈志大的动作表情愈发规范而严肃。入戏了，这是。

陈志大是过五关斩六将，才被公安局正式聘为辅警的。这一套执法程序，由大队长亲自示范讲解，规范执法是辅警上的第一堂课。

可惜，却没换来臆想中大队长的表扬。

你的行为已经涉嫌阻碍我执行家务了，晓得不？周小米又一巴掌补上来。

陈志大这才如梦初醒般摸着后脑勺笑，笑完还不忘警告周小米，以后这后脑勺不许随便拍了，小心我的执法记录仪把你拍进去，那你就惨了。

怎么个惨法？周小米作势又扬起巴掌。

袭警这罪名，你担得起吗？

我还就想担这个罪名，来啊，执法记录仪打开，给录上！

陈志大赶紧捂住后脑勺，投降，我投降行不？

瞧你那点儿出息，幸好只是辅警，要是真的警察像你这样动不动就投降，犯罪分子不定有多嚣张呢。

周小米从鼻子嗤出一股冷气。

切，陈志大很委屈，辅警怎么了，辅警就活该没出息？

辅警陈志大非常渴望自己出息一把。

可惜，在他们这个治安在全省都排名靠前的小县城，陈志大想要的那种出息还真是百年不遇。

陈志大想要的出息一般都在香港警匪片中出现，比如暴力抗法，比如黑社会火并，比如停尸闹事；小县城能够现场抓个小偷，都足以让人茶余饭后津津乐道好几天。

执法记录仪带在身上，都英雄无用武之地了，多高科技的产品，资源闲置啊。

为这个想法，陈志大被大队长狠狠训了一通，你以为执法记录仪只是针对犯罪分子的？它同时还监督和规范警察执法，保护严格依法执法的警察。

警察还需要保护？陈志大不以为然，警察保护人民群众生命财产安全才对。

没承想，执法记录仪还真的保护了陈志大一回。

接到有人大街上砸车的报警，陈志大和同事赶到现场，一个女的正拿着砖头作势往一辆丰田轿车前扑。眼看围观群众拉不住了，陈志大第一次处理这种事，二话不说就往前冲，一手抱住女人的腰，一手去抢女人手里的砖头。砖头几经易手，再几经抢夺，呼地带着两股冲撞的力道，砸在挡风玻璃上。

女人突然不闹了，转身瞪着血红的眼睛，你赔我车，谁让你砸我车的！

陈志大蒙了，女人砸的是自己的车？

原来，女人怀疑丈夫带了小三兜风，一怒之下要把车砸了。

等砖头真正砸到车上，女人心疼了，那挡风玻璃，贵着呢。

枪口立马一致对外了，两口子。

幸好有执法记录仪做证，陈志大才没出那笔冤枉钱。

请保持安全距离！

这一次，对着镜子里表情严肃说话的，是周小米。

陈志大的后颈窝那儿，还有那个女人恼羞成怒后挠出的血印子，要挠在脖子上，多醒目。

这辅警干得够窝囊的，被老婆玩了个闷攻，陈志大有气都没处放。

再上班，那句请保持安全距离，就成了陈志大工作中的警示语。

警示再三，还是出事了。

还是跟那个女人有关。

女人没能砸车，却要纵火烧房。这一次，是抓了男人跟小三上床的现行，结果是男人摁住她，让小三潇洒走了人，然后男人也走了人。

女人在家生闷气，一气之下，就干了糊涂事，点燃了液化气钢瓶。

陈志大赶到时，消防人员还没到，现场浓烟滚滚，液化气罐蹿出一米多高的火苗，情况十分紧急。

罐口发出的嗤嗤声让围观救火群众不敢靠近，纷纷躲到屋外。气体的燃烧也让喷出的火舌越来越大，如果不及时搬出来，一旦温度过高引发爆炸，后果将不堪设想。

火火火……陈志大脑子里和眼里全是火。

周小米是接到大队长电话火急火燎赶到医院急诊室的，那会儿的陈志大还躺在病床上，他在熄灭液化气火焰时被烟呛了肺和喉咙，暂时不能说话。

出了什么事？面对周小米问话，大队长打开了陈志大的执法记录仪。记录仪上面除了一片火焰什么都不见，倒是有一句话特别清晰，那是从火焰中吼出来的：请保持安全距离！

邻床躺着的女人哭泣着告诉记者，她是被这句话踹出火场的；女人腿上，还有一片瘀青，我活该，女人说谁让我涉嫌阻碍执行公务了。

同时被踹出火场的，是那个滚烫的液化气钢瓶，液化气罐阀门已经关闭，两块湿毛巾死死捂住了液化气罐口。

演唱瓦西里的人

秦德龙

当大幕徐徐拉开的时候，人们看见他手持麦克风，深情地演唱《瓦西里的故事》：“有一部很老很老的电影，影片里的主人公叫列宁。列宁身边有一个忠诚的卫士，他就是高大的瓦西里……瓦西里，他奉命去押运粮食；瓦西里，他一路艰辛一路艰辛……”

俄罗斯风格的叙述性演唱，一群身着苏式军服的青年男女伴舞，倾倒了每一位观众。人们知道他演唱的是老电影《列宁在1918》中的瓦西里。观众们将热烈的掌声献给了他，献给了这个感人的好节目。

“瓦西里，唱得好极了！”演出结束后，无论他走到哪儿，都有人这么夸他，甚至把他喊作“瓦西里”。

他快乐地微笑着。人们喜爱他的歌声，这让他高兴极了。他对每个人都说着同样的话：“人生就是一首美好的歌，世界上最美好的声音就是歌声。”他还告诉大家，在德国，不管是银行家还是工程师，都手持乐谱出席音乐会。在法国，音乐遍地皆是，每天晚上都会见到音乐会的海报，就连空气里都充满着音乐。

听他这么说，人们就对德国、法国，以及他演唱的苏联，产生了美好的向往。当然，这些向往是不切实际的，大家必须脚踏实地地面对时下的生活。于是，有人问他：“瓦西里同志，你的歌唱得那么好，可唱这首歌，能把经济危机赶跑吗？我们可以向瓦西里同志学习，学习他廉洁奉公。可‘列宁同志’又在哪里呢？谁是‘列宁同志’呢？”

这是个很尖锐的话题，“瓦西里同志”不好回答了。但他是个很聪明的人，笑着对发问的人说：“你看谁像‘列宁同志’，谁就是‘列宁同志’好了。”

大家大笑。看见大家大笑，他又情不自禁地唱起了那首《瓦西里的故事》：“瓦西里，运回一火车的粮食；瓦西里，却未吃一口粮，他饿得昏了过去……瓦西里，好样的瓦西里，我用歌声向你致以崇高的敬礼……”

大家随着他轻声歌唱。大家也像他那样，吟唱着《瓦西里的故事》，然后像满天星似的散去了。

他也回了家，妻子正在家里等他。一回到家，他就看见妻子的眼里噙满了泪水。妻子忧伤地说：“我被通知轮岗了……”

他紧紧地搂住妻子，像电影中的瓦西里安慰妻子那样安慰着自己的妻子：“面包会有的，面包会有的！”

妻子推开他，要他去找本单位的领导同志讨个说法。

在领导同志的办公室里，领导同志神色凝重地说：“瓦西里同志，当经济危机到来的时候，个人总是要做出牺牲的。每个人都要轮岗，包括我们这些领导干部。但我们和群众还不同，我们是工资轮岗人不轮岗，我们还要坚持上班呢。对此，你有什么意见吗？”

他叹了口气，听到领导同志这么说，还能有什么意见呢？走出领导同志的办公室，他发现天空依旧很蓝。

他又唱起了《瓦西里的故事》，自吟自唱。这回，他是唱给自己听的。如果，自己也轮岗了，就用歌声来拯救自己吧。一首歌可以改变一个国家的命运，为什么就不能改变自己的命运呢？

果然，没过多久，他也被通知轮岗了。经济危机是残酷的。不想轮岗的人，可以自己选择离岗，另谋职业。他苦恼着，不知是该与大家一起轮岗，还是索性离岗。

“你的歌，唱得那么好，怕什么呢？干脆去歌厅唱歌吧！”有人对他说。

终于，他咬紧牙，选择了离岗。不过，他没有到歌厅去唱歌。他知道自己不适合去那里唱靡靡之音。他实在不明白，为什么经济危机了，歌厅的生意却很红火。歌厅的门口，总是停着各种牌子的高级轿车。每当夜幕降临的时候，他弹着琵琶，一个人在路灯下独唱。他唱着那些俄罗斯老歌，吸引着无数上年纪的观众。人们专注地听他唱歌，怀旧之情勃发时，便会同他合唱。

他的演唱有了新的拓展。除了演唱《瓦西里的故事》，他还加唱了《军港之夜》《小白杨》《莫斯科郊外的晚上》《喀秋莎》《忘情水》《茉莉花》《祝你生日快乐》《上海滩》等中外好歌金曲。他声情并茂的演唱，博得了热烈的掌声。

后来，便有一些单位来请他加盟各种演唱大赛了。每唱一首歌，给他 3000 块钱。效益差些的单位，也会给他 1000 块钱。

原单位也请他回去唱歌，参加演唱大赛。代表原单位唱歌，他分文不取。他只有一个要求，给大家演唱那首《瓦西里的故事》。每当他演唱这首歌时，观众们都会热泪盈眶，报以经久不息的掌声。包括前排就座的那几位领导同志，也将巴掌拍得分外响亮。

一罐土鸡汤

胡金洲

那年秋天，我想吃鸡——鸡汁上浮着三粒红枣儿的老母鸡。

母亲原本过年等我从知青点回来时炖给我吃的，后来提前去知青点，母亲炖了那只老母鸡，还搁上三粒红枣儿。满走道飘着一股好闻的香气。左邻右舍耸着鼻子，说，小芸子今天要下乡了。

那年，我十六岁。

春种秋收，一年没回家了。

所以，我想吃鸡没错吧？

这会儿，想着吃鸡没想完整，头又疼了。正要躺下，一眼瞅见地上立着一只鸡，挺着红红的雌冠，双目张皇四望。低头，点头，抬头，点头。一串串啄捣声响了起来。一只鸡进屋来吃顺嘴食了。昨晚，小兰子吃饭讲笑话，饭喷飞了一地。

我暗自惊喜，悄悄抓起床头一根竹竿，横挑过去掩上了门。

有人敲门。打开一条缝，放小兰子进屋。

大白天，你关门干啥呀？

没放工，你回来干啥呀？

我好事来了，回来取纸。四下瞅瞅，你诡诡秘秘的干吗呀？

一只老母鸡进来了！

你才是老母鸡呢！

真的！小狗才骗你，真的进来了一只老母鸡！

天！在哪？

鸡，不识相地平伸着脖子从床底下钻了出来。小兰子高兴地叫唤：亲爱的！

真的是你呀！抓起墙角的扫帚上来就扑。

我就笑，你以为扑鸡是下田插秧啊！

插秧多好玩。下田的女人们手不停，脚不闲，你追我赶像一场体育竞技活动。我穿着单衣和队里的女人们竞赛，没想到得了第一名。不承想，回来就发烧了。

扑鸡就不一样。鸡不住地跑，还飞。原来以为这家伙名义上有一对翅膀，谁知在危急关头，它能靠这对翅膀救回自己的小命。我就见过肥嘟嘟的老母鸡在主人扬刀的时候呼呼飞上了树。

经过不懈的努力，鸡终于成了俘虏。

下一步咋弄？

小兰子双手甩着鸡屎，我的姑奶奶！你别看我啊！我这人向来只敢吃鸡不敢杀鸡的！

小英子回来了。刚进屋，两眼迎着黑，等她看清被俘虏的老母鸡时连连往后退，叫，你们别找我啊！我是只会喝鸡汤连鸡毛都不敢拔的胆小鬼！

我瞪了她一眼，在灶台上找来菜刀，闭着眼睛朝鸡头彩排了几下。

杀屁股！杀肚子！小兰子和小英子远远躲在一边瞎指挥。

杀你个头啊！我知道杀猪杀屁股，杀鸡则要剁脖子。

母亲就是这么干的。首先，提起鸡头，扯掉脖子上的鸡毛。老母鸡下半身获得自由，以为全身获得了自由，使劲地扑棱。幸亏她拽得紧，然后利落地一刀下去……我学着母亲的样子，选择了鸡脖子中段的地方。

正要下刀，我突然想起来什么，说，你们说咱们这算不算偷啊？小兰子小英子说，一只浪鸡！最多算是捡的！再说我们是老八路的后代，不会赔吗？

血，流了出来，尽管不欢畅。我看见血，尖叫一声，把手上的鸡朝地上一扔，转身就跑。鸡在地上滚了两滚，眨眼站立起来，双目放光，扭头好像找人。趔趄几步，然后连跑带飞逃出了院子。

大家吓得魂飞魄散。真没想到，一个快掉脑袋的鸡居然还能跑！这和煮熟的鸭子飞走了有什么两样?

小兰子小英子连推带搡把我弄进屋，一把按在床上：我的姑奶奶！你还是继续安息吧！乖！听话！待会儿鸡会回来和你做伴的！她们一人抓起俩馍急匆匆上工去了。

一个回笼觉让我睡得很香。小兰子小英子放工回来，把我摇醒了。

你们看！这是啥？小英子一惊一乍叫了起来。桌上，一个双耳黑色大陶罐，一股股香气扑鼻而来，里头浮了三粒大红枣儿。

小兰子耸起鼻子，“哦”了一声，跑出院子。过了一会儿，跑回来，叫道，同志们！战友们！我知道是咋回事了！

咋回事？小英子问。小兰子兴奋地说，我们不是杀鸡了吗？鸡后来不是撒腿跑掉了吗？跑掉的鸡……本姑娘在院子里发现一溜趟儿的鸡血！先淌出院子，然后左拐，左拐以后直走……小英子插播：你简单一点儿行吗？我累得慌！就快完了，鸡就进了那家院子。这叫老马……不，老鸡识途！听明白了吗？小英子摇摇头。丫乎蛋(傻瓜)！小兰子骂，你们还记得一个小女孩吗？个子高高的，长得像小芸子……对！小芸子还辅导过她的算术呢！鸡百分之百就是她家的！

小英子说，你是不是真看清了呀？小兰子怔住了，想了想，说，对了，前头一家院子门口好像也有一溜趟儿鸡血……

我抱着头，说，你们吵死人了！有人来取汤罐不就知道是谁了吗？

可是一直到返城，也没人来取汤罐。

1976年知青返城，我被分配到县公路处当会计。那年给乡里修路，路通到知青点所在的村子，我下乡统计青苗费回到知青点，与几个大娘闲聊，无意中知道我杀的那只鸡的下落。原来鸡是一丁姓家里的，鸡血沽团流逃回家后，主人炖成一罐鸡汤送给另一处知青点了。我们喝的那罐鸡汤是跟我长得像的小妹那家，小妹她娘亲自送过来的。

我想去小妹家表示感谢，大娘告诉我，小妹考上了大学，一家人搬出村子，到外地住去了。

最快乐的，是活着

冷清秋

“老不要脸的！”

他狠狠地骂了自己一句。

事情的起因是他发现自己爱上了家里的保姆。

这，实在是难以启齿的事情，可感情这事谁又能真正说得清、把握得住呢？

尽管他很早很早之前就已经结了婚，在 47 年前的那个冬季。那天阴天，后来飘起了小雨，冷风冷雨飕飕地往衣服里钻，让人不舒服。

他总觉得那样的天气其实是老天在冥冥之中给他的一种暗示。

暗示什么呢？他一时还没想明白。

但他坚信在娶妻生子这样的人生大事上，若是遇上好天方才能预示将来的日子和和美美。好在这样的心绪并没有经常伴随他。一个人，生活在现实里更需要做的是，时常提高警惕去努力去争取不被现实打倒，或者经过诸多努力依然被现实打倒但并不气馁和颓废。

他娶回来的女人叫莽小妹，现在还安睡在他床榻的最里侧。

当初媒人来介绍说那家姓莽。他觉得奇怪，问：“怎么还会有这样的姓？”

其实一直到现在他依然觉得奇怪，他觉得那不像是人的姓氏。明明是莽撞的莽，他却总是朝蟒蛇的蟒上面去引申。妻子生女儿那天的半夜，正疼得死去活来，他却一脸迷惑地探着头问：“你怎么从来不喝一点儿酒？”妻子看都不看他一眼，捂着自己疼得要死的腹部怒吼道：“脑子有病不是！又发神经不是？！”吼完就又开始“哎哟哎哟”地号叫起来。

他至今仍记得那些细节，但却从不为之所动。

他看着接生的婆姨把剪刀放进煮开的一大锅水里，剪刀在锅里打个旋儿很快被捞上来，然后是笼屉上蒸的几沓白布。他不明白白布为吗也要上笼屉蒸，但是他懒得问，就那么一无所知地默默望着。像什么呢？像看戏。嗯，像看戏。

是的，就像他是台下的观众上了戏台子，却仍然只是站在戏台子上看戏。

一直到女儿生出来，粉红的肉团子裹了白布朝他递过来，他仍觉得一切都像是梦。

后来家里又多了儿子。那个叫莽小妹的女人一下子理直气壮起来，青天白日的也敢吆喝他。譬如莽小妹明明闲着，却懒懒地奶着孩子冲他说："去把猪喂了。"或者说："哎，炉火该关了啊！"好吧，他又不是没有喂过猪，把煮好的猪食倒进猪面前的石槽子里就是。

可是站在石槽子前，他才发现根本没有煮好的猪食。好吧，许是在锅上煮着呢。他慢慢地挪进灶火间，冷锅冷灶的，煮猪食的菜帮子和麦麸皮还堆在灶房一角的地上。这让他很不爽，蹲下身子狠着劲儿剁菜帮子之前，他一脚把掉在地上的水瓢给踢出了灶房。

但，那又怎么样？从那之后这灶房和灶房的一切他就再也摆不脱了。

后来他无数次觉得一切就像是个巨大的阴谋，包括儿子成家那年妻子突然遭遇的那场车祸。他逢人就发牢骚说："就像是你搬石头一辈子一不小心砸了脚。"他把莽小妹比作石头，当然不仅仅是因为莽小妹自卧床不起之后便时时刻刻对他冷冰冰的。

他也给来家走亲戚的女儿诉苦，说："整天躺在床上一动不动死沉死沉的啊！一天翻几次身，给她擦洗按摩，我哪里有那么大的力气？"他找儿子说道："我也是上了年纪的人了，你看看我现在天天腰疼腿疼的。"

这自然不是说谎。他的腰椎有问题，逢阴雨天腰背部便僵硬不适就像是打了水泥，若是做些下力气的活儿便开始疼痛。疼痛开始是隐隐约约的，后来便开始明目张胆清晰起来，尤其是后半夜愈加严重，这让他简直苦不堪言。然而，那又怎么样？谁的石头谁自己背。

他在儿女们面前诉说归诉说，完了回到自己的小屋还是得下着力气去伺候。

他也苦笑，说："不然能咋？" 嗯，能咋吗？时间就像是在他一天天的劳作中溜走的，不知不觉多半辈子就过去了。然而就在他满 70 岁这一年的秋天出现了转机。

准确地说，是在他满 70 岁大寿那天的下午。

那是个热闹的日子，他女儿的女儿出国归来带着已经成家的洋女婿，他儿子的儿子去年娶的孙媳妇腹部高高隆起。眼看就要晋升为太爷爷的他，在那天木然地接受了儿孙们表现的最大的孝心——花钱给他雇了一个保姆，从此照看他和瘫着的老伴儿两人的生活。

托他的福，他的老伴儿莽小妹在他的照顾下还好好地活着。

而那个保姆，水葱一样的女人每天会温温柔柔地望着他微笑，会轻言细语和他说话的女人就此住进了他的家，和他也和她——他那个瘫在床上几十年的老妻一起在这个屋檐下相依为命。太多的不适应使他常常眯着眼。他觉得她的到来就像是一束光照亮了他，使沉睡多年的他蓦然苏醒。他开始讲究卫生，爱洗澡、爱刮胡子，穿过的衣衫一天一换洗。

阳光下他总是喜欢热烈地和她讨论一些事情，并大声地说笑。偶尔一些俏皮的连他自己都脸热的话也会脱口而出。他最喜欢看着她脸儿红红地笑着搂起晾晒好的衣物进屋或者出来，看着她身手敏捷地在厨房里做这做那，看她极尽温柔地给老妻擦洗。

苍白瘦小的老妻就像是衬托她的茁壮，他感觉她就像是一根透明的红萝卜，浑身上下都闪闪发光，散着让人说不出的美丽和力量。这让他自卑。

他知道自己爱上她了。一定是。

暗夜里默默地想着，他默默地哭了。

又哭着笑了。

稻　草

莫小谈

在建的楼房，恰恰 18 层。天台上狼藉一片。

若纵身一跃，犹如一根随风的稻草，啪的一声响，即能在地上溅出一片殷红。

你愿意做这根稻草吗？郑新立于天台中央，与黄玄梁保持着一定距离。

师傅，你甘心做那根下坠的稻草吗？郑新又问。

黄玄梁的一只脚已翻越了围栏，半个身子探出天台之外。一听这话，他随之僵硬在半空。

听说师傅登上了天台，郑新一把抓起案上的文件包，一口气爬到楼顶，其间未敢丝毫停歇。

他好不容易舒缓了心气：师傅，还有很多的事情，等您做呢。

黄玄梁缓缓转过头，双腿骑在围栏上，像绝壁上突然长出一条孤枝，根一松动便会跌落崖底。他嘴角微微一扬，冷笑道：这又是你抛出的稻草吧？

郑新张了张嘴，竟未发出声来。

到预审科的那天，郑新便遇到了黄玄梁——这位享誉全省的预审专家。后来能拜黄玄梁为师，更令他喜出望外。

之后，他随师傅南征北战，整日与犯罪嫌疑人斗智斗勇。说来也怪，只要师傅一出马，再顽固的罪犯都会缴械投降。

多年之后，郑新终于忍不住好奇，问：师傅，为什么坏蛋在您面前都会服服帖帖？

黄玄梁一笑：因为，我有黄氏秘籍。

黄氏秘籍？

嗯，独门绝技。黄玄梁回答。多年的师徒搭档，黄玄梁越来越喜欢这位浑身充满灵性的年轻人。

想学吗？黄玄梁问。

想。郑新回答得响亮。

其实，黄玄梁早已做了决定，他要正式传授郑新预审技能。

很简单，四字诀——救命稻草。黄玄梁将这四个字说得无比清脆。

救命稻草？郑新不解。

嗯，我常告诉对手，你就是一根随风飘荡的枯草，无依无靠。道理很简单，就要陷他于绝境。

郑新点点头：只有绝望，才会有求生的欲望。

是的，这时再抛给他一根稻草，告诉他，抓牢了，它可以救命。

然后呢？

然后，他就会明白，只有坦白才会从宽，才会有生的希望。

对手只交代一半呢？

那就再次让他绝望，再抛一根稻草。

郑新茅塞顿开。随着时间的推移，他也慢慢有了自己的感悟。

又过几年。一日，郑新与师傅对饮。酒至微醺，黄玄梁突然发问：你说，什么是救命稻草？

郑新一惊：就是给对手希望。

黄玄梁仰脖喝干了杯中酒：对，稻草是希望，但有用吗？

郑新一脸狐疑。

比如，你失足掉进大海，四周连一块木板都没有，只有一根稻草，你抓不抓？

抓。

能救命吗？

不能。

比如，你失足跌落悬崖，身边连一根枯枝都没有，只有一根稻草，你抓不抓？

抓。

有用吗？

没用。

酒精的燃烧下，黄玄梁面色通红：对，毫无用途。

明知没用，他为什么还要抓？郑新反问。

就像你说的，是求生欲望，人越处绝境越想求生。黄玄梁回答。

那，我们为什么要这么做？郑新有些沮丧。

职责。黄玄梁稍作停顿，又干了一杯酒，他醉了：所以……所以我们没有成就感……预审专家，没有成就感，你我终究会钻进一条认知的黑洞——是我用谋略，送他进了刑场。

那一日，郑新第一次看到师傅眼中的泪花。

我……维护了法律的尊严，我……撬开了罪犯的嘴巴……又如何……面对生活，我……又能如何！

事后，郑新推测，那些酒后话可能是师傅滑向深渊的预兆——心理失衡的他，最终将手伸向公款。

天台上，郑新始终与师傅保持着刚刚好的距离：师傅，您先下来，还有很多的事情等您去办。

黄玄梁大笑：郑新，这就是你抛出的稻草？

师傅，这不是稻草。

没用的，稻草是没有用的。黄玄梁冷笑道。

师傅，如果您非要把我的话理解成稻草，那请您相信，有时稻草是有用的。郑新的话充满诚恳：只要您退还公款，一切都有可能。

别再玩儿这种游戏了。黄玄梁突然激动起来：别忘了，这一切都是我教你的！

只要一跳，一切都结束了。黄玄梁将另一条腿慢慢迈出了围栏。

师傅！危急时刻，郑新急忙打开文件包，展示给黄玄梁看：师傅，前天我们谈话时，你说你唯一的心愿就是让女儿上一中，我答应会尽我所能。当时你说，我抛给您一棵没用的稻草，看，录取通知书，因为您屡立战功，一中破格录取了妹妹。

郑新你说，这是不是稻草？黄玄梁喃喃地说。

师傅，如您所说，档案袋里都是我抛出的稻草，但这都不是空头的承诺。郑新一步步挪向围栏，进而紧紧抓住师傅伸过来的双手：只要不忘根本，稻草也能发出希望的春芽，进而生机勃勃。

咱们离婚吧

欧阳明

再过几天，男人就出来了。为了这一天，念白整整等了十年。

男人是因为挪用公款才进去的。

男人挪用了两百多万，钱却一分都没拿回家，全部亏进了股市。不仅如此，还欠了朋友几十万。

男人进去后，念白一直在想，男人那么做，难道仅仅是为了让她和女儿过上好日子吗？

好日子是什么标准？以前的日子有什么不好？按时上下班，每月都有工资。虽比不上那些富豪开豪车住别墅，但比下有余，不愁吃也不愁穿，每月的房子按揭款，手捏紧一点儿就过去了，用得着那么去冒险吗？

男人炒股，并没告诉念白。男人被抓时，她根本难以置信。

男人进去时，女儿才三个月。念白感到突然掉进了深渊，夜夜噩梦缠身，才一周时间，就有了白发。

男人进去后，念白每年都要去监狱看望他。

第一次，男人说，我不想拖累你，咱们离婚吧。

不！我会和孩子一起等你回来！念白语气坚定。男人泪流不止。念白却没有泪，她的泪早已流干了。

第二次去监狱，男人又说，我不配做女儿的父亲，离吧。

你别胡思乱想，好好改造，争取减刑。念白还是那态度。

男人进去后，养家的重担全部压在了念白一个人身上。她既要照顾父母，又要照顾女儿。为了生存和还债，她白天上班，晚上还得去咖啡店打工。十年来，她起早贪黑，省吃俭用，不仅还完了朋友的钱，还攒下了几万存款。

前几年，有男人追求念白，愿意为她还债，还发誓把女儿视为己出。但她婉言拒绝了。

男人减了两年刑期。出狱那天，念白简单梳洗了一下，独自去接他。

其实，几年前，念白就做了一个决定，但有时又拿不准。究竟怎么办，就看今天了。一路上，她都有些紧张。

男人从监狱大门出来了。她原本以为自己会跑过去的，可脚却粘在了地上，居然没动。几个月不见，她突然觉得男人很陌生。当男人走到她面前时，她什么也没做，只是说了一句，走吧。

一直到回到家里，念白和男人都没说一句话。不是不想说，而是不知道该说什么。

女儿放学回来了，念白叫她喊爸爸。女儿看了男人一眼，没喊，只慌忙躲到了念白的身后，一脸怯怯的表情。

晚饭很沉闷。饭后，念白叫男人一起去喝咖啡。

今后我一定努力挣钱，让你们娘儿俩过上好日子！男人首先说话。

念白突然像被什么刺了一下，叹了口气，突然坚定了以前的想法，语气平静地说，没有今后了，咱们离婚吧。

男人瞳孔突然放大，问，你不是和女儿一直在等我吗？

不是，我只是不想让你在里面破罐子破摔，把一生都毁了。念白说。

为啥不早说？早离了，找个人，你也不会这么艰辛。男人说。

我是怕女儿受到伤害，也不想靠男人生活。念白说。

男人低下头，半晌，才说，我听你的。

今晚你就别在家睡了。念白又说。

为啥？男人再次睁大了眼睛。

你也看见了，你的出现，女儿受到了惊吓，我其实也已经习惯了没有你的日子。

男人思索了一会儿，说，好吧。说完，起身就往外走。

去哪儿？念白一把拉住男人。

找朋友借宿。男人说。

找谁啊？宾馆我已给你安排好，这是房卡，衣服给你放房间了。明天，你先回老家，去看看爸爸妈妈。然后去找工作，找好了，咱们再离婚。念白拿出三千块钱递给男人。

不要。男人摇了摇头。

没钱你喝西北风啊？

男人犹豫了一下，接过了钱。

男人走后，念白突然流出了眼泪。那泪，在她眼里已经憋了近十年。她捂着脸，忍住声，任由泪水不断地往外滚涌。

念白觉得，男人变了，她自己也变了，再也回不到当初了。为了女儿，她绝不能再去冒险。

国　歌

侯发山

南太平洋岛国汤加。

努库阿洛法机场候机大厅挤满了各种肤色的人，从他们叽里咕噜的声音上，可以分辨出他们来自世界各地，有美国人，有中国人，有朝鲜人，有菲律宾人，至少有一二十个国家。他们有的默默流泪，有的号啕大哭，有的瑟瑟发抖……但有一点是相同的，他们的脸上一律挂着惊恐不安。时不时从外面传来炮弹爆炸的声音，更加剧了他们的无助和绝望。

因宪政改革分歧引发骚乱，汤加首都努库阿洛法的政府机关和商业场所遭到上千名暴徒的冲击，市中心大部分建筑被毁，店铺被烧被抢……许多人逃命似的跑到了努库阿洛法机场，希望能乘坐飞机尽快离开这个鬼地方。然而，欲速则不达，机场瘫痪，所有航班都处于停飞待命状态，而急着回程的各国侨民却一波又一波蜂拥而至。

就在大家悲观失望的时候，忽然，一阵由远及近的飞机轰鸣声传来。循声望去，隔着窗户，他们看到一架大型飞机徐徐降落，飞机机身前面绣有鲜艳的五星红旗，有“中国国际航空公司”字样——中国的飞机！在场的中国人都叫起来，跳起来，同时，脸上都稀里哗啦淌满了泪水。

这时候，中国驻汤加大使馆人员也气喘吁吁地赶来了，安抚、组织同胞们返回祖国。

因为匆忙和慌乱，不少人的身份证、护照之类的东西都丢失了，无法辨认这些人的身份，大使馆工作人员大钟灵机一动，大声叫道：“不要拥挤，一个一个来，会唱中华人民共和国国歌的上飞机。”

大钟这么一嚷嚷，就有十多个侨胞悄悄从人群中溜走了。可以看出，他们虽是黄皮肤，也会说几句中国话，却是亚洲其他国家的人。

“起来！不愿做奴隶的人们！把我们的血肉，筑成我们新的长城……”每个唱国歌的人一张口，就哽咽着唱不下去了。

一时间，中华人民共和国国歌回响在努库阿洛法机场上空。

听着熟悉的旋律，日本人山本一郎眼珠一转，走过去跟在了队伍的最后面，他要搭乘中国的飞机离开！

轮到山本一郎了，他一点儿也不惊慌，甚至还对大钟说声“您好”，然后张嘴唱开了：“……起来！起来！起来！我们万众一心，冒着敌人的炮火，前进，冒着敌人的炮火，前进！前进！前进！进！！”

山本一郎顺利登上了飞机。透过飞机的舷窗，看到未上飞机的人绝望得嗷嗷哭叫，似乎要崩溃了，山本一郎心里五味杂陈，感慨万千。他接过乘务员分配给他的水和食物，狼吞虎咽后，开始闭目养神。说到中国国歌，他要感谢他的父亲。二战时期日本战败后，他的父亲留在了中国，准确地说，应该算是弃婴。在中国生活的那段日子里，听到当地老百姓经常哼唱《义勇军进行曲》，父亲无意中就学会了。后来辗转回国，结婚生子。山本一郎幼年时跟其他孩子一样，免不了哭闹，为了哄他，父亲便随口哼唱《义勇军进行曲》。听着这首激扬的歌曲，山本一郎就渐渐安静下来。山本一郎长大后，学会了日本国歌《君之代》，他才知道父亲为什么不给他哼唱日本的国歌，因为《君之代》并不是用来赞美天皇的赞歌，而是一首哀悼逝世天皇的挽歌，也就是哀乐。……后来，从亚运会和奥运会的领奖台上，山本一郎，还有他的父亲，才知道《义勇军进行曲》成了中国的代国歌，直到如今！

中国这架接送华侨的飞机飞越 9 个国家和地区，航程一万多公里，飞行 10 小时 30 分钟，终于于 2006 年 11 月 23 日降落到厦门机场。

下了飞机，山本一郎心里悬着的一块石头也跟着落下了。他虔诚地跪在地上，用日语念叨了一句：中国に感謝します（感谢中国）。他明白，到了中国，就离家不远了。

故事的下半部

崔　立

饭店里，好久不见的几个朋友要了一间包房，大家一起吃菜、喝酒。酒喝得有些多了，就开始扯起了闲篇。

张山说，我有一个故事的上半部，是在我一个同事身上真实发生的，这里，我姑且叫他一个人，你们看，谁能接下半部？

这倒是很有趣的话题。

王四、刘五、赵六纷纷应和，说，我来试试，我来试试……

张山的上半部很简单。那天，一个人下班，路过一条大马路，看到在马路中央围了好些人。缘于好奇或是别的什么，一个人推开人群，走了进去。里面的柏油路上，有一个老人，一动不动地躺在那里。

一个人很纳闷，想，围着的那么多人，怎么不救人呢？当然，一个人也没多想，就赶紧拨打了120。在120救护车来了后，一个人和医护人员一起上车，把老人送到了医院……

讲到这儿，张山说，我的上半部讲完了，你们谁来接下半部呢？

王四挥舞着手，说，我来，我来。

王四的下半部是这样的：到了医院后，经过医护人员的全力救治，老人被救过来了。被救过来的老人不知道是脑子有点儿糊涂还是故意的，拉着一个人，非说是一个人撞了他，才导致他倒在了马路上。一个人当时就蒙了，这可真是有理说不清了。

一个人脑子灵光一闪，想到了他一个在交警队的朋友，就给他打电话说明了情况。那一处正好有摄像头，警察朋友调出了摄像头查看，是老人走着路自己晕倒在路边的，根本就没人撞他。警察朋友带着复制下的录像赶过来，才还了一个人的清白。

刘五摇摆着手，说，不对，不对，不应该是这样的。

刘五的下半部是这样的：到了医院后，经过医护人员的全力救治，老人还是处于昏迷之中。老人的家属来了，老人的儿子揪住一个人的领子，喊，你赔我父亲，你赔钱！一个人反复解释，说，人不是我撞的，我是看他倒在路边，才报警送他来医院的。家属们都一脸不信，说，你能有这么好心？！

无奈之下，一个人想到那里或许有摄像头，查下来，没有。实在没办法，他想到了寻找目击证人。在这救老人的现场，至少有几十个围观的人。可他在那里问了几天，都找不到一个愿意为他做证的人。一个人那叫一个悔哦。

赵六拍着手，说，你们的，都太平淡了。

赵六的下半部是这样的：到了医院后，经过医护人员的全力救治，老人还是因抢救无效，没了。匆忙赶来的老人家属，在手术室门口围住了一个人。老人的两个儿子都长得五大三粗，掐住一个人的脖子喊，你说，你怎么赔吧！一个人憋红着脸忙解释，说，人不是我撞的……他的话没说完，眼前亮了一下，眼角处止不住地疼。是老人的小儿子，对着他的眼睛打了一拳。

一个人想了许多办法，来还自己的清白。摄像头，那里没有。目击证人，也找不到。实在没办法，他竖了一块寻找目击证人的牌子，跪在老人躺过的那个地方。他没日没夜地跪了一个星期，也找不到目击证人。一天，他醒来的时候，就看到自己躺过的地上，竟被丢了几枚硬币。他还从路边开过的汽车玻璃中，看到衣衫褴褛、蓬头垢面的自己。他当时想死的心都有了。

三个朋友的下半部讲完了，都看着张山，说，精彩不？现在你可以讲讲你那个下半部了。

张山说，其实很简单，后来，老人醒了，向一个人表示感谢。赶来的老人的家属，也一起向一个人表示感谢。

大家使劲摇头，说，你这个结尾，太假了，你胡编乱造，也要有根据嘛。

张山解释，说，我没胡编乱造啊。

大家还是一脸不信，说，生活中，哪还有这样的结果呢？

张山愣住了，他其实还想说，明明是救死扶伤的好事，为什么不能把人都往好处想呢？他再想说，其实那个“一个人”，就是他自己。他最后还想说，他和老人一家，至今还有来往，他们一直很感激张山对老人的救助。

可张山什么都没说。

张山只是说，你们觉得假就假吧，咱们喝酒。

张山那天喝了没儿口酒，却醉得不省人事。

裁缝五哥

陈小庆

生活就像一个洋葱，一层一层剥开，也找不到一朵芬芳扑鼻的鲜花。

我十六岁加入反对大太监魏忠贤的组织——克贤会，一干就是十年，差点儿误了我终身大事，成了大龄青年。我是卧底，出没于魏府的制衣坊，是的，我的公开身份是裁缝五哥！我隔绝一切故旧，连青梅竹马的莲莲也放弃了，好在克贤会待遇颇高——每月有十两纹银外加一平车大葱三斤酱油，而且魏府还有一笔薪水。

那天我去领我在克贤会的薪水——京郊的一个自由市场，总有一个卖大葱的和一个卖酱油的。不错，他俩是我们的人。我说买一车大葱三斤酱油，他们一听就明白了，将一平车大葱三斤酱油给了我。我推着一车大葱来到孤寡老人范大娘家（范大娘的家人死于魏忠贤的爪牙之手）。我将大葱酱油送给她，她感激地说："小五哥儿，为什么总是大葱？就没有豆角蒜苗之类的？"我尴尬地说："我们只会种大葱！大葱炒肉很好啊！"范大娘说："可是没有肉呀！"我也不接话，推着空车就走，由于心慌，车速过快，撞倒了路边一个正在摘丝瓜的姑娘。

我一把扶起她，问："姑娘，没事吧？"

她轻轻抬起眼睛，水一样的眼波定定地看着我，没有说话——原来是个聋哑姑娘。那一刻我心中忽然一动，我拉着她的手，她的丝瓜掉在了地上，她也浑然不觉。

一切都是命中注定，伟大的爱情开始时，总是从一个眼神、一个笑靥，甚至一个丝瓜萌芽……更何况她是范大娘介绍的……

组织上同意了我和聋哑姑娘的婚事，因为她不会妨碍我的卧底工作。按规定，不聋不哑的人是不能娶的。这正好解决了我的终身大事，天可怜见的，我终于娶媳妇了！虽然她听不到也说不出，可是每当她紧紧地盯着我，双手胡乱比画一气时，我便会明白：她也很喜欢我，愿将一生托付给我。

每当她紧紧地拉着我的手，我便会明白：她又要告诉我，她孤苦伶仃，无依无靠。我便会向她胡乱比画一阵，告诉她，我会照顾她一辈子。

我每天在魏府的制衣坊为魏府的各色人等缝制衣服，我所制的衣服都有一个共同的特点：领口超紧，裤裆超窄，极易引起憋闷感和裤裆扯烂的后果，而这正是我喜闻乐见的。我会回答前来兴师问罪的管家一句："做宽点儿谁不会，难就难在做窄了。引领时尚，帝国风范，全在一个紧字！"管家无言以对，吩咐给他做的一定要放宽点儿。

我还有一些秘密，比如在做好的衣服上洒些西域毒药，此毒药无色无味，却让穿上的人七十年后毒发身亡，由于药性慢，我干了十来年，竟没有被发现。可惜大多人都没有等到毒发就去世了，真是浪费我的聪明才智、良苦用心。

一个人总是爱自言自语，有了媳妇之后，总算可以对她讲一讲了，虽然她听不见，我俩无法对话，可她的眼睛那样望着我，我就会明白——她是听懂了，这个世界我终于不是一个人在过日子。过去，我所理解的孤独就是：早上出门时不小心把东西弄掉在地上，晚上回来，它仍然静静地躺在地上……如今再不会那样了。

当我正处于幸福之中时，制衣坊来了两个锦衣卫，将我押走。我说："一定是搞错了，一定是搞错了！我可是自己人！"但是没有人听我说。

我被投入专押内奸的五星级大牢，我见到了久仰大名的魏忠贤！

魏忠贤瞪了我一眼就走了，他的目光含有明末的余毒。

我受尽折磨，却始终没有交代卖大葱的和卖酱油的事，但是我不得不承认我在衣服上做的那些手脚，一个裁缝，能做些什么呢？

她来看我，她的眼中闪烁着泪花。

我拉紧她的手，一如当初；我们互相比画了半天，谁也不懂谁在说什么，一如从前；她喂我好吃的腊鸭舌，并为我梳了蓬乱的头发，一如往昔。

当她要走时，我忽地一把揪住她的裙角，用恳切的目光望着她，一字一顿地说："我、最、后、一、个、要、求——想、听、听、你、的、声、音。"

她猛地睁大双眼，呆在了那里……

她唇角颤抖着说出三个字："别怪我！" 说完，她的脸上流下了泪水。她的声音正如我希望的那样好听，如翡翠碰着翡翠一般，是我喜欢的声音，这声音我在梦里无数次听见。

曾经，我在餐桌上打碎一只茶碗，正在厨房的她听到声音，回过一下头……

倒　车

谢大立

赶到悉尼中心火车站25站台，见一列车正好停着，我想也没想就冲了进去，列车的门在这时候缓缓地关上了。我心里没底想找个人问问，见有两个中年亚裔女子用汉语聊得正欢，凑上前问，请问，这车是开往wollongong（澳洲著名的旅游观光城市）的吗？她们其中的一位说，你上错车了，你是不是看错了，都是w字打头，不过没关系，你可以在下一站下车，等42分钟后再上车，也可以在waterfall倒车，waterfall是换乘站，也是这趟车的终点站。

我决定到waterfall换车，waterfall也是个我没有去过的地方，只要是没去过的地方我都有兴趣，就找了一节人少的车厢坐下。悉尼的火车，类似中国城市的地铁，但多是在地面上跑。20分钟后到了郊区，车厢里只剩下我一个人，人少了，车厢里弥散着淡淡的香水味儿。我拿出茶水，边喝边看右边的山景、左边的海景，由这一个人的车厢想到一个人的车站，一个人的海边……萌生出想写《一个人的旅行》的系列小说。正想得入神，车停下了，车门口传来女人的声音，这位同胞，waterfall到了。

从车厢里出来，一列车没几个人，都在前面走了。站台上只剩下来我和她，她指指显示屏说，你要换乘的车，42分钟后到，在这里干等，还不如到镇里转转。我说我也是这么想的，这里你熟吗？她说，我就住在这里。我突然想到她们上车时是两个人，说，你还有个同伴呢？她说，前两站下车了，下车时还嘱咐我，别忘了关照你这个同胞。我连声说谢谢、谢谢……心里已春意盎然。

站台呈T形，上面那一横是架在铁路上的公路，下面的竖是站台，两边是两股铁轨，上公路往右拐一百多米有些房子，七零八落地分布在成十字的马路两边，两间咖啡馆，两处便利店，街面上没有行人。走到十字的拐弯处才看到了一位老太婆，她坐在一所房子前喝茶，房子的周围是大片的绿地，一棵很有些年头的桉树突兀在她的房前，桉树的岁数使我很容易联想到老态龙钟这个词。老太婆的茶几就摆放在树荫底下，太阳的光映射在她的身上、茶几上，斑驳陆离。喝茶的虽然只有她一个人，但茶几上的茶具一应俱全，中规中矩，仿佛不是为她自己喝茶，而是在等待着一位重要茶客。再就是一位捣鼓车的老人（也许他根本不老，只是有胡子，西方人很难说准是年轻还是老），准确地说，他捣鼓的是他车后面的那艘游船。他细致认真，似乎是为一位他心爱的女人。他一会儿就要离开这个寂寞的小镇，到一个什么地方去与那个女人相会，到海上共处一舱。

我很难想象，一个不远万里来到澳洲的中国人，会把自己放在这么个地方。我对走在身边的女人说，你住在这里？她说，是呀，我就住在这里。然后又说，是我的女儿住在这里，我们投奔女儿，女儿在这里工作，住在这里，我们也只能住在这里。你别看这里像我们国内的一个村庄，这里可是有工厂，有很多人在这里上班。说着指指路边上摆得长龙一样的各种车辆又说，我那同伴的女儿也在这里上班，越籍华人，越南人排华那年来到这里的，我们还是通过孩子们的关系认识的呢！住这里的中国人少，只要根是中国的，见到了都亲热得不得了……

随后的交谈中我得知，她是合肥人，在国内是国营工厂的职工，就一个女儿，女儿大学毕业后来悉尼留学，毕业后留在了这里。她的丈夫中风后，成了轮椅的主人，只好来投靠女儿。在国外最难熬的是寂寞，她就和她的那个同伴一起，参加了悉尼的中国人驴友群，到处玩……我说，你出去了，你女儿又要上班，那你先生谁来管？她说，他行动不便，也出不来，我总不能天天守着个瘫子。我出来前，给他弄好吃的，女儿女婿住得离我们也不远，有事他就给他们打电话……说着，她已经领着我在她的小镇转了一圈，转到了 T 字形车站的横上。她对我说，你住悉尼哪里？怎么一个人出来，你夫人呢？我告诉她，女儿住漫丽那边，寒假，夫人在家看外孙女、外孙，我也是觉得无聊，才出来瞎逛的……她打断我的话说，哦，你也是投靠女儿，你也喜欢到处跑，能否给个联系方式，以后有活动一起去。

我们在手机上相互留下了对方的号，她抬起手看看表说，还有八分钟车就要到了，我也不请你去家里，我那死鬼虽然身子不能动，脑瓜子可活泛，看我从外面领个男人回家，还不定会出什么事……说着眼圈就红了。我正要与她握别，她已张开了双臂，我只好与她拥别，互道珍重，后会有期。

大雁听过我的歌

申　弓

放飞了大雁，回到了家乡，见到家乡的情景，令我心痛。昔日清澈的河水，昔日葱绿的河岸，已经不复存在。可以说，我这次家乡之行，除了见到父母外，其他印象不佳，早知这样，还不如不回。

回到山庄好长一段时间，这种情绪都未能释怀，就连唱歌也提不起精神来。老板也提醒过，带着这种情绪工作是不行的，要我尽快解放出来。

我也想，作为一名歌手，情绪是十分重要的，没有了激情，唱出的歌声都是绵软的，音色也是苍白的。可我真的没有办法，一想到那群大雁，一想到那条小河，我的情绪便被破坏殆尽。

正在我的情绪陷入最低谷时，发生了一件令我想不到的事。

这天，山庄来了一位客人，老板亲自到宿舍通知我去见他。

我白天基本上不想见人，要么独自在山间徜徉，要么关在房子里看手机。除了唱歌，我也不会做其他事。对于山庄的客人，上台时往下看，只是见着一个个的轮廓，具体到张三的圆脸，李四的长脸，王五的方脸，或者是谁老谁小，谁高谁矮，我真的没有认清楚，只要是将我的歌声灌进他们的耳朵就行了。

我本不想去见，可是老板亲自来请，并且一派喜形于色，便只好勉强地跟着去了。

不想一进门，那客人热情地伸出手来，将我的手紧紧握住，说，大歌星还记得我吗？

我一看说，哦，是葛总，当然记得！感谢您放过了那只灰雁，也感谢您的慷慨！

好几个月前，我曾经在这位葛总的酒店，请他放生过一只灰雁。

我听说了，那只雁真是跟你有缘，在你的家乡再次遇上了你。今日我来，是想请你出任我们公司的形象大使！说着双手将一块精致的牌匾捧到了我的面前。我看了眼老板，老板显得十分兴奋，说，你就接受吧。

葛总继续说，我们正在跟一家房产商合作，准备将你们山庄的湖开发一下，还要在湖心筑一个小岛，植上草木，让大雁栖息。

我说好啊，这个湖原来没有名字，就叫雁鸣湖好了。

葛总说，歌星跟我想到一块了，我还想让你每天去湖心岛上唱《信天游》。

我有些不解，为什么要跑到湖心岛上唱，唱给谁听？

葛总跟老板交换了一下眼色，这个暂时保密，你只要去唱就行了。

有钱办事真容易。不到一个月，雁鸣湖便大大改观了，在东边开凿了一条进水渠道，在西边开凿了一条出水渠道，将那塘死水变成了活水。在湖边植上了各种树木，其中有榕树柳树，也有新引进的海南黄花梨，每十多米设置一条排椅，供人们休闲歇脚，并且在湖边围上了一圈护栏，使整个湖的格局品位提升了。湖心岛上除了栽草木，还盖了一个小亭，让我每天在那里唱歌。还别说，淼淼湖中央，映衬一角绿亭，对着蓝天白云，在那里放歌，真个是空灵悠远，还有点儿缠绵。

我的情绪回来了，每天唱得投入，从春季唱到了夏季，又从夏季唱到了秋季。这天，正唱着，天空中出现了一队雁群，由北向南缓缓而过，一会儿排成了一行，一会儿又叉开排成个“人”字。

我唱得更加起劲儿，它们一定听到了我的歌声。

第二天，奇迹来了。一群大雁盘旋在湖面上，有一只发出了哦啊哦啊的声音，我感到有点儿耳熟，心想是不是它？

果然，在那只大雁的带领下，那群大雁缓缓地降落到了小岛上，而且站在离我不远的地方，伸长着脖子倾听我的歌声。我认出来了，曾经被我救助过的那只灰雁，就是它们的领头雁。于是，我再一次唱起了歌，它们也齐刷刷地报以哦啊啊的回声。这群大雁在岛上住下来了。

以后的日子，它们白天飞出了湖心，到了傍晚，便都飞回来了。

当电视台将这一奇观公布后，每天来观鸟的游人络绎不绝，都说这是千年不遇的奇迹。

至此，到山庄雁鸣湖来观鸟，成了远近民众的一种生活习惯，大家见面时，由“吃过了没有”改成了“你看过鸟了吗”。

一直到了春天，这群大雁才带着幼崽，依依不舍地展翅北归。

臭　弹

王琼华

在裕后街，煞神李算是一个叫得响的人物。

他长得眉清目秀，似乎天生一副知书达礼的坯子，却有一个“煞神”的绰号。平日，街坊嘴上挂着一句口头禅：宁见阎王，不遇煞神。说的“煞神”便是煞神李。

十七岁时，他进了警察所。不过，他是负责给十几号人做饭。但仅花了几年工夫，便直接升职做了缉私队队长。

那年，警察局局长带着俩人，要来裕后街警察所视察。他们刚进裕后街，就杀出一股叫“冲天炮”的土匪。这帮匪徒五大三粗，都是些杀人不眨眼的角色。他们现身时，会举着一杆黄底绿裙旗帜，上面绣有“冲天炮”三字，显摆着一股凛凛威风。他们见到警察局局长也敢现身，缘于警察局局长抓了他们的二当家。土匪想抓局长做人质，把二当家换出来。警察局局长一见旗帜，立刻大声叫嚷开枪。随从看到土匪众多，来势又凶猛，吓得直哆嗦，连匣中的驳壳枪也拔不出来了。刚好挑水回所里做饭的伙夫煞神李一见，把水桶一扔，闪电般地冲到局长的随从旁，抽出随从背着的驳壳枪，接着砰砰砰来了三枪点射，冲到前头的三个土匪应声倒地。这三枪一一击中土匪脑门。别的土匪见了，吓得扭头就逃。

煞神李使枪的功夫，都是他做了三十几年镖头的爷爷所传。不过，煞神李长大成人后，却不喜欢耍枪威风，宁愿做伙夫。

时隔几天，警察局局长把煞神李提拔做了缉私队队长。

煞神李上任后，除了缉私，还与土匪几番交手。他弹无虚发，连毙了几个土匪，名声大振，于是就有了“煞神李”这一绰号。

很快，裕后街平和多了。

土匪和私贩却把煞神李当成“眼中钉”，随时想把他生吞活剥，再炖成一锅汤。

另有一个人物更是万分痛恨煞神李。这人便是煞神李的上司、警察所的魏所长。当初，魏所长举荐他的小舅子担任缉私队队长，没想到半路杀出一个“程咬金”，眼巴巴看到这么一个“肥缺”竟然被一个伙夫夺走了。魏所长最气恼的是煞神李上任后，办事时不太听所长招呼，弄得他跟江湖上的“兄弟”既伤和气，又断了他的“财路”。

终于，魏所长找了一个报复方法。

这个时候，裕后街周围常有赤卫队活动。魏所长接到上面密电，让他逢“赤”必剿，宁可错杀一千，也不放过一个。他眼珠子一溜，便把煞神李找到身边，称：“当务之急，必是剿‘赤’。本所长把头等大事委派给你，给你一个赢得荣光、青云直上的好机会。”

煞神李心里亮堂。魏所长要“借刀杀人”，趁机除掉他这个“心头大患”。万一是他赢出，也让魏所长有了升职的“垫脚石”。这真是一个“两头不亏”的玩法！

魏所长见他不语，便虎起脸道：“如违命令，军法从事！”

煞神李只得应答：“誓死完成任务！”

“嗯嗯嗯，谁让你死呢。”魏所长软软地摆了摆手，又拉腔拉调道，“不过，子弹可从不长眼睛。”

“谢谢所长提醒！”

这日，魏所长得到密报，赤卫队朱队长与两个助手要进城摸情报，便对煞神李说：“你是神枪手，随我去把赤匪朱某一枪毙了。嗯，脑门！”

煞神李答道：“明白。”

“听说朱某与你是发小——”

“李某秉公执法，不徇私情！如是手软，所长可给我一枪。”

魏所长大巴掌一拍桌子，叫道：“好！”

黄昏，魏所长领着煞神李在巷中巡查时，果真发现朱队长三人的背影。他当即低声跟煞神李命令道：“拔枪！”

“好！”

煞神李似乎毫不犹豫，拔枪便射。结果，他一扣扳机，枪却没作响。

又扣扳机，子弹仍没嗖地飞出。

这时，朱队长听到扳机声，回头扫了一眼，便与助手窜进一条小巷。魏所长带领煞神李等手下追到巷口时，朱队长等人已无踪影。他气急败坏，冲煞神李骂道：“臭小子，你发瘟？连枪都打不响了？”

煞神李从枪中卸下弹匣，看了看，满脸无奈地说：“臭弹。”

“臭弹?！”

煞神李点点头。

魏所长非常困惑：“以前没见过臭弹，偏偏这次——”

煞神李发傻道：“真见鬼了，怎么这次就遇上了臭弹？”

“什么臭弹？哼，是臭蛋！”魏所长没好气地骂了一声。

几天后，朱队长带领队伍端了警察所。魏所长当场被毙。煞神李没开一枪，便举起双手。有人要跟煞神李清算前些日子的“旧债”。朱队长却说：“上次，煞神李有意要放走我们。否则，他把枪一举，我们一个都逃不掉。”

煞神李一笑，没答话。

朱队长不由得发愣道：“笑什么？”

“你不是神仙，怎么知道我有这种念头？”

“我们不会冤枉任何一个人，也不会抓错一个人，更不会乱杀一个人。”朱队长把自己一直攥着的手松开，手掌上有几颗子弹，他跟煞神李说，“刚从你房间抽屉里发现的。本来是几颗好子弹，早早被你做了手脚。那天，你跟随所长追剿我们时，故意把已经打不响的子弹装进驳壳枪里，这样，你既跟魏所长交了差，又没伤着我们。”

煞神李笑了笑说：“你不会乱杀一个人，我李某也不会杀错一个人。”

“为什么？”

“我们是发小！”

“就这个理由——”

“呵呵，我的眼睛也不瞎！”

几天后，煞神李跟随朱队长上了井冈山。从此，他没再回过裕后街。

长征过湘江时，煞神李十发子弹打出去，死了十一个国民党士兵，有一枪穿过士兵的脑袋，后面的士兵也跟着倒下了。就在这时，一梭子弹打过来，他赶紧一伸手，把身边的朱队长推开，自己却被击中，倒下后就没有再站起来。

——这个故事是朱队长在九十七岁离世前讲的。那一刻，时常有些痴呆的他，却突然想起了自己的发小煞神李。

一块田

韦如辉

儿子建设带着媳妇到南方打工，把 8 岁的儿子留给了老子。

老子叫赵德发，今年 70 岁了，年龄不大不小，身体还不错，按照孙子夸他的话说，叫什么来着？哦，棒棒哒！

德发老汉也准备出去闯闯世界，但儿子建设的嘴撇得像碗口大，并带有讽刺的口气说，爹啊，您看您几十岁了？儿子的口气尽管有些刺耳，可是德发老汉听起来心里暖暖的，儿子分明是不舍得让老子再卖力气了。

其实，德发老汉只是心里想想，嘴里说说而已。真正让他离开家，他不仅舍不得孙子，更舍不得自己的那一块田。

那块田是土地实行第二轮承包时分下来的，当时可以跟儿子的地分在一块，而德发老汉听说建设要将地承包出去，他才不干呢。老汉想，不务正业的东西，自己的地怎么能交给人家种呢？自古以来，地就是庄稼人的衣食父母啊，父母能随便交给别人吗？真是昏头了！

建设当不了老子的家，自己的家还是自己做主，他把自家的五亩地包了出去。

德发老汉听说了，肺都快气炸了。混账哪，地包出去也不跟老子说一声，还拿老子当老子吗？老汉想种儿子的地。

孙子放学回来，锅里没有热饭，茶瓶里没有一滴开水，猴急地问爷爷，咋回事？

德发老汉心里堵得慌，嘴里嘟囔道，问你老子去！

德发老汉一夜没睡好，脑海里都是儿子的那块地。想当初，要不是实行了家庭联产承包责任制，分到了承包地，全家人能吃得饱穿得暖吗？还不是冬天钻牛屋，夏天睡晒场？才过上几天好日子，这些后生们便不知天高地厚了。想到村里的后生们，德发老汉更来气，心里的底火越烧越旺。地里长了草，撂了荒，产那几颗粮食还不够喂鸡的。

第二天，德发老汉气哼哼地背着双手，跑到挂着一块“大地田园股份公司”木牌的屋子里，见到一个戴着墨镜自称经理的小伙子。

德发老汉说，我是赵建设的老子，我想要回赵建设的那块地。

小伙子正为项目发愁，他打算搞虾稻共作，水的问题还没有解决。小伙子没好气地回答德发老汉，赵建设收了我五千块的流转费哩。

啥？五千块？德发老汉心里说，你们都疯了！可是，老汉嘴里却坚定说，我给你！

建设千里迢迢打来电话，第一句话就问，爹，你疯了吗？他还准备说第二句话，德发老汉就把电话挂了，嘟囔道，我疯了，你小子才疯了哩！

德发老汉种了一季豆子，折了两千块钱。老汉想不通，今年的雨水那么好，地也壮，管理也及时，怎么会折本呢？

过年的时候，建设跟媳妇一道回来，德发老汉想说道说道那块地，毕竟自己赔进去两千块钱。儿子和媳妇都没给他个好脸色，孙子跑到他们面前，告德发的状，说老汉不好好给他做饭吃。

年过得别别扭扭，自己也瘦了一大圈，眼睛都掉进眼窝里去了。

建设回南方的第二天，德发老汉又找到那个挂着金属牌子的公司。老汉从怀里掏出一根烟递给小伙子说，赵建设的那块地还包给你吧。

小伙子这回没戴墨镜，笑眯眯地递给德发老汉一张纸，说咱们签个合同吧。

德发老汉也没犹豫，连自己的那一块田也一块签了合同。

看到合同上的数字，德发老汉心里怦怦直跳，他种什么能搞到这么多的收成？

老汉故意咳嗽两声问，你们种钱吗？

小伙子笑得更灿烂了，觉得眼前这个老汉怪幽默的。他说，我们搞虾稻共作，不种钱。

老汉仍不明白，瞪大眼睛盯住小伙子的笑脸。

就是田里种稻，稻田里养虾。现在水的问题已经解决了，小伙子信心满满地告诉德发老汉。

秋天来了，稻田里一片金黄。田里的虾肥了，伸出两个大爪子，像关公的两把大刀一样威武。田边停了两辆卡车，车上装满一篓篓的虾。

再威武的虾，还能威武过人！德发老汉边背着双手走，边踏踏实实地想。

过了年，德发老汉跟建设小两口商议，他也要去南方，带着孙子去上学。

这话儿正中建设的下怀，他笑在心里，嘴里却问，您老舍得那一块田地？

老汉回答说，怎么舍不得？他们比我种得好哩。

德发老汉把那纸合同装好，跟儿子和村子里的后生们欢欢喜喜地去了南方。

英　雄

吴永胜

在这边荒小镇，我给镇西胡三媳妇接过生，给镇北莫大烟袋取过瘤疮。

我是这小镇唯一的郎中。

打十年前进入小镇，日子像长途跋涉的驼队在傍晚时分进镇时那样，踢踢踏踏，散散漫漫。我从前虽然想象不到这样的生活，但慢慢喜欢上了。散散漫漫多好，自在舒适，无风无浪。

不是夸口，小镇的七八百口人，谁没喝我给抓的汤药？这七八百口子人，都是我的衣食父母。但有个人我不怎么喜欢，那人是镇西烧酒铺子的来喜，二十岁了吧，白净瘦弱，像根豆芽菜。第一次到我铺里，是一路呻吟着来的。我还以为他病得多重，不过是额头上有块鸽蛋大小的瘀紫，这点儿皮外伤本可不用管它，三五天自然会好。可他一定要我上药，好像只要上过药就立刻瘀散紫消不疼不痒了。好吧，给他抹药酒，才一沾额头，他那惨痛的样子，让我差点儿有了正摘他脾脏的错觉。

“怕疼？那还打架？”

“哪打架啊。不瞒你，长这么大我都没打过架。赢了别人疼，输了我疼。哎哟，是撞的。”他龇牙咧嘴申辩。我哑然失笑。没想到，就是这个来喜，唉……

那一天正午，我坐在柜台后眯了眼睛打瞌睡——到我这年龄了，总有太多的瞌睡——细细的灰尘从屋梁上落下来，落到我脸上。起先我没在意，但更多的灰尘落下来，我便坐直了身子。街面子上，崔寡妇那只老母鸡孤寂地咯咯叫，银匠胡老三在扑哧扑哧拉风箱熔银，对街唐烧饼立在街沿处的焙饼炉子，一块炭在饼炉里炸裂了……所有的声息和往常一样。我重新弯下了腰。该来的总会来。

不多一会儿，镇外响起沉闷的鼓声，像一千只鼓槌敲打着五百面牛皮大鼓。随着鼓声渐渐激越，屋梁上的灰尘簌簌地往下掉，让人眼都迷了。眨眼间那鼓声直击耳膜，屋里顿时尘灰弥漫，屋架嘎吱摇晃。这是至少一千只钉着厚厚蹄铁的马蹄践踏出的声音。蹄声响进镇里，在街面散开。

药铺里闯进三个人，提着明晃晃的刀。头里那斜眼一挥刀，嚓一声便将我的案桌削掉个角，恶狠狠冲我吼："老家伙，到镇西坝子去！"

从铺里出来，我看到镇里的居民，被舞着刀片的人，牲口一样撵向镇西坝子。那个来喜，夹在队伍中间，一张脸青一块白一块。

整镇的人被骑马晃刀的人围在坝中。坝中高处，有个面色阴沉的人盘座在马背上，提着汗烟袋闭了眼睛吞云吐雾。一袋烟抽完了，在靴底磕掉烟灰，将烟袋插进腰里了，才慢吞吞地说："谁杀了半天云？"

人群中响起嗡嗡声。这边荒地方，一直有伙凶悍的马贼，连官兵都不敢招惹。叫半天云的，是这伙马贼的二当家。那人眯细了眼睛，死盯着嘈杂的人群，嘴角向下撇一撇，摆了下头。两个持刀的马贼，从人群中拉拽出个人，一道刀光闪过，一颗头颅被喷溅的血冲出老高，直冲向灰蒙蒙的天空。

"谁杀了半天云？"那人仍用慢吞吞的语气问。

看着那颗跌落在地的头颅，和那没了头颅踉跄两步栽倒的躯体，被围着的人们刚才还在喧嚷的喉咙，突然像被掐断了般全没了声息。马贼又到人群中捞人时，我听到一个颤抖的声音，说："是我。"

是来喜。

"出来。"那人冷声道。

人群哗地分向两边让出道来。来喜的脸，和那颗扑在地上的头颅的脸一般颜色，我以为他立刻要瘫倒了。然而没有，像有只无形的手提拎着他，让他能拖着两条腿，僵硬地向前挪动。

那人一挑眉，问："你杀了半天云？说说看，怎么杀的？"

来喜抬起头，茫然地盯着那人，张圆了嘴，喉咙里挤出干涩的咕噜声，却说不出一个字来。他颤抖得厉害，瘦弱的身子像在筛糠。应该是尿裤子了，脚下出现湿痕。

“好，你想当英雄，我成全你。”那人哼了一声，一道刀光砍向来喜的脖子。来喜缩着脖子，两条瘦瘦的胳膊朝面前无助地捞了一把，想抓住什么东西来支撑摇晃的身子，那只提拎着他的无形的手，似乎突然放开了，他软瘫在地上——他的头完好地架在他脖子上，那把刀已在我手里。

那人眼睛突然瞪大，“你是谁？”

“这正是半天云死的原因。”我本是叱咤江湖的刀客，十年前，在江南杀了个顶有名的恶人，他的家人亲信有能力让我死十次。我逃到这边荒塞外，喜欢上平静的日子了。但那半天云居然是江南人，居然认出了我……

那人说：“我这里有二百五十把刀。”

“最快的只有一把。”我看着那人的脖子。

那人愣怔了一下，猛一抖马缰，“走。”马贼一阵风似的远了……

“你不怕死吗？”我问已是我徒弟的来喜。

来喜脸红得像个冻柿子。“咋不怕啊，我都尿裤子了。”

“那你还出头？”

“也不知为啥，好像我不是我了，就走出去了嘛。”

“往后再遇到这样的事呢？”

来喜低着头，看着自己的手，交叉着搓了好久才说：“不知道……”停了停，看着我说：“有些事，总得有人做吧？”

就在这一刹那，我做出了决定，回江南。

野菠萝

海　华

又到了旅游旺季，风光旖旎的海滨镇又成了车海人潮的世界。每逢双休日，太阳刚爬至半空，海滨镇的大小道路上已躺满了各种车辆。络绎不绝的游客，在车辆的缝隙中挤来蹭去，争相在路边的摊档中购买各种水果和饮料……

晌午，从大山里移居镇上的根叔回老家探亲归来，途中路过一片僻静的山林，忽见几棵露兜树挂满了果实饱满、色泽金黄的裸兜籽，猛然想起小时候上山放牛时常摘它来吃，味道酸中带甜，都多少年没尝过了，遂上前摘下一个咬了一口，果然还是记忆中的味道。心里估摸着，这浑身是刺的露兜树，结的果子从不怕风吹雨打，也从来没人拿它当水果卖……现如今各地来这里游玩的客人越来越多，如果把它摆到摊档上，没准能赚点儿小钱，于是又摘了几个。

回到家，见妻子动作麻利地在家门口的摊档招呼一帮游客，便随手将那几个裸兜籽放在摊档旁，小儿子闹着想吃，根叔剥开一个递给他，小儿子吃得津津有味。一游客见状禁不住问根叔，大叔，这是啥水果？卖多少钱一个？

根叔嘿嘿一乐，这是咱海边荒山上的野果，叫裸兜籽，好吃，有的也有点儿酸涩，你要就拿去，给多少钱都行。

那，5 元一个行吗？等根叔点头，几位游客立马将那几个裸兜籽全买下了。

嘿！这裸兜籽还真能卖钱！当晚，根叔用手机打开百度一查，原来，这露兜树大多生长在海边山上，打的裸兜籽叫野菠萝。

第二天，根叔再次进山摘回来二三十个野菠萝，拿到摊档一摆，5 元钱一个，不到一小时便被游客抢购一空。

野菠萝能卖钱啦！消息不胫而走，镇上的人纷纷上山采摘野菠萝……很快，名不见经传的野菠萝成了全镇路边大小摊档的抢手货，一向默默无闻的根叔也成了全镇家喻户晓的人物。

万万没想到，没过几天，除根叔的摊档外，全镇其他摊档的野菠萝价钱居然一路飙升，有的竟卖到四五十元一个。

唉！如果不是自己带头把这野菠萝当水果卖，它还静悄悄地躺在荒山里喂鸟呢！可如今……根叔觉得这事闹得有点儿离谱了。于是，根叔就在居委会微信群里拿野菠萝说事：庄稼人一向以善良为本，咱海滨镇已划入粤港澳大湾区，更应该讲诚信。手拍胸膛想一想，这原本无人问津的野果成了咱的摇钱树，可价钱却发了疯似的往上涨，这么做对得起自己的良心吗？晚上能睡个安稳觉吗？！

根叔的这些话在群里像炸了锅似的……但是，除个别人附和外，其他人都揶根叔，有的说他一根筋，有的说他狗拿耗子，有的还说他脑子进水了……三天后，根叔竟被踢出了群。

根叔没有放弃，设法挤进镇上另一个微信群里，继续一个劲地拿野菠萝说事……

然而，不到一天，镇上另一个微信群的群主又把根叔踢了出去。

根叔心想，犁不成，咱改耙！于是，翌日一早，根叔直奔镇政府，见到一名干部，便急忙拉住他诉说野菠萝的事。那名干部鼻子一哼，知道了，您请回吧。根叔一离开，那名干部就不冷不热地说，切！神经兮兮的，要不是有个搞房地产的表叔，你不还是待在山旮旯听鸟叫呢！番薯屎还没拉干净，就管起闲事来了。你以为你是谁呀，让咱跟镇长说咱就说呀！

几天后，见没啥动静，根叔又有了主意，白天让妻子看档，自己一个摊档一个摊档地劝说……妻子见根叔像着了魔似的，便嗔怪道，这事是咱领头，可如今大家伙儿见钱眼开猛抬价，关咱屁事！谁知道你是谁？你说人家宰客，谁会听你的，整天瞎操心！图个啥呀？

根叔瓮声瓮气地说，就图个心安理得呗！这事因我而起，我就得负责到底。

这天中午，根叔来到某村路边的一个摊档，见十多个游客正在询问野菠萝咋卖。档主笑容可掬地说，90 元一个。它不仅酸甜可口，味道鲜美，还有美容、降血压、降血脂等功效呢。出了咱这旅游区就没有这种水果卖啦，快买吧。

根叔立马上前言恳意切地对档主说，老哥，不就是一个原生态的野果嘛，你明明知道值不了几个钱，还硬要说有美容等功效，真能忽悠哟！你不觉得亏心吗？就别再坑人了！赚钱多少事小，坏了咱旅游区的名声事大呀！

档主脸色一沉，骂一句“神经病”，继续招呼游客。

根叔扭转头对游客说，我那边的摊档也有这样的水果，每个只卖 5 块。

这游客也不傻啊，便抱着试一试的心态，跟着根叔到了他的摊档，果然只卖 5 块，一样的果子，一样的味道。

就这样，几个摊档的老板联合起来找根叔的事，但他们看根叔一副油盐不进的样子，也不能将时间尽磨在这事上，生意还得做吧。

不过，也有些游客觉得根叔的野菠萝太便宜，揣摩着要么是味道不好要么是不新鲜，又掉头去别的档口买那些高价货。

眼瞅着一个个游客抱着“天价”野菠萝兴冲冲离去，根叔无奈地摇了摇头……

喷　壶

胡　炎

老早以前，我就跟你们这么大，二十来岁的毛头小伙儿，胳膊、腿上尽是腱子肉，哪像你们——狗剩子瘦得像瘦狗，冬瓜矮得像冬瓜，胖三你都快成肥猪了，还有你熊四，这么大块头，真赶上狗熊了。你们别笑，我现在这一脸褶子皮不好看，可我年轻的时候英俊着呢！看过电影《李向阳》吗？看过，那就好，李向阳也就比我差那么一点点儿。咱现在书归正传，听说狗剩子你媳妇昨天被打了，是吧？瞧瞧你那个熊样！不就是几个小瘪三吗？人家欺负你媳妇你还给人家点头哈腰的，丢不丢人？你咋不跳河里把自己淹死呢？跟你说，想当年别说自己媳妇，就算是个陌生人，遇到这事，我也会路见不平拔刀相助。咋的？愣的怕横的，横的怕不要命的，我就那么一吆喝，刀架脖子上都不眨眼，管保叫那些小瘪三蔫巴了！

冬瓜你笑啥？跟你说，你还别不信。不怕戳你心尖子，快三十了还没娶媳妇，知道你心里憋屈。不就是长得砢碜点儿吗？那能怨你？要怨就怨你爹，你想想，你娘不说多水灵，起码白白净净的。俗话说得好啊："好汉无好妻，赖汉娶个娇滴滴。"要跟你爹比，你漂亮多了！你说啥？不是因为长相？哦，那也是，这女人啊，嫁汉嫁汉，穿衣吃饭，长得好当不了面条吃。你家也确实穷了点儿，可咱人穷不能志短，你说是不是？想当年我比你还穷，可咱在女人面前啥时候都仰着脸，谁也别想把咱看低了。你老婶子活着的时候你们都见过吧？一枝花，那是绝对的，全村哪个女人能跟她比？你问为啥嫁给我？就冲咱是个爷们儿！

胖三你挤啥眼呢？再挤就没眼了，小样儿！不服气？你老婶子哪儿都好，就是脑子不太好使，是吧？这你就不懂了，女人是看的，要恁多心眼儿干啥？

我看了她大半辈子，心里美着呢！说说你吧，家里有几个钱，全让你吃肚里了，杀了卖肉都卖不出个好价钱。为啥？身上净肥肉，谁要？咋的，坐不住了？你还别听不进去，老话说富不过三代，就你这样山吃海喝，啥正事也不干，早晚也得把家败了。不是我说，你爹娘俩人泥里滚水里爬的，挣下这点儿家业容易吗？他们就是太宠你，你以为这是对你好呀？跟你说，这是害你！你看我，一辈子干活儿不惜力，省吃俭用的，这才是正经活法，多跟我学着点儿吧！

熊四你撇嘴干啥？笑话我一分钱掰成两半花，一辈子也没干出个名堂是吧？你小子还真没资格笑话我，咱靠自己力气吃饭，一不偷二不抢，不怨天不怨地，咱认命。不过你小子可不能认命，年纪轻轻的，整天待在家里多窝囊。你得出去闯闯，明白吗？别姓熊还真成了熊包！想我年轻的时候，跑到省城闯天下，有一天在护城河里，我还舍命救起了一个失足落水的女人。你知道这女人是谁？说出来吓死你，省长的老婆！知道省长是多大的官吗？那就是过去的巡抚大人！跟他比，乡长、县长就算市长能算官吗？更别说咱的小村主任了，那简直就是一条蚊子腿。省长亲自请我吃饭，两口子千恩万谢的，弄得我都不好意思了。我还跟省长拼酒呢，三下五除二，我还没上头呢，就把省长灌翻了！

哎，你们站起来干啥？都往我这儿偎偎，我的故事还多着呢！你们别走呀，嫌我老头子絮叨了？狗剩子，你别走，让他们后悔去。来，坐近点儿，咱爷儿俩再好好唠唠。你说啥？我一辈子胆小如鼠，遇着事就躲？你就胡扯吧！我几十年怕老婆，把我那缺心眼儿媳妇当神敬？跟你说，那才是爷们儿该干的，不知道疼老婆的男人纯粹二百五！还说啥？我是个大懒汉，一辈子没出过门，连县长都没见过？我不怪你，省长请我吃饭的时候你还没从娘肚子里钻出来呢！啥？我一辈子编瞎话诓人，没一样事是真的？放屁！跟你说，我连做梦都相信那是真的，我这辈子就是个爷们儿！纯爷们儿！

嗨，你也想溜了？嘴里嘀咕啥？我是个喷壶？你个兔崽子，敢骂我是喷壶，有种你给我站住，看我不打死你个龟孙！

最后一程

刘　公

前年仲秋，阳光蹦跳着来到我的桌前，温暖的光泽摩挲着我的脸庞。我手捧散发着墨香的新一期杂志，诗歌栏目的头条向东的名字再次映入眼帘。

向东送来的诗稿，是用学生作业本撕下的两张纸写的。他带有泥点的建筑服上有股浓重的汗馊味儿，跟我说话时，眼神怯怯的，不敢直视。他的三首诗都不长，我当即看了一遍，有几句一下子吸引了我，“伸手抓一把阳光 / 撒向大地 / 顷刻间 / 天下一片金黄”。我说：“这首留用了，你没有固定住所，等杂志出版了，通知你来取吧。”他点点头，一脸灿烂地走了。

两个月后，向东接到我的电话不到半个小时，就汗津津地来到我的办公室，双手在衣服上蹭了蹭，握着我的手说：“谢谢刘主编，谢谢。”他手上厚厚的老茧，石头一样硌得我的手生疼。

“不用谢，以后有好的诗歌再给我。”当即，我安排人把稿费发给了他。他眼中闪动着晶莹的泪花，激动地说：“明天可以租个自行车回老家了。”

“你老家离这儿多远？”

“四十多公里。”

“你不用租车了，明天我去你们县上采访，你搭我的顺风车吧。”

他高兴地说：“那太谢谢您了。”

次日，我开车走高速、国道、无名道路，颠簸了好久，终于到了他的家。

两间土坯房歪着身子立在土坡下面，一面墙的裂缝像一个乞讨人的嘴，虚弱地张着，三根圆木费劲地支撑着那面墙，防止它随时坍塌下来。还没进屋，就有一股浓烈的中药味儿扑鼻而来。听到声响，他爸弓着虾米一样的腰迎了出来，满脸的沟壑纵横却漾着笑意：“嘿嘿，向东，带客人进屋里坐。”

东屋的蜂窝煤炉子上，咕嘟着一瓦罐中药，向东的妈身着油乎乎的棉袄棉裤，坐在一辆残障轮椅上，无神的眼光瞅着我们，嘴角抽动了好几下，才说道："你们坐。"

老爷子给我解释说："他妈半身不遂好几年了。"

看到轮椅锈迹斑斑，前面的两个小轮子后面的两个大轮子都用铁丝缠着，我问老爷子："大叔，出门要上个坡，这车，你推得动吗？"

老爷子把盛着开水的老瓷碗递给我说："上坡推不动，不过，乡亲们谁遇着了，都会搭把手。"

我对向东说："好好挣钱，给你妈换辆新轮椅。"

"这事不用孩子们操心，他们弟兄俩都在城里打工，住房都没有着落。他妈这轮椅，上个月乡长来村里，说给发一个。那乡长可好了，临走时还给他……他妈 100 块钱哩。"老爷子激动得说话有点儿结巴。

离开时，老爷子左手提一袋土豆，右手提一袋柿子，说是送给我的。我不要，老爷子着急地抖着两手说："自家产的，不值几个钱，你要是嫌弃，就算了。"看到老爷子一脸的真诚，我连忙说："谢谢，谢谢，我要。"

时光荏苒，转眼到了今冬，雪花一个劲儿地飘。我正在办公室外扫雪，向东流着泪来找我，说他妈去世了，跟我借点儿钱。我说："可以。下这么大的雪，我送你回去。"想到他爸妈给我的柿子和土豆，我得去送老人最后一程。

车停在村口的空地上，远远地看见两间土坯房外设了个灵堂，我和向东走进去，看到老爷子两腮挂满泪水，在一个黑陶盆里烧纸，一边烧，一边凄厉地念叨："老伴儿啊，都怪我不好，临走，也没让你坐上新车。不过，我给你扎了一辆新的。"

我这才注意到，灵堂的一侧，有一辆纸扎的轮椅车。

我问老爷子："大叔，大妈到走都没坐上新轮椅车吗？那个乡长不是说要送一辆吗？"

老爷子叹了口气，擦一把泪说："那乡长回去不久就得癌症死了，都怪他妈命不好，遇上个好乡长，又死了。”说完，他又哭了起来。

我点燃三炷香，给老太太鞠了三个躬。

走出灵堂，老爷子的那句话一直回响在我的耳边：“都怪他妈命不好，遇上个好乡长，又死了！”

看着大雪纷飞的天空，看着苍茫的田野和破旧的村庄，听到灵棚里向东一家人的伤心哭声，我的心一阵阵揪痛。

原　谅

金　狐

这几天，女人一直憋着眼泪，憋着怒火，恨不能一直蔓延到阴曹地府里去，淹了它，烧了它。她要揪住他的衣领问个究竟。

“那一刻，你究竟是怎样想的？”

对她来说，这才是天大的一个问题。其他的，与她何干？荣誉、鲜花、赞美、安慰、闪光灯……她统统不需要。

记者是个年轻姑娘，厚着脸皮，一次次敲开女人的门，终于面对面地坐下。

“我给你一个小时，不，半个小时吧，我没什么可说的。”

“好的，谢谢您，那我就开门见山吧，请问您的丈夫有什么个人爱好吗？”

“爱好？”女人皱了皱眉头，“听说他在军校里爱好打乒乓球，结婚以后我一次没见他打过。”

“那么，他平时喜欢读一些什么书？”

“读书？他是个工作狂，早出晚归，我平时连他的影子都很少看到，更别说能看到他安安静静地坐在书房里读书了。”

年轻的记者有些尴尬，意识到自己提出的两个问题都没有切中要害。于是，她直起腰杆，调整一下坐姿。

“您的丈夫刘指导员，为了不让犯罪分子逃走，居然把自己的手臂和对方铐在一起，他真是太勇敢了。那可是个丧尽天良的家伙，已经连续杀害了三个人，您丈夫用生命诠释了军人的使命。他是真正的英雄。”

“什么狗屁英雄，他若是能活着回家，我才承认他是个英雄，否则他就是狗熊！”女人咬牙切齿地说。

年轻的记者猛然一怔，作为神圣的英雄的妻子，她怎么可以说出这样的话呢？真是悲哀。

“那么，您对丈夫的牺牲是怎么看的？”

“我觉得他傻到家了。”女人回答。记者懊恼不已。

“我到现在还不相信这件事是真的。”女人继续说，她向记者伸出自己青紫的手肘，“我老感觉自己在做梦，看看我这里，都是掐出来的伤痕。”

“您千万不要过于悲伤。”记者终于对英雄妻子的态度感到了一丝满意。

谁知女人又一反常态，生气地回答：“我才不会为他这种人伤心呢，他既不是一个好丈夫，也不是一个好父亲。他的心里根本没有我们，从今往后我跟女儿都不会为他伤心。不瞒你说，清明节我都不打算去给他烧纸。”

看来思维不在同一个频道的人，真的很难沟通。英雄妻子的答非所问，使年轻的记者产生一种挫败感。她需要一个痛哭失声、深明大义的英雄妻子，来成全她的报道，她要塑造出一个关键时刻舍身忘我、用生命履行职责的英雄形象。

记者打算结束采访，另辟蹊径。

不料，对方沉默半晌之后，各种埋怨如流水一样，汩汩而出：“他对我们要有对待工作一半上心就好了。多少次的承诺全都落空。这一次，就是最大的不守信用，他明明同女儿拉过勾勾，说每天不管回来多晚，都要去女儿的房间，在她的额头印上祝福的吻，直到她出嫁……”

记者快速地在本子上记录起来，她们终于找到了共同切入点。

“他最后离家的那天凌晨，临走还帮我掖掖被子。他从没有这么细致过！你说这事是不是很蹊跷？”女人疑惑的眼神紧盯着记者，仿佛要从对方的眼睛里寻求某种答案似的。

“冥冥中也许……”记者若有所思。

“这是反常的预兆啊，我怎么就没想到呢？我该起来给他做顿丰盛的早餐才对啊，怎么也不该让他空着肚子上路呀！”女人双手不安地绞来绞去，眼眶越来越红。

记者默默地拍了拍她的肩头，以示安慰，马上转换了话题："对了，听说刘指导员在医院有过短暂的苏醒，他说过什么话没？"

"他醒来过？我怎么不知道？我去的时候他已经死了。几位医生朝我深深鞠躬。他当时就躺在他们身后的病床上，浑身是血，他被歹徒戳了十几刀呀！我一想起这些，就心寒，寒到骨头里。这事我跟他没完，不管多少年，当着阎王的面我都要问问他：凭什么把自己和歹徒铐在一起？他的生命难道属于他一个人吗？生死关头，他就一点点没考虑我和女儿？"女人恢复了凶巴巴的态度。

"情急之下，他也许想不到那么多的。"记者小心地说。

"你听谁说他醒来过？我现在很想知道他醒来的时候究竟说了些什么。"女人冷冷地问。

"我也不知道，等下我还会去采访医生，帮您问问。"记者说。

第二天，女人在报纸上看到了大篇幅的通讯报道：《血染的风采——他用生命诠释军人的忠诚》。

女人读得很认真，逐字逐句地读着。当读到"刘指导员从昏迷中醒来，反复念叨着一句话：别让他再跑了……"，她愤怒地撕烂了报纸。

她找到记者："我丈夫临死之前果真说了那样的话？"

记者低头沉默了一下说："对不起，我这是宣传需要，他根本没有说过那样的话。"

"你怎么可以瞎编乱造？"女人很是气愤。

"对不起。"

"他究竟说了什么？"女人歇斯底里地问。

记者看着她的眼睛，一脸的歉疚和同情："您的丈夫，醒来时向医生求救，他说：'医生，救救我，我的女儿还小……'"

刹那间，女人如同被雷电击中，脸色煞白，泪如泉涌。她终于在心里原谅了丈夫。

文 戏

孟宪岐

因为修建了热河行宫，才使热河这地方越来越热闹。

到了光绪年间，热河已经颇具规模了，商贾云集，南来北往，成为塞北重镇。

一时间，吃喝有月牙酒楼，抽大烟有逍遥馆，找女人有赏红院，想玩赌的有聚财阁，还有耍把式卖艺的，锔锅锔碗锡器焊的，卖瓜果李桃的，七十二行应有尽有，可就是没有戏楼。

后来，热河来了秦二爷，才有了戏楼。

起初，没人知道秦二爷是干啥的。

这年开春，来了一拨儿唱戏的，一问，是山西梆子。在镇北面搭了戏台，围了围子。尽管唱戏的敞开喉咙卖力地唱，但看戏的人少，台下冷冷清清的。

为啥？这里人没听过山西梆子，听不懂。

秦二爷站在台下，认真地听，甚至侧着耳朵听，还是听不进去。

秦二爷皱皱眉头，问旁边的人："这地界有唱河北梆子的吗？"

人答："有，到秋天就过来唱了。"

秦二爷又问："在哪唱？"

"就在这里唱，搭个戏台，唱完了一拆，挺省事的。"

秦二爷摇摇头："糟蹋了好戏！"

秦二爷找到镇里的管事问："现在盖一个戏楼，秋天能用上不？"

管事的掐掐手指头说："嗯，能用上。能用上。"

秦二爷说："我出钱，盖一座戏楼！"

管事大喜，这可是一件大好事啊！立即召集工匠，选址选料，不日便动工。

秦二爷经常来现场，指指点点。没银子了，他就立即回去取。

刚立秋，戏楼就盖完了。管事特地让人在最合适看戏的地方，加了一个小小的护栏，里面只能容下两个人，并摆了木桌木椅。

秦二爷问："弄这干甚？"

管事答："这是专为您设立的座位。"

秦二爷就笑笑："不好意思了。"

管事问："秦二爷，您给戏楼起个名字吧。"

秦二爷低头想了想："就叫人间戏楼吧。"

管事挠挠头，说："对啊，台上演绎人间之事，好名字！"

唱河北梆子的戏班子说来就来了。

戏班子的班主找到管事，管事找到秦二爷。

班主一下子就给秦二爷跪下了："二爷，谢谢您了！让我们这些风餐露宿的流浪人有了归宿。"

班主又说："二爷点啥戏，我们就唱啥戏，不会演的，我们马上学。"

秦二爷说："就唱《秦香莲》吧。文戏，我爱看。"

班主就乐："二爷真会点，这《秦香莲》是我们的压轴戏！"

开场的鼓点激越，锣声响亮，梆子清脆。所谓河北梆子，河北是地域，梆子是伴奏的主要乐器。

秦二爷就爱听河北梆子，还最爱听文戏，不喜欢打打杀杀的武戏。

秦二爷早早携夫人来到戏楼，坐在了那个固定的座位上。

高亢、激越、慷慨、悲忍是河北梆子唱腔固有的风格特点，听来能使人有热耳酸心、痛快淋漓之感。主要板式有慢板、二六板、流水板、尖板、哭板以及各种引板和收板等。

台上秦香莲的哭板唱得极好，悲悲戚戚的哭腔惹得台下一片唏嘘之声。

秦二爷的眼泪溢出眼角，顺着脸颊往下淌。夫人擦完自己的泪，又给秦二爷擦，边擦边提醒："老爷，这是看戏呢。"

秦二爷也不言语，不错眼珠地盯着台上的秦香莲甩着水袖，耳边咿咿呀呀的哀转之声让他越发心酸。

戏散了，秦二爷还兀自坐在那里发呆。

班主拉着尚未卸妆的"秦香莲"来见秦二爷。

饰演秦香莲的是二十多岁的小伙子，见了秦二爷就下跪："谢谢秦老爷捧场！"

秦二爷拉着小伙子的手说："好！唱得好！"

秦二爷硬是认了这小伙子为干儿子。

这小伙子也很懂事，把秦二爷当亲爹待，抽空去秦二爷家给他唱两口，经常惹得干爹泪水涟涟的。

戏班子走了，戏楼就空了。

后来，也有在这里唱掐脖子影的，还有在这演二人转的。秦二爷不爱看，但台下秦二爷的专座是空的，没人敢坐。

那回，来了一个京剧戏班子。秦二爷来看戏，发现他的座位被两个外地人给占了，就站在一旁。

管事一看，着了急，忙给那俩人说好话："对不起了您二位，这座位是定好的，请您让出来。"

那二人眼睛一瞪："定好了？谁定的？让出来？我们早就来了！不让！"

边上的人早就懂得规矩，一看二人不让座，就都来了气，大家吼一声："滚开！"二人一看惹了众怒，这才磨磨唧唧让了座。

秦二爷对二人一抱拳："谢谢了！"

秦二爷就专心听戏。

不一会儿，突然来了许多兵丁，直奔秦二爷。

领头的说："二爷，谁大胆闹事了？"

秦二爷摆摆手："没事！你们回吧！"兵丁走了。

大家对秦二爷的身份不了解。后来才知道，这秦二爷来自京城，在热河衙门任个闲职，很轻松。他是晋商的后代，不缺银子。他出来，都有便衣保护。那天便衣怕有人闹事，就回衙门求救。再后来，秦二爷回了京城，但戏楼那座位依旧没人坐。

接骨段

马 犇

淮城有一位擅长接骨的老中医，姓什么不好，偏姓段。“段(断)医生接骨，能接好吗？”孩子们常常以此逗乐，但只要被长辈听见，就会遭到呵斥甚至棍棒，因为大人们都很敬重接骨段。

接骨段的手艺是祖传的，祖上有规定，“传男不传女，儿媳除外”，老辈人认为，传给女儿就意味着传给别人家，而传给嫁进门的儿媳，这手艺便仍在家里。

无论什么手艺，祖传的效果都取决于传人。有的手艺，一代不如一代，直至失传。接骨段比较幸运，因为他祖上几代，在技法和用药上，不仅传承得好，而且每一代都还有所改进。

早年，接骨段在乡下坐诊。乡里的人很熟悉段家，谁骨头断了，都会及时找他。但外乡的人，尤其是城里的人，多不知道接骨段。直到有一天，城里有个工人膀子被机器搅了，医院拒收后，家属辗转打听到接骨段，带着伤者慕名而去。

“段大夫，听说您是接骨的神医，孩子就指望您了。”伤者家属进门就跪下了。

“快起来，我先去看看。”接骨段在屋外的板车上，看了眼躺着的伤者，摇了摇头。

“请您仔细看看，孩子真没救了？不可能，不可能。”家属拽住接骨段哀求道。

“你们现在就带他去医院，接好血管，我随后就到。”接骨段边说边收拾着药箱。

在城里的医院，接骨段一只手把住伤者的手，一只手顺着膀子摸，摸一块，复位一块，最后用自制的蒲草和树皮将胳膊捆绑住，把特制的“长骨药”递给家属。“三个月，没好去找我，好了就免了。”

三个月后，那个工人重回工厂，这事传遍了淮城。久而久之，乡里乡外的人，只要骨头断了，都会去找接骨段。城里人口多，在很多人的央求之下，接骨段低调地进了城，城里的亲戚给他提供了一间房。

接骨段刚落脚，“文革”就开始了。没多久，亲戚被打倒，受牵连的接骨段被弄进医院，负责打扫卫生。在那段特殊时期，清洁工是个相对安全的活儿。接骨段更加低调，安分守己地干着手中的活儿，那专注的态度乃至慈眉善目的神情，和看病时没什么区别，只是医院的人并不知道他的真实身份。

一天，接骨段正打扫走廊，忽然被人拽进病房，门被锁上了。

“段大夫，有人悄悄告诉我您的身份。您别怕，我不会告诉别人。”病人的家属和接骨段耳语道。

“你们别出声，治好了，千万别声张。”接骨段看到病人家属直点头，轻声走近病人。

医院里的主刀医生都被带走了。看着绝望的病人，接骨段本能地把病人的腿抬了起来，几个利索的动作后，那腿便被放下。“外面更乱，你们就在这里养着，我明天会在一楼厕所窗外的草皮下放一些长骨药，服用方法写在包药的纸上，看完撕碎。”接骨段赶紧走出病房，继续打扫走廊。

过了半年，斗争升级。有天傍晚，一辆军车驶进医院，带走了接骨段。“这清洁工一定惹上大祸了。”“他多半是回不来了。”人们议论纷纷。

“段大夫，我是多方打听，才找到您。请您救救犬子。”一位军官把接骨段迎进家门。

军官的孩子腿折了，治疗时又出了医疗事故，找遍城里的骨科大夫，没人敢接。

“你们驾着他走几步。”接骨段对军官夫妇说。

接骨段见孩子的腿已严重畸形，根本恢复不了，除非……他没跟军官夫妇解释，上去就是一脚，孩子的腿“咔嚓”一声。

“你活腻了吗！”不远处的司机冲上来。军官夫妇脸色惨白，但还是拦住了司机。

“孩子的腿畸形严重，这样下去，他将永远卧床。”趁着孩子倒地哭喊，接骨段帮孩子重新接骨。见军官夫妇仍然疑惑，他补充道：“你们派人跟我取药，我再替他捆绑一下，如果三个月下不了地，你们就毙了我。”

三个月还没到，接骨段就离开了医院，被保护起来。

后来，接骨段老了。就在人们为他没有后人而深感惋惜时，他将手艺和药方都传给了中医院的骨科大夫，传统接骨成了医院的品牌。

一年冬天，接骨段安详地走了，淮城下了场大雪。大夫们在整理他的药箱时，发现了一个泛黄的本子。日记很简略，有个细节让人瞠目，接骨段的次子本已继承接骨法，但那年路过武斗现场时，被乱飞的板砖砸死了。

抓　捕

大　海

世事匆忙。我们已经追踪李永琪很久了。

今天的科技手段给抓捕工作提供了有利条件，只要有监控视频，逃犯一旦进入监控视野，踪迹就会自动呈现在警方掌握之中。虽然如此，但时隐时现的李永琪还是让警方愤怒。从出事立案、检方批捕到追踪各地，时间足足过去三个月。

三个月前，在阳安市胜利区某KTV，李永琪等与人发生纠纷，将一个当地青年打成重伤后逃匿，因涉嫌故意伤害罪被警方网上追逃。据被抓的其他同犯交代，被打青年浑身是血倒地不醒，李永琪以为他死了。

按理说，李永琪事件算不了大案，只因被打青年是当地知名企业家的儿子，从而被列为阳安市重点督查的专案。我是胜利分局刑警队长，专案顺理成章地落到我头上。另据目击者口供，实际上，被打青年是先挑衅李永琪，才遭到李的狠狠教训。

不管怎样，李永琪重伤他人之后逃跑。其间，外地警方数次向阳安警方通报发现李永琪行踪。我们赶过去，虽然有当地警方配合，但还是次次空返。

这一次，山唐县警方通报发现李永琪行踪，我们当即准备抓捕。临行，分局领导叮嘱我：张队，你是李永琪专案具体负责人，无论如何要将他缉拿归案！我默然点头。

每次抓捕，我都提醒同行的年轻刑警小王：李永琪曾在机动部队特务连服役，还参加过侦察兵集训，身手了得，侦察和反侦察能力强，五公里奔跑达到运动员水准。小王问我：张队您是部队转业的，听说您以前也在特务连？我不作回答，再次提醒：李永琪退役后在阳安当保安，还经常去武馆做兼职散打教练，要当心！

我们匆忙赶到山唐县。当地警方告知，李永琪家在某街某号，父母妻女都住在这里。我心想，这家伙够狡猾，三个月了才潜回老家看望亲人。小王提议去他家抓捕，被我制止：别打草惊蛇！我们在他家对面旅馆住下，24小时不间断轮流密切监控。

当地视频警察再次通知，是第三天傍晚。穿着风衣的李永琪，带着父母牵着妻女从家里出来。小王骂“狗日的啥时候进的家”，掏枪欲冲，被我摁住：“他要是跑，你追不上！”

娇俏的小女孩不过七八岁。我突然想到我的女儿，心里莫名地痛了一下。

我们尾随李永琪一家，穿过一条小街，进了一家酒楼，目睹他们进了包房。小王有些兴奋：“房间抓最好，想跑都没出口。”被我摁住。小王问为什么。我拉下脸：“闭嘴！”我在刑侦战线干了十年，是新手小王的师傅，我的话，他得听。

我们在大厅一角点了两道小菜。吃完，我在点餐纸上写了几句话递给前台，指着李永琪的包间：他们埋单时请转交李先生。那之后，我们再次尾随吃完饭的李永琪一家往回走。路上，小王几次拔枪又想前冲，都被我摁住。我的无声动作就是命令，不解释，也要听。

回到家门前，李永琪跟大人耳语几句，蹲下身抱着女儿，说爸爸战友过来接了，我要跟他们去上班。女儿撒着娇闹：“您才回来怎么又走？”李永琪亲了亲女儿：“对不起，那边事急呢。”站在门口，将家人送入屋里，反手关门。我在不远处紧握枪柄，手心冒汗。

黑暗笼罩小街，李永琪朝着我们大步走来，如同夜行的侠客。小王持枪低喝：“蹲下，举起手！”将手铐咔嚓卡在李永琪手腕上。我脱掉上衣遮住李永琪的手腕：“走吧！”

我们不费吹灰之力，千里将李永琪抓捕归案。专案告破后，小王好奇地问我：“张队，当时您给李永琪写了啥，让他乖乖就擒？”我找张便笺写下同样的字。小王接过去，轻轻地读：

永琪：你没犯死罪，被打青年不但活着，而且还有目击者证明，是他先肇的事！等你陪家人吃完饭，跟我回去归案。老排长：张桂恩。

小王读完我的纸条，自以为大彻大悟："怪不得听您的话，原来张队是他的老排长！"我没有回答，掏出香烟点上。烟雾缭绕间，我目光迷离地看见李永琪的女儿。

1938年的鱼

颜士富

二奶奶嫁到堆上组的那天，是黄河最后一次改道，浩浩荡荡的洪水从花园口一泻千里，拐了九九八十一道弯后，在新袁的一个村又拐了一个弯，把一路携带的泥沙冲积在了岸上，形成了自然泄洪的土堆，后来就有人陆续住到土堆上。现在叫堆上组。

二奶奶那天是趴在一副门板上漂到堆上的，是二柱爹把她救上了岸。二奶奶长得漂亮，两眼水灵灵的，一双小脚似初三四的月亮……

二柱爹一下就喜欢上了二奶奶。

后来，二奶奶就嫁给了二柱爹，他俩和堆上组的其他人家一样，以打鱼为生。

二柱爹在黄河滩搭了个草棚，在通往成子湖的河道上布了一道扳罾。扳罾是河罾的一种，要根据罾网的宽窄在河的两岸立四根竹竿，竹竿上拉上地锚，把罾网四角系在竹竿上，起放罾网的这两角系上长绳，通过竹竿上的两只滑轮，两根长绳连到岸边绞车上，转动绞车，绳子收紧，罾网就渐渐从水底被拉出水面，鱼就在网里了。

二柱爹和二奶奶昼夜守候着罾，自从二奶奶有了身孕，她晚上就不住在棚子里了，但一日三餐都是二奶奶送过去的。

是夜，一轮明月高悬树梢，把一抹银辉洒向河面。河水缓缓地向南流淌，忽然河面泛起一个水花，接着哗的一声响，一只鱼鳍露出水面，把银色的水面犁出一道白花花的沟。二柱爹眼都看直了，这条鱼足足有扁担那么长。二柱爹的脸上掠过一丝喜悦。忽然，鱼掉转方向，向罾的反方向游去。

过去的罾网都是用麻绳结成的，还要用猪血浸煮，浸煮过猪血的罾网离水快，不腐烂。猪血浸煮加上八卦网底，无形中就让这种渔具增添了神秘感。二柱爹看着渐渐游远的鱼，心里不禁暗暗嘀咕：难道真的是鱼过千层网，不过一道罾吗？但二柱爹坚信，只要想去成子湖，这里是必经之地。二柱爹决定，让二奶奶不再回家，轮流值夜，他和这条鱼较上了劲。

其实要过这条河的是一群鱼，它们要去成子湖产卵。那条鱼是打前锋的。

又是一个夜晚，二柱爹在外面守候了两个时辰，回到草棚想歇会儿。二柱爹在二奶奶的身旁躺下，身体向下弓着，耳朵紧贴着二奶奶的腹部。啊，这小东西动了。

你说这娃将来做什么啊？

要是儿子，就跟你一样，打鱼呗。

要是丫头片子呢？

那就随我，织网。

嗯。

哗，外面传来水声，二柱爹一骨碌从床上爬起，冲向河边，只见河面漾开很大一片波，看势不是一条鱼。二柱爹凝视着罾，和鱼慢慢耗着。

河面回归平静，二柱爹又返回草棚。

哎，你说奇怪吧？二奶奶说，刚刚有一条大鱼托梦给我呢，让我们网开一面，让它们去成子湖繁衍后代，如果不的话，将会鱼死网破。

鱼哪能托梦呢，不要信这个。二柱爹说。

二奶奶接着说，好大好大的一条鱼啊，张着碗口那么大的嘴，还说，它们跟我一样，都是怀着孩子的母亲呢。

二柱爹把二奶奶拥进怀里，说，应该是发财的机会来了，哪能考虑得那么多。

鱼现在怀着崽。二奶奶向二柱爹的怀里钻了钻，又说，就像我现在怀着孩子一个样吗？想想真可怜。

我们渔民没有土地，也没有其他收入，就是靠捕鱼为生，有鱼群过，这是多年不遇的机会。二柱爹说到这里有些得意。

时令已是暮春。二柱爹整整守了一个春上。鱼群一直在罾的不远处徘徊。又是一个夜晚，夜愈静，各种昆虫鸣得愈欢。

哗——水声又起。看来鱼要闯罾了。

二柱爹披衣走出草棚，手握绞柄，等待鱼进网。

一尾、两尾、三尾……终于进网了，二柱爹扳起绞柄，网渐渐收缩，越扳越有些吃力，在网欲露出水面时，简直乐坏了二柱爹，那么多鱼呀，活蹦乱跳的，再往上收网二柱爹有点儿力不从心了。

老婆子，快来搭把手。

哎，好的。二奶奶听到二柱爹的求援，从草棚里出来，使劲儿帮着摁扳柄。

鱼在网里跳，其实是在绝望中挣扎，就在这时，一条巨鱼冲出水面，直奔罾网而来，这股劲如旋风，只听咔咔脆响，罾网断裂，鱼全部落入水底，继而向成子湖方向游去。

二奶奶由于用力过猛，一下失重，人向后猛摔过去，顿时昏迷不醒。二柱爹顾不了鱼了，忙将二奶奶抱进草棚。约一个时辰，二奶奶醒了过来，直喊腰疼，接着裤脚就有鲜血洇出……

后来，二柱爹求了几位郎中，终于保住了二奶奶的胎。再后来，二奶奶生下一个男孩，取名小柱子。应了二奶奶的话，长大后他随了他爹，也以捕鱼为生。新中国成立后，兴修水利，洪水不再泛滥，废黄河成了堆上人家的钱袋子，有日出斗金的说法。

二奶奶今年九十有六，这些都是她亲口告诉我的。她还说，后来啊，我们意识到，不能赶尽杀绝，咱子孙后代还得靠逮鱼生活呢。堆上组就定下了一个规矩，仲春至夏至为禁捕期。巧合的是国家在同年颁布了《水产资源繁殖保护条例》。

一朵云可以有多美

金晓磊

高速路入口的横杆刚抬起，魏明远就后悔了。世上大概再没有比一个人开高速公路更无聊的事情了吧。魏明远暗暗责怪起自己的矫情来。都四十好几的人了，遇上点儿事还像个毛头小伙儿一样，没轻没重的。也不知道自己脑子里的哪根弦搭错了，出来透口气，车子一转，居然转到了高速入口。现在好了，开弓没有回头箭，只能继续往前开。

大概是工作日，又临近中午的缘故，高速公路上跑的车子并不多。车轮下的柏油路无限地延伸着。车窗外的山河草树，拼了命地往后跑。车载CD里飘出许巍的声音来：我像风一样自由。可惜，风一样的自由是许巍的，和我没有半点儿的关系。魏明远听着歌，反而勾出更多的懊恼来。

一早发生在办公室里的事，本来就不算个事。如果一定要絮叨几句，可能也就比鸡毛蒜皮大了一丁点儿。当时，韩主编拿了几篇稿子进来，搞不清他是开玩笑还是有些生气，说：“明远，你最近怎么了，送上来的都是些什么稿子啊？”换了以前，魏明远可能会默不作声，或者顶多回一句：“我以后注意。”可是今天，魏明远回了一句：“韩主编，你倒指点指点我，我送的是些什么稿子？”魏明远边说，边将两条腿搁在了办公桌上。事后，魏明远都被自己惊到了，这两条腿好像不受控制，是自己抬上去似的。韩主编大概也蒙了，一时不知道说什么，扔下稿子气呼呼地走了。魏明远想也没想，抓起桌上的稿子，揉成一团，朝门口扔去。

如果能把最近遇到的所有郁闷事，都像扔废纸团一样扔出去，那该多好。魏明远感叹着瞥了一眼车窗外，指示牌显示，只有三公里就到高速绍兴出口了。魏明远本来打算下了高速，抽根烟休息一下再原路返回。

鬼使神差般，魏明远摸出手机，拨了一个五六年都没联系的电话号码，电话居然通了。隔着老远，他都能感受到电话那头的声音有些变形，但甜味一点儿没变，还是原来那种棒棒糖一样的声音。

挂了电话，对方就发了一个地址过来。推开包厢门，苏曼莉已经到了。你猜得一点儿没错，苏曼莉就是魏明远的初恋女友，也是他的大学校友。

“这几年过得怎么样？”还没等魏明远坐定，苏曼莉就问道。

“还行！”

其实，一点儿都不行。父亲卧病在床，夫妻正在冷战。魏明远本想礼节性地回一句“你过得怎么样”，但一看对面苏曼莉的穿着打扮，还有她的一举手一投足，觉得这话会问得多余，于是便把话活活憋了回去。闲聊中，魏明远得知苏曼莉混得的确也不错。前两年，她辞了公职，和几个朋友开了家律师事务所。想想自己最近的日子，魏明远不觉有些黯然神伤。

“等吃完饭，我给你在楼上开间房，你休息一下。”苏曼莉说，“下午我再带你去边上的鲁迅故里和沈园逛逛。晚上把酒言欢，如何？”

“你忙去吧。”魏明远脱口就撒了一句谎，“我就是稿子看累了，脑子一热，想过来看看大先生，等一下还要回单位处理点儿事。”

苏曼莉再三挽留，魏明远还是一再坚持。于是，两人就握手道了别。

开车路过“鲁迅故里”门口，看着墙上的大先生浮雕，魏明远突然心生惭愧。二十年前，魏明远还在中文系读大三，系里组织学生来绍兴采风。魏明远清楚地记得，当年他在大先生铜像前还曾暗暗发誓，要成为“鲁迅第二”。这么多年过去，除了毕业后的几年里写过几个破小说，顺利地把自己从一个乡村教师写成了市里一家杂志的编辑外，已经好多年没码过一个字了。别说“鲁迅第二”，如果大先生还活着，连给他点根烟的资格都没有。

车子忙着将高速公路一截一截地向后甩的时候，天空把一朵云搬进了魏明远的视线里。那是一朵很特别的云。是的，云的样子有点儿像一片羽毛，一丝一缕地组合在一起，薄如蝉翼地悬在半空中。魏明远突然萌生了拍下来的冲动。

他将车速拉到了120码。

下了高速，魏明远赶紧下车，从口袋里掏出手机，对着天空的那片“羽毛”一阵狂拍。魏明远挑了一张最中意的，配了一句想了几公里的话“一朵云可以有多美”，并发到了朋友圈。

后来，魏明远给妻子发了条微信：今天我有空，等会儿我去接朵朵。朵朵，是魏明远的女儿，正在读小学五年级。

车子发动前，魏明远又发了一句：晚上，我们好好聊聊。

珍珠翡翠白玉汤

蔡兴荣

牛掌柜看着稀稀落落的客人，轻轻叹了口气。

珍珠食铺，开了近十年，生意和小溪里的水一样，平平淡淡。

牛掌柜出身贫穷，人善良，开了食铺，常常想起小时候搜肠刮肚，四处找食的日子。开张之日，就定了一个规矩，只要贫穷没饭吃的进店，免费供应一菜一饭。这可是衢州城独一家的事。

新食铺开张，客人多，免费吃的也多，僧道、艺人、乞丐，只剩下一点辛苦钱了。

牛夫人不乐意了，打起了退堂鼓。牛掌柜却不为所动，依然乐呵呵。

人都是有良心要脸面的，绝大多数人都是偶尔过路来救个急，也有断断续续来的。唯独有一个道人，却是每晚必到。夫人有了想法，脸上就挂不住了，上菜的盘子出了声响。牛掌柜看在眼里，自己亲自上菜。客人少的时候，还会请道人喝一杯。道人须发飘飘，眉毛花白，无论别人什么眼神，不为所动，吃完就走，连谢谢二字也绝口不提。牛掌柜从来不多问。

一年后，道人忽然来和牛掌柜辞别，说要云游去了。牛掌柜有一点意外，是我有招待不周吗？道人抚着掌柜的背，哈哈大笑，我观察一年了，你生意不好，做善事却从不间断，心地淳厚，内外如一，你是真善人哪。

一周后，珍珠食铺推出新菜，斗大的招牌：珍珠翡翠白玉汤。

名声很快传出来，新客加老客，队就排到了街上。食物的东西最奇怪，生意越好，人就越蜂拥而至。食客的队伍又招引了外地人品尝，珍珠食铺成了全城最旺的食铺。

一个青瓷的圆盘，豆腐如白玉柔和，菠菜翠绿如扇状铺开，白米如珍珠圆润飘浮，中间是菠菜的红根，做成一只昂立的孔雀头，整个造型就像孔雀开屏。白绿红三原色，清清爽爽，赏心悦目。

这道菜，豆腐细腻润滑，菠菜清脆爽口，最绝的是鲜，如琼浆玉汁，品尝之后无法忘怀。

一个月后，更离奇的事发生了。一个官吏的母亲，眼睛昏花，第一次吃这道菜，赞不绝口，之后一周都要来两次，一个月下来，眼睛竟然明亮了，四处传颂。一位有文化的老者，多年的老寒腿，走路不利索，每周必吃，拐杖竟然丢开了，欢天喜地。其他病痛减轻者等更是不计其数，食铺门庭若市。

城里人在传颂珍珠翡翠白玉汤，也在传颂牛掌柜的美德。

牛掌柜雇了两个伙计，旺财和来福。旺财聪明伶俐，嘴甜，会来事。来福老实憨厚，做人恭敬。牛掌柜女儿叫珍珠，年方二十，长得俊美异常，肤细如脂，笑起来，眼睛像一汪清泉，透人心底。两个伙计都喜欢珍珠，暗暗省下工钱，买了好东西送珍珠。珍珠不谙世事，对谁都很好，天天开心得像个小孩似的，四处蹦蹦跳跳。

珍珠食铺的这道菜，外面的菜馆纷纷跟着推，可怎么也做不出牛掌柜的味道，众人皆觉得是个谜。

这道菜的秘方，藏在牛掌柜的手脑里。每天凌晨，牛掌柜会出现在后院，开始调配豆腐，绝不让人看。

旺财暗暗上了心，他常常爬在后院的墙头偷学。有一次，他上了墙头，发现有一枚铜钱，第二次又看到了一根红线，他也没有在意，半年了一无所获。

有一天，他照旧爬上了墙头，脚下石头忽然一松，整个人摔了下来，陷到了沙坑里，他摸到了一个拨浪鼓。旺财心里明白了，和掌柜的缘分尽了。

第二天，旺财来辞行。

牛掌柜沉默片刻，说，做事要先做人，你头脑聪明，却没有用在正道。世间万物，自有归属。你想要，不能去偷去抢。我已经提醒你两次了：铜钱就是取之有道，红线就是不要跨越做人的底线。你不听，所以摔了。

临行，牛掌柜送旺财一张纸，写着几个字：豆腐、菠菜、白米、鸟脑、金丝楠棍……这是道人留给他的秘方，道人是朱元璋的后人，这道菜就是当年宫里的珍珠翡翠白玉汤。

旺财痛哭流涕，他懂，按照风俗，这是牛掌柜送给他的最后一个交情，辛辛苦苦偷了半年，就这样白白送给他了。

他走到门口，回身三叩九拜，眼睛含着泪水，心里想着珍珠，从此要远走他乡了。来福追出来，塞给他一个包袱。

旺财走了，秘方也带走了，来福有一点失落。珍珠咯咯直笑，点着他的额头，你傻啊，爹把最好的东西都留给你了。

柳学安

伍中正

柳学安，柳庄屠夫。

柳学安师从贺丙武。贺丙武人矮胆大，捅刀、扯毛、开膛、捣猪下水，对杀猪的活儿，手脚麻利，样样精通。贺庄方圆二十里地，没有人不佩服他。

当初，柳学安铁了心要学杀猪。柳学安逢人便说，这辈子，就看中杀猪这活儿。除此之外，入别的行，再没心思。

胡海棠是柳庄小学的校长，人好，有一肚子墨水，在柳庄，颇让人尊敬。有回，胡海棠问柳学安将来想干什么。柳学安就说了两个字：杀猪。胡海棠笑笑，说，将来好好杀猪吧。再无二话。

有事没事，柳学安最愿意打听贺丙武出去杀猪的消息。谁接请了贺丙武去杀猪，谁家的年猪等着贺丙武杀。这些消息，对柳学安来说，都特别有用。

每逢贺丙武背着工具出去杀猪，柳学安就跑过去看。旁人误以为柳学安是在人群里看热闹。柳学安明白，自己是在看贺丙武杀猪的动作和套路。

有时候，柳学安还出手，要不帮着按猪，要不帮着扯毛，要不帮着清理猪下水，那架势有板有眼、有模有样。

柳学安看过很多回，也出手过很多回。贺丙武终于动心。

柳学安清楚地记得，他跟贺丙武回家时，贺丙武对他说了一件事。那天，贺丙武杀完猪回家，对后面紧紧跟着的柳学安说，下次在保堂家杀猪，我让你试刀。

保堂家杀猪，贺丙武让柳学安操刀。第一次，柳学安有了亲手握刀的感觉。

半年后，柳学安就能持刀杀猪了。

柳学安能够稳够准够狠地一刀下去，让猪致命。他能在猪腿上开一口子，用一根铁棍在猪的两侧来回通过，然后使劲吹气，直吹得煺毛的猪失了原形。他还能特别利索地将猪下水清理干净。

再半年，柳学安杀猪手艺学到家。

杀猪事小，做人事大。贺丙武的话，柳学安像记着，又像没记着。出师那天，贺丙武说。

柳学安成了柳庄屠夫。

柳学安很快忘了贺丙武的话，也忘了贺丙武。

柳庄的猪，都得柳学安来杀。唯独柳紫云家的猪，是个例外。

柳学安心里窝着一团气。他知道，柳紫云家的猪杀不了。

柳紫云家要杀猪，看好贺丙武的手艺，也算是给柳学安面子，就先去接请了贺丙武。贺丙武明白柳紫云的想法，说，柳庄有柳学安在杀猪，让他来杀吧。

柳紫云为杀猪的事找了柳学安。

你家的猪不杀了。柳学安很生气地说。

柳紫云回来，一赌气，把猪卖了。他发誓再不喂猪。

柳学安听人说起这事，暗暗地笑。

村小学坐落在山冈上，经常飘出琅琅书声。村小学有六个班，学生近两百名。中午都在学校搭餐，潲水米汤还有剩饭剩菜用来喂猪。村小学建有猪圈，每年都能喂出四头肥猪。猪杀了，村小学老师都能分到猪肉。

柳学安喜欢在村小学杀猪。每次杀猪，新来的校长除了给工钱，还给半边猪肉。每次杀猪，新校长总是陪柳学安喝酒，酒是好酒。

柳学安在柳见月家杀年猪，失过一回手。

冬至一过，柳庄开始杀年猪。柳庄杀年猪有讲究，只杀一刀，一刀未死，不能补刀。再就是猪血要用木盆全部接住，不可乱洒。

柳见月家的猪大。那头猪喂过两年，架子大。从猪圈里拉出来时，柳学安心里就咯噔了一下。

杀猪前，有按猪身板的，有按猪脚的，有抓猪耳的。怎么按，那猪在案板上总是不安分，叫声一阵紧似一阵。

心里一急，柳学安一刀下去，没有杀准，猪血便洒了一地，猪立马翻身跳起来，滚到案板下，嘴里还一个劲儿地嚎叫。

看见一刀没杀死的猪，柳学安急了。

看见一刀没杀死的猪，柳见月更急。

杂种的柳学安！柳见月骂道。

你要杀不好我家的年猪，就莫接这活儿！柳见月女人也站在柳学安面前直埋怨。

柳学安受了天大的委屈，手上握刀，朝滚落在地上的猪，重重地补了一刀。

往后，柳学安再不杀柳庄的猪。

往后，柳学安跟柳见月不再交往。在内心里，他认为柳见月没有人情味儿，不尊重他，破口大骂，一点儿面子也不给。

柳学安见到柳见月像没见到一样，也不打招呼。

那年秋天，柳见月癌症晚期。柳见月更想见一个人，那人是柳学安。

见月要不见你，闭不了眼。柳见月的女人哭着来求柳学安。

柳学安便急急地去了。

柳学安看着躺着的柳见月，没有想到柳见月会瘦成枯柴。在床边，柳学安伸出手，握着柳见月的手。

当年，悔不该那样骂你。柳见月断断续续地说。

见月，杀你家的猪，我没用心，你该骂我，该骂。柳学安说。

柳学安说着说着，眼泪在眼眶里打转。

很快，柳见月已经凹陷的眼睛缓缓闭上，手也慢慢地变凉。

柳见月的女人喊：狗娃子，你爹落气了，点炮！

柳见月的禾场上，鞭炮声急促地响起。

那天，柳学安回来，一路走，一路哭，忘了狗娃子谢他的话。

去饶城买房

三　石

多年前的一个黄昏，贵贵独自坐在门前的青石凳上抽着烟。居高临下地眺望着环绕的群峰、崎岖的山路和散布在零星碎田之中的破败村落，突然间萌生去饶城买房的念头。

说突然萌生也不尽然。两天前，贵贵应小平之邀，前往饶城做客，看着小平坐落在高楼大厦且装饰一新的新房时，这念头便如韭菜般渐渐不能割舍。如果那会儿还只能说是念头的话，那这会儿便是下定决心了。

当然，去饶城买房，决心好下，实现起来恐怕不是那么容易。至少，对贵贵而言是如此。

村庄隐藏在密林之中，是贵贵的村庄，也是小平的村庄，当然还是很多人的。村庄离饶城不算太远，不过几十公里，但出村的路拉长了离饶城的距离，村里山多田少路不便，日子自然过得极为紧巴。陆续有人去饶城买房，扔下几亩长不出几斤粮食的冷浆田，过起了城里人的生活。

当然，能去饶城买房的都不是一般人。小平也不是。

贵贵跟小平是打小一块儿长大的玩伴，长大了以后，小平便离了村子，去了饶城。贵贵也想去，可贵贵心中放不下一家老小，只得守着几亩薄田，累死累活，也刨不出几两碎银子。

小平其实也是上有老下有小，可小平洒脱，不像贵贵那般瞻前顾后。等赚了钱，在饶城买套房，一家人都接过去，换一种活法。这话，是小平去饶城的头天夜里，与贵贵喝酒时的畅想，或者说是奋斗目标。

贵贵嗤之以鼻。饶城的房，哪是说买就能买的？

然而小平却做到了。贵贵也弄不清小平在饶城到底做了些什么，但钱肯定赚了不老少。不过几年工夫，便开了一辆汉腾颠簸着回到村里，气定神闲地告诉贵贵，他在饶城买了一套新房。当时，贵贵惊讶得张着嘴，连庆贺的话都忘记说了。

在噼啪的鞭炮声中，小平举家迁往饶城。

那会儿，小平，还有小平的父母妻儿，脸上的笑容如满山遍野盛开的杜鹃花一般艳丽。

我不呆不傻不缺胳膊不少腿，小平能做到的，我自然也能做到。贵贵心里暗暗想。不过，贵贵没有如小平那样抛家舍口背井离乡，而是越发地卖劲做事，除了侍弄着几亩薄田外，还走村串乡地给人做小工。有活儿干的时候，每天百儿八十进项还是有的。偶尔，还能从别人手中接下点儿挖沟平地的活儿，赚个三两千也不是难事。

然而去饶城买房真不是那么容易的。村里穷，周边村子也一样穷。穷的地方找活儿自然难，赚钱更难。记得小平买房时，花了十几万元，但转年便翻了个跟斗。以贵贵赚钱的速度自然是赶不上的。不过贵贵虽然沮丧，却依旧执着。这执着，源于村里有人去饶城买了房，更源于小平离村不过七八年却换了两次新房，并且每次都更大更洋气。

贵贵越发地努力着。

贵贵的努力渐渐有了回报。说不清从什么时候开始，村里来了扶贫工作队，好几个村都有。修桥铺路挖水渠做产业，一时便有了干不完的活儿。不怕，贵贵有使不完的力气，加上这些年来磨炼出来的石工泥工手艺，虽不敢说发财，但钱赚得比以往容易了。

贵贵数着一张张的存单，心里头乐开了花。没有丝毫的犹豫，贵贵决定去饶城买房。

买房其实也不难，只要有钱。贵贵有了钱，看房砍价签合同，然后付款。付的是全款，贵贵才不弄什么按揭。

乔迁的时候，贵贵自然像小平一样放了鞭炮。不少村民都来了，贵贵摆了几桌，请了父老乡亲喝酒庆贺。小平自然也来了。

酒喝得酣畅淋漓。

席散人归，贵贵跟小平坐在门前的青石凳上抽着烟。没有任何先兆，小平突然让贵贵帮忙将家里的老屋拆了，重新盖。

小平家的老屋紧临着贵贵家。

贵贵的眼睛睁得老大，不知道小平葫芦里卖的什么药。去饶城这么些年了，日子过得挺滋润的，怎么又想起回村里盖房了？

小平没有理会贵贵，站起身来，畅快地猛吸一口清新的空气，眺望着远方。在饶城住了十几年，现在感觉，还是咱村好啊！

远远望去，青的山，绿的水，金黄的稻田，出村的公路如迎风飘舞的绸带，还有青砖黛瓦的民居，鳞次栉比而又错落有致，满山遍野的野花争先恐后地展示着自己的美丽，鸟儿不时振翅而飞，叽叽喳喳地如歌如曲……

贵贵竟然看呆了。

王小丢的爱情

朱红娜

我回来了。王小丢人还在楼下，声音已到了门口。可王小丢没像往常一样等来女朋友开门，只好自己掏钥匙开了门。我回来了！王小丢又大声加了一句。房里静悄悄的，奇怪，女朋友哪去了？

王小丢原名王小逗，一字之差，这事跟他妈妈有关，其实也怨不得他妈妈，小逗的名字多好听啊，不是万般不爽，谁愿意好端端给儿子起个小丢这么难听的名字啊？

盖因小逗总是丢三落四，今天丢一支钢笔，明天丢一个本子，后天又丢一个圆规。母亲揪着王小逗的耳朵骂他，你这不长记性的耳朵，我看你还丢不丢？王小逗捂着揪疼的耳朵，一个劲儿讨饶，不丢了不丢了。可王小逗耳朵不疼了，答应过的话又被丢到脑后了，照样地丢笔丢书丢圆规，后来一次，整个书包也丢了。妈妈就叨叨开了，你这不叫王小逗，是叫王小丢啊，我的小祖宗。这句话就被他的小伙伴听到了，王小逗就变成王小丢了。

女朋友没了。电话关机，微信不回。这回王小丢可丢大了，王小丢漂亮的女朋友丢了。

王小丢原本可以 8 点回到家的，可王小丢在路上遇到一位老人，老人拉着王小丢的手央求说，我要回家，我要回家。王小丢问老人家在哪里，老人摇头，再问儿子电话多少，老人又是摇头。原来是个痴呆老人。

王小丢急得直跺脚，想着还要为女朋友做晚饭。王小丢是在第一次送外卖给女朋友的时候丢了魂的，王小丢在免费送了三十天外卖加三十枝玫瑰花，外加帮忙丢了三十天垃圾之后，这个女孩才答应做他女朋友的。王小丢吻着漂亮的女朋友说，你负责貌美如花，我负责赚钱养家。女朋友一日三餐都吃外卖，王小丢说吃多了外卖对身体不好。事实也确实如此，女朋友不化妆脸上就是白菜，不戴增大胸罩身材就是竹竿。女朋友振振有词地说，这是骨感美你知道吗？王小丢怕女朋友被风一吹就飘走，坚持晚餐回去做饭给女朋友增加营养。王小丢想快点儿回去做饭，便征求老人，我送您去派出所吧？我不去派出所，我不要去救助站。老人像小孩一样撒娇，双手死死抱在一棵树上。

这个时候王小丢突然想起小学同学李多琪，王小丢的耳朵就是因为李多琪常常被妈妈揪的。李多琪父母早年离异，父亲游手好闲，不务正业，全家靠奶奶一个人支撑。有一天奶奶上山劳作，到了晚上还不见奶奶回家，李多琪着急地求父亲去找奶奶，父亲一身酒气呼呼大睡，李多琪哭着坐到天亮，也没等到奶奶回来。后来发现奶奶掉到了一个坑里，李多琪抱着奶奶拼命哭喊，可奶奶再也听不见李多琪的声音了。李多琪辍学了，王小丢去找李多琪，把整个书包丢在了她家里，说，多琪，你成绩那么好，不上学也要读书。李多琪泪水涟涟，使劲儿点头。直到李多琪十七岁出城打工，王小丢便不再丢东西了。也不知她现在过得怎么样了？王小丢想。

王小丢问老人，您记得您家门口有什么吗？老人说了一句“榕树下”。做了几年外卖的王小丢从未听说过“榕树下”这个地名，百度地图也搜不到。王小丢在外卖群发了个求助，很快，有个群友回复说榕树下是 B 区的一个小巷子，离这儿有十几公里。王小丢这时把给女朋友做饭的事丢得一干二净了，载着老人直奔“榕树下”。兜兜转转终于找到老人的儿子，王小丢说，看好老人，不能再让他走丢了。老人儿子面无表情说，丢不了，总会有人送回来的。王小丢差点儿一拳挥过去，最后丢下一句，老了你也会丢的。

又生气了？王小丢嘟囔。女朋友动不动就生气，王小丢早已习惯了。王小丢女朋友不喜欢甜言蜜语，喜欢打蛋见黄——实惠。王小丢便练就了一套哄女朋友开心的法子，比如将银行卡给女朋友，又比如给女朋友洗衣服，再比如给女朋友买首饰。

生气了不可能大半夜不回家啊！万一出事了可怎么办？王小丢在大街上无

头苍蝇一样东南西北乱转，可哪里有女朋友的影子？

第二天，王小丢只得去派出所报案，刚登记完女朋友信息，女朋友就丢来一条微信：不要来找我了，你一个外卖，怎么能负责我貌美如花？

王小丢失魂落魄地游走在大街上，突然听到一句“王小逗”，有多久没人这样叫他了。他循声望去，一个亭亭玉立脸蛋红扑扑的女孩站在面前，樱桃小嘴一张，银铃般的笑声。

“你是李多琪？”王小丢惊问。

李多琪笑靥如花，嗔道：“呆子，不认得我了？”

王小丢看呆了，一拳擂到自己头上：什么时候，我把李多琪丢了呢？

垃圾分类

刘会然

你看你，你看你……

大卫正准备把手中的垃圾袋扔向垃圾桶，居委会王大妈就朝他嚷了起来。

王大妈气愤道，这些天，小区一直在宣传垃圾分类，你大卫难道是木头人？王大妈眼睛直盯着大卫，愤怒的火焰好像要把大卫焚烧了一样。

大卫赶紧把手缩回来，讪笑道，你看，我这记性，又忘记了。大卫用另一只手重重拍击着后脑勺，拍得咚咚响。

王大妈告诫道，垃圾要分类，年轻人，下次可要记住喽。

大卫赶紧说，记住了！记住了！大卫朝王大妈来了个立正站姿，再来个敬礼的手势。

近段时间全市上下都在开展垃圾分类活动。广播、电视、报纸、各种宣传栏，纷纷宣传垃圾分类的好处和正确的分类方法。机关、学校、街道、社区等地方都分发了崭新的垃圾桶：绿色垃圾桶投掷可回收垃圾，黑色垃圾桶投掷不可回收垃圾。市区每个居委会还成立了垃圾分类劝导小组，由部分热心大妈担任组员，分区分块负责劝导工作。

这不，大卫一出门扔垃圾，就被王大妈逮住了。一只垃圾袋？这显然不符合垃圾分类标准，就是形式上也不符合。绿色垃圾袋装可回收垃圾，黑色垃圾袋装不可回收垃圾。这段时间，就是幼儿园小朋友都背得滚瓜烂熟了，何况大人？

第二天傍晚，大卫正准备出门扔垃圾，一想，不对，又是一只垃圾袋，必会受到王大妈的批评。怎么办？垃圾都放一个袋里，总不能重新倒出来再分类吧，再说，这些垃圾五花八门，气味，实在难闻，不如……

大卫另找了一个黑色垃圾袋，把绿色垃圾袋的部分垃圾倒入黑色垃圾袋。

就这样，大卫左手提着绿色垃圾袋，右手提着黑色垃圾袋，晃荡着来到楼下的垃圾桶旁。大卫把绿色垃圾袋扔进绿色垃圾桶里，把黑色垃圾袋扔进黑色垃圾桶里。

一旁的王大妈朝大卫竖起了大拇指，说，大卫，今天好样的。

大卫赶紧说，谢谢！谢谢！大卫朝王大妈来了个立正，又来了个敬礼的手势。

吹着口哨，大卫回到楼上，心里窃笑，垃圾分类，其实挺容易嘛，哈。

那天傍晚，大卫故伎重演，左手提着绿色垃圾袋，右手提着黑色垃圾袋，晃荡着来到楼下的垃圾桶旁。大卫正准备把手中的垃圾袋扔向垃圾桶，居委会王大妈就嚷了起来，你看你，你看你……

大卫故作惊讶状，说，王大妈，又怎么啦？

王大妈接过大卫手中的两个垃圾袋，呼啦啦敞开。王大妈眼睛直挺挺地盯着大卫，愤怒的火焰好像要把大卫焚烧了一样。

大卫赶紧把手缩了回来，讪笑道，你看，我这记性，又忘记了。大卫用另一只手重重拍击着后脑勺，拍得咚咚响。

王大妈告诫道，垃圾要分类，年轻人，下次不要耍小聪明喽。

大卫赶紧说，明白了，明白了。

第二天傍晚，大卫正准备出门扔垃圾，一想，不对，又忘记垃圾分类了，肯定要受到王大妈的批评。怎么办？这些垃圾五花八门，气味实在难闻……嗐，就算是为先前的恶习补过吧。大卫找来口罩和橡胶手套，把倒在一起的垃圾分门别类放置在绿、黑两只垃圾袋里。

这次总算合格了，大卫左手提着绿色垃圾袋，右手提着黑色垃圾袋，晃荡着来到楼下的垃圾桶旁，把绿色垃圾袋丢进绿色垃圾桶里，把黑色垃圾袋丢进黑色垃圾桶里。

这时，一辆运垃圾的电动三轮车开过来了，从车上下来一位穿黄衣服的清运工。

只见清运工把一个个或绿或黑的袋子纷纷拆开，把所有垃圾袋里的垃圾，都倒进那个狭长的车斗里。

大卫说，麻烦，垃圾都分类好了，干吗不一袋袋分类倒入？

清运工说，现在不是提倡垃圾分类嘛，这些袋子倒进去，多可惜，倒完垃圾不是都可以循环利用吗？

王大妈赶紧说，对，对，垃圾分类，就是为了循环利用，大卫，你可要好好学习这位清运工呢。

很快，电动三轮车载着满车的垃圾，晃荡晃荡离开了。

突然，大卫哈哈大笑起来。

雪 桐

彭素虹

雪桐孤独地在房间里走来走去，他有些不明白，以前的那些朋友，怎么说没就没了呢！

说起来，雪桐是一个相当爽气的人，既不像风桐那么隐秘地生活，也不像霜桐那么怪异，他是一个喜欢呼朋唤友、到处显摆的家伙。在我们镇上，不管哪家娶媳妇嫁闺女，只要他知道消息，即便遇上刮风下雨的坏天气，就算是下雪封路，他也要拄着拐棍，一瘸一拐地前往参加。如果他在外地出差，他还会连夜搭长途车赶回来，用他的话说："这么大的人生喜事，怎么能没有我雪桐出现呢！"

雪桐好做客，也好请客。他经常召集三五个朋友在香樟爷爷的茶室品酒喝茶，顺带畅谈人生。每当这时，只要几杯酒下肚，他就开始飘飘然了："你看看你那写的什么文章，狗屁不通，论章法没章法，要逻辑没逻辑，简直不及我儿子小学生的写作水平。"都说文人相轻，身为镇领导秘书的雪桐，逮住一个文友就这样一番说道。朋友应该是见怪不怪了吧，呵呵一笑了之。一回头，他又急切地拉住身边的一个朋友，用手使劲地叩击桌面，让他千万要注意："老兄啊，我老早就想跟你说了，瞧瞧你平时都写的什么狗屁东西，这种八股文章不能这么随意写，是有章法的！你去看看我写的那些稿子，回头再跟你交流！"

牛皮不是吹的，火车不是推的，雪桐的吹嘘自然有他拿得出手的真材实料。他在我们镇上，曾经创下过几任镇领导从不改他的稿子的纪录，领导只要点拨他几句，他就像领导肚里的蛔虫一样，不仅把领导想说的话写得清清楚楚，还把领导没来得及表达的心思也揣摩得明明白白。领导们常常拿着他写的稿子，由衷地感叹："雪桐啊，见到你我才知道，原来做秘书也是要有悟性的。你简直就是为做秘书而出生的，你他妈的就是这块料！”

雪桐是不是做秘书的料，我不知道，我只知道他经常在茶室里把自己灌醉，拿起电话开始骂娘。当然，他不会骂自己的亲娘，他骂的是单位的那些大大小小的领导。“副镇长，你今天的态度非常不好，我跟你说，以后不要老指使我做东做西，我是你的秘书，又不是你的家奴！”香樟爷爷知道他的老毛病又犯了，让我递茶过去，他却摆摆手，对我比画着：“小花，我一点儿都没有喝醉，你看看我能分清一还是二吧，对了，这是两根手指头，也是拍照的标准手势，耶！”他的手指在我面前晃了晃，人也摇晃起来，“跟你说，镇领导都是狗屁，还他妈跟我指手画脚！”

花镇的老人们教导说，不要跟矮个子打交道，人高长个头，人矮长心思。在我眼中，雪桐如果以外貌协会来衡量，不仅其貌不扬，而且看起来还有点儿猥琐。我常常见到他喝了酒，矮小圆滚的身体，像螃蟹一样四仰八叉地晃来晃去，晃得人眼晕。喝了酒的雪桐喜欢骂领导，还喜欢盯着女人的胸脯直勾勾地看，那情形，似乎打娘肚子里出来，就没见过女人似的。为此，女人们都离他远远的，为这事，办公室王主任还旁敲侧击地提醒过他。这下子可不得了了，他记仇的毛病出来了。

“王主任手脚不干净，老喜欢拿人家东西！”“王主任老婆在外面有人，总给他戴绿帽子！”“王主任那儿子一看就不是亲生的，看看吧，他儿子跟他哪一点儿像了？”茶余饭后，编排王主任的诸多不是，成了雪桐很长一段时间的主要话题。王主任知道后，把雪桐叫过去问话，他却矢口否认，连连摆手笑道：“酒醉之言，当不得真！”

喝了酒的雪桐，后来发展到摸一个女人胸脯，而被人家的老公找上门要说法。因此，单位给予了他公开批评。这件事发生后，似乎在一夜之间，他发觉以前的那些酒肉朋友全都闪人了。

“狗屁，都是狗屁！这些俗不可耐的家伙，个个不接我的电话，跟你们说，我才懒得跟你们这些俗人做朋友！”雪桐烦躁地在房间里走来走去，他这么一个好客的人，怎么能没有朋友呢！他抬头望望天花板，又低头看了看房间里的摆设，突然一拍脑袋，如梦初醒般自言自语："让你们这些俗人后悔去吧，我要给自己创造一个花桥王国，我就是这个王国的国王！过来，你们都坐过来，听我说……"只见他一会儿对着几把椅子训话，一会儿又跑到对面的椅子上坐下，扮演着各种不同的朋友，面对着自己的椅子讲话。

"今天的交流到此结束，朋友们，明天我们接着聊！"透过门缝，看到雪桐孤独地跳来跳去的身影，犹如一只灵活的螃蟹在翻飞。

我儿子考上了北大

唐波清

今年儿子高考，他费了九牛二虎之力，总算挤上了本科线。可是在填报志愿之后的一个星期左右，我突然接到一个电话，那头的人自称是某某大学的招生办人员。我的心跳猛地加快，激动不已地接听电话。

招生办人员热心地询问："您的孩子高考成绩怎么样？如果考得不理想的话，我们学校开办了专升本连读……"我果断地挂了电话。第二天上午，我又接到另一个电话，还是自称某某大学的招生办人员。这回，我的心情平静了不少。电话那头的招生办人员依然热心地询问我儿子的高考情况："您的孩子高考成绩怎么样？如果考得不理想的话，我们学校开办了专升本连读……"

后来，我每天至少要接到五个以上这样的招生电话。于是，我的心情变得烦躁起来，如同这屋外燥热的天。甚至，只要见到有外地来电，要么就直接挂掉，要么就赶快关机。

见我一副郁闷至极的样子，善解人意的老婆亮出了高招："一句话的事儿，我告诉你，你就说'我儿子考上了北大'，保证他们不会再纠缠你了。"

说曹操，曹操就到。这时手机刺耳地响了起来，外地座机，肯定是招生的骚扰电话。这回，我来了个先发制人，说："我儿子考上了北大。"

电话那头的人似乎有些遗憾，说："哦。对不起，打扰了。"

就这样，我每天对着手机，重复说着这句话："我儿子考上了北大。"

你别说，效果还真好。每次接到这样的电话，我这么一说，对方不是说"对不起"，就是说"打扰了"。人的思想真是捉摸不透，我似乎不再讨厌这些招生电话，心里突然多了一些征服感，甚至有一些兴奋。

我想着想着，手机上又打进一个电话，来电显示是北京座机。我拿起手机，习惯性地说："我儿子考上了北大。"不等也不让对方说话，我就潇洒地按下手机关闭键。

过了几天的晚上，我漫不经心地调着本地的电视频道，猛然发现电视屏幕上跳出两行红色的字："热烈祝贺外甥某某某被北京大学光荣录取。舅舅某某某特点播电视剧《忠勇小状元》片头曲，以飨观众。"

不看不打紧，一看吓一跳。这不是我儿子的名字吗？那不是儿子他舅舅的名字吗？这到底咋回事？我瞬间被弄蒙了，脑子里完全一片空白。

还是老婆沉着冷静，马上拨通了儿子他舅舅的电话："你听谁说你外甥考上了北京大学？你还莽撞地在电视台点了歌！这回，咱家的脸可丢大了！"

儿子他舅舅远在北京工作，委屈地解释着："前几天，我打姐夫的手机，姐夫亲口告诉我的，那还有假？"

我抢过老婆的手机，疑惑地问儿子他舅舅："这几天，我也没接到过你的来电呀？你的手机号我存下来了，这不可能有错啊！"

舅舅似乎想起了啥，说："哦，那天我用的是办公室的座机。我还纳闷呢！你那天激动得只说了一句话就挂机了。我想这也难怪，儿子考上了北大，搁谁谁都会激动。"

《忠勇小状元》的主题曲播出以后，单位上下、小区内外、亲朋好友，见面就和我握手，个个喊恭喜，人人送祝贺。我只好也只能尴尬又僵硬地笑着、应付着。

哈哈，就这样，儿子"被"我稀里糊涂地"考"上了北大。

官　宴

青霉素

窗外大雨如注，袁子卿在书房里来回踱着脚步，不时看一眼窗外的黑夜，身影被烛光拉得长长短短。一道闪电，雨夜被扯开一道缝隙，袁子卿就看到了远处的翼云阁，似乎还看到翼云阁飞檐下的风铃在雨中摇晃。

“河堤那边……没来人？”袁子卿看着窗外，问立在一边的夫人，同样的话他已问过多次。

夫人趋前半步，轻声回道：“老爷宽心，师爷已带人去巡查，没人来就是太平。”

袁子卿没有接夫人的话，立在窗前喃喃自语：“风驱急雨洒高城，云压轻雷殷地声……”

窗外只有远远近近的风声雨声。

蜡烛将燃尽时，窗外有了曙光，风雨已停。

夫人看了一眼伏案入睡的袁子卿，熄了蜡烛，轻推房门来到庭院。满院充斥雨后的清凉，石榴树上几只麻雀叽叽喳喳，树下掉落几枚青涩的小石榴，夫人弯腰拾起一枚，不觉叹了一口气。

“经不住风雨，自然成不了气候。”袁子卿站在夫人身后说道。

夫人看了一眼袁子卿，说：“这场百年未遇的大雨，河堤竟也无恙，老爷两次清淤修堤已见成效，现在三年任期已满，可安心离去了。”

“是啊，我们可以安心走了，只是走时我还要设一次官宴。”袁子卿说。

夫人一脸疑惑，问：“还设官宴？你已经设过两次官宴了，第一次官宴用尽了头年的年俸，第二次官宴又让次年的年俸覆水东流，现在又要……”

袁子卿看着夫人，只笑，不语。

第一次在县衙里大摆酒宴，是袁子卿刚来郓城不久。数排八仙桌摆满大堂，满桌子都是笑脸。能被新任县太爷请来赴宴，郓城的士绅和各店铺的老板倍感荣幸；没有被请到的，托人送礼也想得到一张请柬。郓城最好的厨师都请来了。衙门口很多人围观，闻到香味儿也是福气。

酒过三巡，袁子卿起身向各位深施一礼："感谢各位应邀，作为新任知县，我多次到河堤查看，薛河绕郓城而过，给郓城带来通达和繁荣，但每年的汛期就是悬在我们郓城人头上的一把剑，水流从上游夹杂着泥沙，绕城而过时泥沙淤积，不彻底清淤固堤，郓城人头上的这把剑迟早就会落下来！"

众人相互看一眼，又一起看县太爷。

袁子卿举杯一饮而尽，又说："清淤固堤需要银钱，朝廷拨发的款项有限，本县库府空虚，唯一的办法就是依靠各位。"众人看着县太爷，又相互看着，这才知道县太爷设的官宴是不好吃的。宴后，银钱陆续收到，修堤是为大家办好事，再说毕竟吃人家的嘴短。

河道清淤工程顺利完成。

袁子卿的第二次官宴是在上任一年之后。当时，街头巷尾凭空生出很多传言，传言说县太爷假借工程，搜刮民财，中饱私囊，不少拿过钱的人就有当了冤大头的感觉。后来，传言越传越盛，并且传得有鼻子有眼的，不少士绅和店铺老板就联合起来告上府衙。后经查实所集款项已全部用于清淤工程，县太爷自己还搭上了一年的俸银，袁子卿实为廉官楷模，知府命袁子卿将诬告者严加惩办。

告状的士绅和店铺老板们齐聚衙门大堂，叩头请罪。袁子卿把他们一一都扶起来，宣布告状人一律宽恕，然后吩咐设宴。数排八仙桌又摆满大堂，只是每张面孔都少了一分笑颜多了一分惶恐。

菜过五味，袁子卿起身向各位深施一礼："河道清淤已经完成，固堤的银两尚有欠缺……"

宴后，银钱陆续收到，毕竟诬陷人气短，县太爷不给治罪已感激不尽，就破财免灾吧。

固堤工程又顺利完成。至于诬陷县太爷贪污的传言是从哪儿来的，夫人问过多次，袁子卿一笑：“天机不可泄露！”

袁子卿的第三次官宴，设在城外官道边的半山亭。

袁子卿已接到转调的公文，此时，他和夫人静候在半山亭。赴宴的人来了很多，不仅有所邀的郏城士绅和店铺老板，还有许多黎民百姓，人群围着袁子卿，要为他送行。

袁子卿拱手称谢：“本官三年任期已满，为答谢诸位协助，在此设宴，只是宴无酒肉，只有夫人用老家的茶叶沏的香茶，请诸位品尝！”

有人上前一步说道：“县台大人，您还欠我们郏城一笔账，请结完账再走。”说话间，打开“账本”，却是两轴对联。在场的人都围上观看，上写：官爷不廉，看我青山饮我水；草民无礼，拦君坐骑脱君靴。早有人上前，把袁子卿的官靴脱了下来，之后，把一双草鞋给他换上。

袁子卿手捧联轴，两眼含泪……

官道曲折，脚穿草鞋的袁子卿，身影渐渐消失在官道的远处。

钱师爷

冀幼农

夜雨来得匆忙，瓢泼般洒了一夜。那股山匪趁着这张狂的夜雨，痛快淋漓地洗劫了一番，晋商于家在这一夜损失惨重，万幸的是，没有弄出人命。

天刚亮，惊魂未定的于掌柜想去报官，却被管家拦住。目下战乱不断，官匪勾结，如若报官，怕是要两头挨宰，得不偿失。于掌柜何尝不明白这个道理，但那匪首临走时留话，让于家在半月之内再献上大笔钱财，否则就让于家血流成河。

管家早有准备，说他认识一位高人，就住在城南，姓钱，是位师爷，因厌倦官场黑暗而隐居此地，早年间，经他出谋划策，治理过不少山匪隐患。于掌柜心里没谱，一个师爷再有能耐，不凭借官府的力量，能斗得过杀人不眨眼的山匪？

管家备好马，拉着于掌柜去了城南。

钱师爷五十岁出头，个儿矮精瘦，一眼望去便知是精明之人。一番客套话后，管家说出来意，钱师爷也不含糊，开口问："不知于掌柜是想要钱，还是想要命？"

于掌柜忙说："在这乱世之中，只求保命足矣！"

钱师爷笑着摇摇头："我口中之钱，乃山匪劫去你家中之财；那命，当然是山匪的性命。"

于掌柜倒吸了一口冷气，他走南闯北大半辈子，凶险的事凶险的人遇到过不少，但从如此瘦弱的人口中说出如此要命的话，还是头一回。于掌柜说："如若能斩草除根，那是最好。"

钱师爷是聪明人，一听就明白是怎么回事："于掌柜是生意人，这做买卖需要本钱是天经地义的事，小钱生小钱，大钱生大钱，既然是要命的生意，本钱肯定少不了。”

于掌柜说：“只要能除了后患，钱不是问题。”于掌柜祖上几代经商，家资巨万，昨夜被劫钱财，在外人看来是大损失，但对于于家来说，也就是九牛一毛。

钱师爷抬头看看天，低头掐了掐手指，说：“俩月之内，必除后患！”顿了顿，又说：“于掌柜所出的本钱，就是昨夜那匪首所劫之财，日落之前，必须全部送来。”

怪不得师爷姓钱，原来也是爱钱之人。于掌柜心里打起了算盘，和那凶悍的山匪相比，眼前这个瘦弱的师爷，料他也掀不起什么风浪，更何况山匪那边是无底洞，永远也填不满。于掌柜一咬牙，便答应了。

第二天一大早，下人匆匆来报，说是有几个小匪，在宅院外四处张望。于掌柜如临大敌，以为是昨天的事情走漏了风声，激怒了山匪。惶恐之中，只见钱师爷大摇大摆地走了进来，笑着说：“于掌柜莫怕，拿人钱财，与人消灾，那几个小匪是我花钱雇来看家护院的。”

于掌柜气得险些吐血，这简直就是引狼入室！钱师爷却是一脸风轻云淡，独自四处闲转。这于家宅院气势磅礴，建在山崖高处，又有郁郁葱葱的林木掩盖，在这乱世之秋，也算偏安一隅，无奈还是被山匪盯上，惹出祸端。

转了一圈，钱师爷盯上一处在山崖之巅的建筑，走进细看，门楣上面题写着“玉泉园”三个字。钱师爷哑然失笑，想那于掌柜必然是在京城里待惯了，染上了泡澡的习惯，这“玉泉园”竟然是一处澡堂子，里面正中一个大水池子，直接引入了山泉水，旁边的装饰也特别奢华，可以喝茶、打牌、睡觉。

真正让钱师爷上心的是屋脊上两端的龙头，龙头栩栩如生，仰着头，从口中吐出曲折的金属舌头，伸向天空。钱师爷笑了笑，知道该怎么办了，转身回去就向于掌柜借了“玉泉园”，说是给护院的住处。

那几个小匪倒也规矩，从不骚扰于家人，整日和钱师爷在“玉泉园”中吃喝泡澡，好不逍遥快活。不几日，这快活之事传入山中，有几个小头目耐不住山中清苦，也下山来充当护院。钱师爷豪爽，又出了一大笔护院费，依旧喝酒吃肉，打牌泡澡。

又过了几日，山匪中的二当家和三当家也加入了护院的队伍中，沉迷在“玉泉园”中不能自拔。

山匪越聚越多，于掌柜此时急了眼，怕养虎为患，长此以往，这于家宅院岂不成了匪窝。钱师爷却道：“不急，不急，于掌柜给的护院费充足，这帮山匪还要给你卖命一阵子。”

过了一月有余，匪首也终于按捺不住，听那传话的小匪说，于家守信用，不仅按时交纳护院费，每日还好吃好喝好招待，尤其是那澡堂子，经钱师爷特别的浴料调制，泡在其中，简直成了天上的神仙。

一日深夜，匪首也加入了其中，乐不思蜀。于掌柜见状，忙招来钱师爷商议，想趁那群山匪毫无防范之际，暗中下毒除患。钱师爷冷笑一声：“这帮山匪作恶多端，自有老天收拾。”

又过了几日，钱师爷抬头看天，乌云压顶，一场暴雨将至。他忙备好上等的酒席，在“玉泉园”饮酒作乐，一醉方休。

当天夜里，雷声滚滚，足足响了有一个时辰。

第二天一早，有大胆的家丁去瞧，数十个山匪全部毙命于水池之中，死状甚惨。在山中的余匪，群龙无首，乱了方寸，四散而逃。

只有钱师爷心里清楚，一切都是他暗中做了手脚。那屋脊两头的龙头，其实是避雷装置，在龙舌根部连接着的铁丝直通地下，若雷电击中屋宇，电流就会传至地下，那“玉泉园”建在山崖高处，被雷击的可能性极大，钱师爷在那夜，悄悄将铁丝连接到了大水池中……

群匪之死，大快人心，钱师爷放话出去，说：“大恶之人，必遭天打雷劈！”

幸福鸡

李立泰

一进腊月门，零星噼啪的鞭炮声炸响，把人带进年味儿里。

五天逢一个集，通往镇上的路，熙熙攘攘地三个一伙，五个一群儿。人们穿着棉裤棉袄棉鞋，几乎是清一色的黑衣服，步履匆匆地去赶集。

卖白菜的。卖西红柿、青椒、黄瓜的。牵着羊赶集卖的。老太太抱着公鸡去卖的。还有卖猪肉的、卖羊肉的、卖下货的、卖烧鸡的。集上的布市、成衣市是女人最多的地方。给孩子买件新衣裳，扯块布做件新棉袄啥的。

那年正月初六，是串亲戚的最佳时间。下东北（我们这儿把闯关东说成是下东北）的亲戚来我家拜年，给父亲买了点心，最主要的是还买了只烧鸡。

烧鸡是我镇的特产，几百年的传统工艺，烧鸡深棕色，亮光闪闪、味道鲜美，熏得有股特殊的香味儿，越嚼越香。放到屋里几分钟，香味儿就飘满了全屋。亲戚这份节礼是重了些。

父亲批评亲戚说，不该花钱买烧鸡，咱庄稼人咋能吃这?！日子又不宽裕。

亲戚说，我这么多年没回家了，买只烧鸡不算什么。

下东北，就是闯关东。日子不难过，谁肯背井离乡拉家带口地外逃?

这只烧鸡父亲没舍得吃，也没叫我们吃点儿解解馋，而是安排我带上它去我姥娘家拜年，要送给姥娘吃。

我在去姥娘家的路上，烧鸡的香味儿直钻鼻子。我受不了。我停下小心翼翼地把包烧鸡的纸撕开，鼻子凑上去，使劲地闻喷香的烧鸡。那诱惑太大了，我掐了点鸡翅尖儿送进嘴里，慢慢地品味，直到进了姥娘的家门，嘴里余香犹在。

姥娘看见我带去烧鸡，生气地说，买烧鸡干什么？咱庄稼人咋能吃起这个了？我说，姥娘，不是俺买的烧鸡，是亲戚给俺拿来的。俺大说，咱别吃了，给你姥娘吃去吧。姥娘审量了一会儿烧鸡，也没舍得给我撕鸡腿吃，她老人家，又原封不动地把烧鸡包了起来。

这只烧鸡是幸运的，串了两个亲戚都没人吃它。姥娘派舅舅又用它去串了亲戚。亲戚都不舍得吃它，带上它又去串了亲戚。烧鸡跟着亲戚们串来串去，串得快到二月二了。

那天多年不常来的亲戚突然来到我家拜年。亲戚带来的东西里有只烧鸡。我趁父母和亲戚说话时，偷偷检查了烧鸡翅膀。那只可怜的烧鸡、幸福的烧鸡又回到了俺家。

这一个正月，烧鸡可享大福了，串了这么多亲戚，让一家家亲戚都接见了它。

烧鸡的回归，叫我颇为高兴，只是烧鸡面貌已不鲜亮，乌气灶光，少皮没毛的样子。鸡爪子少了一只，鸡冠子也丢了。大概在烧鸡旅行途中，哪位如我之馋人克制不住，被烧鸡诱惑，尝了尝吧。

我告诉父母亲说，娘，这只鸡又转回来了。

娘说，不会吧？

我坦白了自己的错误，说，娘，我去姥娘家时，被烧鸡的香味儿馋毁了，就掐了点翅膀尖儿，可是把小翅膀带下来了，我想法弄了根小树枝插在一起的。

父亲、母亲会心一笑。母亲闻闻烧鸡说，还好，没发霉变味。

父亲说，今天中午就解决了它。

母亲把烧鸡拿走热一热。正好母亲在煮萝卜片，二月二包萝卜馅的饺子。母亲把烧鸡放到箅子上，下边煮着萝卜，省得再另外热鸡了。

父亲跟亲戚喝点儿瓜干酒，母亲还炒了白菜、焖子、豆腐，再加上烧鸡，菜肴还是很不错的。

我摩拳擦掌地早早坐到桌边上，陪亲戚吃饭，等着吃烧鸡。

父亲连拧加拽弄下个鸡腿来给我，撕是撕不动了，烧鸡已风干硬得没了水分。

我吃了第一口，就感觉味道不对，说，大，烧鸡咋有白萝卜味啊?!

父亲不信，说，不可能，烧鸡还能有白萝卜味?!

他拧下个翅膀一尝，确实验证了我的说法。

大数据时代的爱情

洛　华

“我曾经爱过一个女孩……”

戴文说：“打住。都什么年代了？”

“什么年代都得有爱吧？难道爱也会过时？”我表示不服。

“大数据时代。”戴文斩钉截铁地说，“你在微信上上传的每一张照片，你在‘星爸爸’里用支付宝买的每一杯咖啡，甚至你在某个 AAAA 级景区奉献的那一点儿微弱的手机信号，都将成为大数据的原始素材，最终汇成大数据的滚滚洪流。大数据知道你这一刻在想什么，知道你喜欢什么口味的咖啡，知道你爱去什么样的地方‘下饺子’……”

“打住。可是大数据从来就没有关心过我，它和我需要一个女孩来关心丝毫没有关系，风马牛不相及呀！”

戴文一阵狂笑，害得我差点儿把方向盘打歪了。

“左转左转左转。”戴文指挥完我，故作庄重地说，“大数据不关心你，那是你没有让大数据特别关心的价值。你可以关心大数据啊！大数据会回报你的，包括帮你追到你喜欢的那个女孩。”

“这是真的？是真的？三年啊，是爱，不是喜欢。”

“好好好，是爱，爱爱爱……”

我的小福特在高架桥下转了个弯儿，径直朝城市中心开去。

坐在“星爸爸”暖洋洋的落地玻璃窗前，戴文喝着“拿铁”，丢出第一句话：“说说你的那个女孩。”

我端起刚刚用支付宝刷来的那杯“焦糖玛奇朵”，小啜一口，并瞟了戴文一眼：“刚刚是谁说大数据时代不谈爱？不如我们谈谈‘马蜂窝’上最热的景点，改天约去。”

戴文又是一阵狂笑：“景点在‘马蜂窝’里待着怎么都跑不了，你的女孩追晚了，可就是别人的了。说说吧，你别给我说这三年漫长的心路历程，我只想知道她叫什么名字，你有没有她的照片。”

“哈哈哈，三年呀，怎么也得偷偷拍一张不是？”

“这么说，你连人家微信也没有喽？放心，手机拿来，兄弟帮你搞定。”

我兴奋而将信将疑地喝完第一杯咖啡，戴文已经从网上搞到了女孩的一堆社交账号（包括微信）和一个破解软件。

我正在疑虑那个中学计算机课年年徘徊在及格边缘的戴文怎么可能成为黑客的时候，戴文早已把我的手机郑重地拍在了我的面前。手机界面是女孩发了自拍的朋友圈。她在我的微信好友里了？

“对，你用了三年都没有丝毫改变的距离，我用五杯咖啡的时间帮你跨出了革命性的一步。”

我瞠目结舌。

我竟然就这样神不知鬼不觉地成了女孩的微信好友。我突然感到恐惧。原来每一个所谓的“秘密”都不过是个没有被揭穿的公告，包括“我爱她”这个我自以为的秘密。

可是，尽管如此，我却无耻地接受了戴文以这样的方式帮我获取的“零距离”机会，像一个病毒一样入侵了女孩的社交系统。

我不知道自己潜伏了多久，也不知道该怎样开始和她的第一次对话，只是感到这一切“细思极恐”。每一次她毫无保留地发朋友圈把自己的生活袒露在网络上的时候，我都似乎看到大数据正不怀好意地盯紧她。我觉得有义务提醒一下她，于是给她发了第一条微信：“嗨，你的朋友圈没有防护墙啊，当心中弹！”

她回的第一条微信是：“你是谁？”

我以为我深植她的微信已久，便也深植她的内心已久——即便不是深植，至少也算是浅植吧。不承想，自己依然是个陌生人。我仿佛看到一个我、两个我、三个我，过去的我、现在的我、未来的我，通通都被拍死在白墙上，密密麻麻密密麻麻，成了一墙抹不掉的蚊子血。

所谓的距离，到底是什么？我又是谁？

我陷入了前所未有的迷茫。

直到一片落叶从树上轻轻悄悄地飘下来，刚好砸在了我的脚面上。

我没有回复她。

我拿起手机，狠狠心把她从我的微信里删除了，也删除了所有“马蜂窝”里的旅行分享，甚至恨不得把用支付宝刷来的那些咖啡也一并退回去，好让时间回到我等了她三年的那些时光。

我重新回到了那些悄悄看着她从我身边经过的日子，每一次擦肩而过都好像只是巧合，我都只是朝她微微一笑，保持不远不近的距离。

这样的日子不知过了多久。

终于，我和她一起坐在了“星爸爸”暖洋洋的落地玻璃窗前。我递给她一杯“焦糖玛奇朵”，这一次绝对是用现金买的。

我坐了下来，说：“我们相互留个微信吧。”

我把这句话说出来的时候，自己先愣住了。

漏　洞

李军民

五十周年校庆，母校邀请了建校以来培养出的近百名成功人士重返故地，举办庆典会、报告会、座谈会，师生们欢聚一堂，回忆过往，畅想未来。

老刘是这次庆典活动中五位做专题励志报告的代表之一，成就和地位在同窗好友中可见一斑。

他的励志演讲非常成功，赢得几千名师生和嘉宾经久不息的热烈掌声。

老刘在本市科技局下属的一家科研机构工作，勉强可以算作一个“准科学家”，平日里从不参加同学聚会和活动，最近他的一项科研成果在国际上获了大奖，不仅出国领了奖，为国争了光，而且还受到某主要领导的接见。有小道消息说，省委组织部门在本年度干部测评时，把他列为考核对象，据说有希望破格提拔，填补省科技厅副厅长的空缺。

和老刘一起参加校庆的同学中，有的是集团董事长，资产数亿；有的是政府官员，统管几十万人；有的是文体明星，身价几千万。老刘的演讲一结束，大家便纷纷向他表示祝贺。

任副市长的李同学率先发出邀请，请老刘在下月开展的全市素质提升培训班上讲一课。某集团公司老总王同学也握着老刘的手，郑重其事地邀请他近期去给他们公司中层管理人员上一堂励志课，并开玩笑说，有丰厚报酬。紧接着，分散在不同市县负责不同领域工作的老同学也都纷纷发出邀请。

老刘被大家的真诚和热情深深感染，心潮澎湃，频频点头，一一应允。

自由活动时间，现任校长没有去陪各路领导，而是专门和老刘的一帮同学簇拥在老刘左右，一起兴致勃勃地参观学校建设成果。

很快到吃饭时间了，还有实验室没有去，校长征求老刘意见，问他用不用去。“去，当然得去！”老刘引以为豪的就是自己的科研成果，母校的实验室是自己发源的“襁褓”，怎能不去！

新实验室如一座现代化的科学城似的，一进楼门，老刘和大家一起脱掉皮鞋，换上门口摆放的拖鞋。一进到熟悉的环境，老刘物我两忘，无暇旁顾，这里看看，那里瞧瞧，完全沉迷在实验室的环境之中。

伴随左右的同学，不知哪个眼尖的一低头，发现老刘一只脚上的黑袜子竟然破了一个洞，大脚趾很扎眼地露了出来——早上出门的时候，老刘患病在家的妻子把前两天为他专门买的西服给他穿上，还用擦鞋布把他的新皮鞋擦得锃亮。他没有打车，而是掐着点步行到了学校，袜子破损大概就是在这半小时路程里悄然发生的事情，而老刘自己全然不觉。

经那位同学指点，许多本来心不在焉的人都将目光聚焦在了老刘脚上，神情很复杂，有人想笑不敢笑，有人虽想提醒但又怕闹笑话。

参观活动就在这种既尴尬又和谐的氛围中进行完毕。

校庆结束，一切又恢复了往日的宁静。

老刘这人，一向无欲无求，倒也轻松自在，但是，校庆时应承下那么多演讲活动，他心里总觉得是个事情，必须认真对待。于是，工作闲暇，他就针对不同单位不同对象，有的放矢地详细撰写演讲提纲，以备到时尽情发挥。默默无闻这么多年，想到自己事业上小有成就，经济状况很快就有好转，或多或少能为患病的妻子和马上就要考大学的儿子改善一下生活条件，他心里就有了一丝安慰。

时间飞快，两个多月过去，省科技厅新任副厅长已经走马上任，老刘还窝在市里那家科研单位专心搞研究。那些计划邀请老刘去演讲的同学也通通没了下文。

盘算了多时的演讲报酬眼看就要化为泡影，想到妻子儿子，老刘纠结再三，最后鼓起勇气，分别给李副市长、王总打电话询问。

两位同学回答倒也干脆：根据目前形势，演讲与培训已不是他们工作的重中之重。

本市的两个同学已经爽约，外市县的同学更没必要联系了。

明明是约好的事情，最后为什么会是一场空呢？老刘百思不得其解。后来，他隐隐约约听到了同学们在私下里传关于他在校庆上袜子破洞露出脚趾的糗事儿，才恍然大悟。

老刘平日里都是穿旧布鞋，仅穿一次的那双新皮鞋早被扔在了床下。新鞋硌脚，校庆回来以后他就没再穿过。老刘把蒙了一层灰的皮鞋拿起，将塞在鞋里的袜子掏出来一看，果然发现袜子上破了一个洞。

老刘心情沮丧，拎起鞋子和袜子想往垃圾桶里丢，又寻思着，这双鞋都值他半个月工资了，就又将鞋子丢在了床底下。

父母的爱情

佟掌柜

母亲躺在病床上，瘦骨嶙峋的背影在昏暗的灯光下显得阴冷。时间的指针，像缀着铅球，走动得缓慢而艰难。

父亲和母亲一起生活了六十年，我一直不认为他们之间有过爱情。他们年轻时总是不停地争吵，争吵的原因小到柴米油盐，大到赡养父母。

20世纪70年代，家家都没什么钱，我又经常生病，母亲口挪肚攒存点儿积蓄着实不易。可父亲经常将母亲偷偷攒下来的钱，寄给乡下的爷爷和小他二十岁的叔叔。那时我是站在父亲一边的，直到结婚后，才逐渐理解母亲。叔娶婶娘时，父母竭尽全力支持小叔盖起三间瓦房。那之后，他们因老人争吵的次数少了，却还是闹个不休。

我曾问过父亲，你爱过我妈吗？父亲讷讷地说，那年月啥爱不爱的，媒人说你妈会过日子，我看她人长得也不错。

我也问过母亲，你爱过我爸吗？母亲眨几下大眼睛，脸色微红地说，那年月啥爱不爱的，媒人说你爸在城里工作，我想城里生活总比在乡下好吧。

“水……水……”躺在病床上的母亲又咿咿呀呀地叫我了。我用小勺沿着她已见干瘪的嘴唇喂她两口水，然后帮她翻个身。我深知母亲已时日无多，心里也早有这样的准备，但面对瘦成皮包骨的母亲，我的心仍然隐隐作痛。

小时候，母亲把家里所有的细粮都留给我吃，又常以莫须有的理由打骂我。有一次，母亲下班回家，看见我坐在父母的大床上读书，突然发起无名火，大骂我不懂事，把新铺的白床单坐出了褶子。半夜，她突然穿上衣服，只身投入茫茫的夜色中。父亲忙叫醒了我，尾随她来到铁轨旁。列车在眼前呼啸着疾驰而去，父亲走向母亲，夜色里两个苍茫的背影让我不知所措，我大哭起来。也许是我的哭声，也许是父亲的安慰，母亲随我们回到了家中。

后来父亲偷偷对我说，盯着点你妈和隔壁的大爷。我从他们无休止的争吵中，懵懂地感觉出什么，但最终一切就像从未发生。

“老佟，老佟……”母亲又下意识地喊父亲了。我拍拍她的后背，告诉她，父亲回家了。母亲浑浊的眼睛看了我一眼，嘟起嘴生气地说“又回家”，顿了顿又问：“你爸吃饭没？”我说，爸吃过了。她似乎这才放下心：“翻身，翻身……”

母亲病了十年，心梗、脑梗、小脑萎缩、心衰、呼衰，各种疾病的名称都在这十年里涌入了我们的生活。周末看望父母的时候，听到母亲像小孩告状般和我说得最多的话是：“你爸傻，做饭慢……”还时不时用她那干枯的手掌，对父亲做击打状。而看到父亲做得最多的是：一遍遍搓着母亲瘦得不成样子的腿，熟练地将围裙扎在母亲的身上，给母亲一勺勺喂饭。

我时常对母亲说：“妈，你真是嫁对了人。”母亲好似不认同地斜眼白我，偶尔也会呵呵地笑。

一天，母亲让我找出压在箱底的相册，一张张地翻看。当看到父亲穿着军装、笔直的脊梁上背着一支步枪、站在工厂大门口的照片，我停顿片刻，眼睛里竟蒙上一层水雾。

前天晚上，母亲突感呼吸困难。看着急救中的母亲，我忍不住痛哭失声。当意识到这时候最需要坚强的是我时，发现父亲坐在病房的角落，双手蒙住了脸。我听到他喃喃地说，你要走了，我也时日无多了。

窗外，黎明的曙光已逐渐吞噬着黑暗。

我再次帮母亲翻了个身，回身躺到陪护床上。无边的困倦袭来，竟有了梦境。梦中，父亲拎着那只用了十年的保温桶，蹒跚地走着。那佝偻得厉害的背影，一点点与母亲在月光下散发着清晖的背影逐渐重叠……

水土不服

刘向阳

二伯的儿子十年前考上了北京最有名的大学，成了我们村，乃至我们乡和我们县的骄傲。乡亲们纷纷祝贺二伯时，都短不了说上一句，你老爷子有造化，将来儿子一定会接你到北京享福喽！二伯也总会回答，儿孙自有儿孙福，咱可不去沾那光。二伯说这个话谁信哪？连我二娘都不信，二娘说，就他那老贱骨头，能舍得离开儿子？到时候，只要儿子一句话，我想拽都拽不住，就会屁颠屁颠地去喽！

四年后，二伯的儿子大学毕业了，果然留在了北京，听说在一家科研单位上班。两年后，二伯的儿子娶了位北京姑娘。又过了两年，不但有了孩子，还从职工宿舍搬进了一百多平方米的楼房。接二连三的喜事飞到了村里，乡亲们都羡慕得不得了，纷纷向二伯祝贺时，都短不了旧话重提，你老爷子有造化，儿子一准要接你到北京享福去喽！二伯也还是那句老话，咱可不去沾那个光。乡亲们都打着哈哈地不相信。二娘更不相信，还没少揭二伯的短，打小就跟孩子叨叨，好好学习，爹还等着你光宗耀祖，过上好日子呢！

那年春节，二伯的儿子带着媳妇，抱着孩子回来了。二伯的儿子当着前来探望的乡亲们面说，这次不单单是回家过年，主要是想把二老接到北京去住。二伯的儿子从小就对爹娘孝敬，乡亲们都看在了眼里。所以，二伯儿子的话没有谁不相信。可是，过了正月初五，全村人只看到二伯的儿子、媳妇和孙子走了，二伯和二娘却没动窝。乡亲们都纳闷了，这是咋回事？一打听才知道，儿子说破了大天，二伯就是不吐口，理由是，二娘腿有风湿痛的毛病，上不了楼梯，离不开热炕。

二伯的话不无道理，乡亲们纷纷替二伯和二娘遗憾，好端端的一件大好事，生是让二娘的腿给耽误了。看着二娘整天闷闷不乐地憋屈样，乡亲们的心里也不好受，都劝二娘想开些。二娘泪眼汪汪地叹着气说，自己是个累赘，耽误了老头子的好日子。

四年后的一天，头天还好好的二娘一觉醒来，变得嘴歪眼斜，话都说不利索了。乡、县的医院都看过了，非但不好，还一天比一天严重。二伯终于稳不住神儿了，给儿子去了信儿。儿子立马回来了，又火速将二娘接到了北京。二伯放心不下二娘，也跟着去了。

半年后，乡亲们盼来的信儿是，二娘严重脑栓塞，医治无效去世了。乡亲们还听说，二伯让儿子留下不回来了。乡亲们一致认为，二伯的儿子做得对，哪能再让二伯一个人孤孤单单住在乡下呀！

可是，别说二伯的儿子没料到，就连乡亲们也没料到，身体硬朗，大半辈子没得过病的二伯，自从住进了儿子的楼房后，身体一天不如一天了，整天腻恹恹地打不起精神，一身肌肉疙瘩的二伯，不到半年快瘦成了皮包骨头。急得儿子带着二伯跑遍了京城的各大医院，都没看出二伯有什么实质性的病变。二伯的儿子和媳妇变着法地给二伯改善伙食，鸡呀，鱼呀，肉呀，海产品呀，好吃的吃遍了，可二伯的身体还是看不出有半点儿见强。

乡亲们听说后，都惦记二伯，都想去看看二伯。比二伯小两岁的我爹对二伯最亲，最先去看二伯。给二伯带去了刚从地里刨出来的土豆，还杀了只下蛋的老母鸡。为了保鲜，土豆带着泥装进了口袋里，老母鸡用村里的那口老井的水在冰箱里冻成冰块包裹着，一齐带到北京。

看到我爹，二伯自然高兴；看到那土豆和老母鸡，二伯更高兴。双手捧着带着泥土的土豆，放到鼻子上贪婪地嗅着，又把装着老母鸡和快化成水的冰块的塑料袋端在手里，激动得手都颤抖起来。

二伯的儿子问二伯，您老想吃家乡的土豆和老母鸡了？二伯答，俺更想家乡那养人的水土呀！说这话时，二伯的眼里有了泪花。金水银水，不如家乡的老井水，金坷垃银坷垃，不如家乡的土坷垃。你要真是孝敬爹的孩子，就放俺回去吧！

光　景

马河静

王立才祖上留下的家训是：牙缝节俭，细水长流。一顿省一口，一年省一斗。

三年自然灾害期间，村里选举节俭模范。上级领导掂了半瓶蓖麻油问大家：“这半瓶油，你们能吃多长时间？”

有人说：“我们全家能吃半年。”

有人说：“我们全家能吃一年。”

王立才他爹说：“不好估计，我们全家人吃半年，还能剩下一瓶。”

领导说：“你开什么玩笑？这是玻璃瓶，不是聚宝盆，哪能越吃越多？”

王立才的爹说：“我不是开玩笑。”原来他们家吃油是先用筷子蘸水，再伸进瓶里沾一滴油，在饭锅里搅搅就行了，也就是往油瓶里滴进两滴水，带出一滴油。

领导听了豁然开朗，不仅选他为节俭模范，而且当场任命他为生产队会计。

农村实行承包制那年，虽然老天缺雨，但粮食还是有了节余。被饿怕的立才爹装了满满一化肥袋子的麦子，半夜三更在他家后院石榴树下挖了一个深坑，偷偷地藏了起来。他想等到收成不好的年月挖出来度饥荒。当年买小麦是两毛钱一斤，第二年是丰收年，小麦价格下降为一毛八一斤。又隔了几年，麦子比玉米还便宜。立才爹想不通——为啥细粮比粗粮还便宜呢？他觉得麦子再放下去就吃亏了，想把麦子挖出来吃了，等便宜了再埋藏。谁知挖出来的小麦沤成了黑疙瘩，猪都不吃。

随后粮食一年比一年打得多，价格也稳定，这时他才觉得世道真的变了，饿死人的年月不会有了。但他家的节俭传统仍然保持着。他对立才说：“光增产不节约，等于买个没底锅。”所以儿子立才过光景也是精打细算。

随着社会发展，人们的生活质量步步提高。到了孙子这辈，生活彻底变了，不是没啥吃，而是不知道吃啥好。

人常说“隔辈亲”。立才爹肩膀架着孙子，买了一个糖说：“孙子，爷爷给你吃糖。”孙子尝了一口扔了，说不甜。

爷爷说：“糖不甜啥甜？”

孙子说：“巧克力。”

立才爹说：“啥叫巧克力？”

孙子5岁时，胖得就像小肥猪，还偏偏说：“爷爷，快给我饿死了。”

爷爷说：“爷给你买火烧馍。”孙子说不吃。

爷爷说：“火烧馍加卤猪肉。”孙子说不好吃。

爷爷想了想说：“你爸买的烧鸡还有。”

孙子说：“我要吃肯德基。”

爷爷说：“啥叫啃得鸡？”

立才爹忧心忡忡，看见孙子不知道勤俭节约，生怕三十年河东三十年河西，遇到灾荒年怎么办？

那天，他看见小孙子把白面馍掉到了地上，他一把抓住孙子说：“好好的馍为啥扔了？”孙子说不是故意的。

“不是故意的，你把馍捡起来吃了。”孙子说掉到地上的就脏了。

“你捡起来我吃。”孙子却一脚把馍踢到了狗跟前，狗对着馍闻了闻，也没有吃。

“看，狗都不吃，你还吃不吃？”

他气得心口儿疼，喊叫立才：“快来，治治你这不知天高地厚的败家子！”

立才爹越想越觉得现在的人肠子吃硬了，一定得想办法改造改造，让他们知道糖是甜的棉是暖的。这就想起了以前的忆苦思甜饭。

吃忆苦饭就得吃糠咽菜。可难的是找不来米糠，连玉米皮都寻不到，只得弄了二斤红薯面代替。立才爹又到沟平地挖刺芥，谁知刺芥还没有长出来，只挖了一把面条菜，回来做了几个菜窝窝。

在春晚开始之前，一家人坐在餐桌前，儿子用手机播放歌曲："天上布满星，月牙儿亮晶晶……"歌曲结束，没有牙齿的立才爹讲起了旧社会的苦难："那年寒冬腊月，我一手拿着打狗棍，一手拿着豁子碗，弯着腰挨门叫着，大爷，大伯，行行好，给口吃的吧……"立才爹老泪纵横，一家人沉浸在天愁地惨凄风苦雨的氛围中。

孙子听了流着眼泪说："爷爷，我以后再也不扔馍了。"

立才爹听了孙子的话，擦了把眼泪，感到很欣慰。

接着吃菜窝窝。孙子尝了尝说："啊！你们过去吃这个，很好吃的呀！"

春季，村里招商引资。一个台商投资五千万元，筹建一家食品加工厂。项目签订的那天晚上，在村头"黄河风味"饭店宴请台商。

这时，台商看见会计立才把掉在桌上的馍花捡起来填进了嘴里，说："谁知盘中餐，粒粒皆辛苦。立才，你来当经理吧。"

养　女

张　弘

车上除了司机和售票员外，乘客就母女俩。

四人一直无语。最终，还是小女孩打破了宁静，问道：“妈妈，我们去哪里啊？”

母亲没理会她，歪着头看向窗外，脸上写满了心事。

小女孩噘着嘴显得不太开心，但又没敢多问。

售票员看着小女孩那闷闷不乐的样子，终于没有忍住，对她说：“小闺女，我们是去岩村。”

“岩村？我们真的是去岩村吗？”小女孩兴奋地摇着妈妈的手臂问。

“嗯，我们是去岩村。”

“那我就能见到大外婆啦，岩村的大外婆。”小女孩一提到大外婆，这位母亲沉默地望着窗外，两只手不自觉地揉搓着衣角，似乎岩村和大外婆都是她的禁区。

“大妹子，你是岩村人吗？我跟这条线路这么多年，好像没见过你呢？”售票员疑惑地问，仔细端详起这位母亲。年轻的母亲低下了头，好像生怕被人认出来。

“我想起来了，你是小红，老李头老家的？这么些年了，你终于知道回来看看了。”认出小红之后，售票员并不友好地说，“老两口把你从三四岁养那么大，到头来你还是回了你亲妈那儿，你可真能做得出来……”

被叫出名字的母亲将女儿的双手紧紧地攥在手里，抬起头用乞求的眼光看着售票员。售票员望着小红渐红的眼睛，再看看身边的小女孩，把余下的话咽到了肚子里。

直到岩村她们再没说话。汽车吱呀一声，停在路边，小红拉着女儿慌忙逃离了车子。她抬头看到了站在路边的养父，眼泪最终还是没有忍住。

老李头儿拉着小红的手，关切地问道："你妈妈好些了吗？这么多年难为你了。"

"爸，是我不孝，这么些年苦了您和娘，要不是二叔来找我说起，我都不知道娘得了这么严重的病。"小红哽咽着，想要擦干眼泪，却越擦越多。

"闺女，不哭，不哭哦。让爸看看你的孩子。"

"来，叫外公，你不是一直想看看岩村的外公外婆吗？"小红一边将女儿的手交到老李头儿手上，一边招呼着女儿。

"这就是你上次说领养的那个小姑娘吧？"老李头儿轻声地对小红说。

老李头儿拉着小姑娘，满脸爱惜："来，让外公抱抱！大外婆身体不太好，不能来接你，我们去见大外婆好吗？"

"太好了，我要见大外婆喽，我要见大外婆喽！"小姑娘搂着外公的脖子高兴地说。

"我第一次见到你时，你也就这么大。"老李头儿感慨道，像是对小红说，又像是自言自语。

空　山

刘　帆

水州府的官道上，一匹马飞奔着。

到达来客庄，柔然的第一件事，就是去老板娘那里掂一壶酒，自顾自地在店门靠窗的位子坐下，呵口气，立时现出一股白雾。他啜一口酒，柜台后的老板娘正看向他。

柔然转过脑袋，窗外是起伏的山峦。

客栈外，树枝上光秃秃的，北风已经卷走了来客庄的秋声。

来客庄里的这家悦来客栈，来过多少人，没人认真算过。这个客栈，有点儿不同，全部是会耍点儿刀枪棍剑的人来此入住。据说来客庄的开山人来客，身形彪悍、手段凶狠，却侠肝义胆、古道热肠，很少人见过来客拔剑相向。但奇怪的是，人们都说他出手厉害，是个狠角色。如同江湖上所有离奇的传说一样，来客，后来神秘地消失了，无影无踪。悦来客栈，包括现在的老板娘，都没有人再见过他。

柔然，长衫飘飘，马背上驮着与悦来客栈不相匹配的东西——蓝布小包，里面装着几本线装书，所以当他叩响悦来客栈的大门时，大厅内喝酒的人看他，目光里夹杂着冷漠和嘲讽。

门口的一张空桌前，柔然斯文地坐在那里喊道："老板，小菜两三样，牛肉一盘。"

店小二端着菜在前，老板娘紧跟在后："这位客官，打从哪里来？要往何处去啊？"

柔然啜着酒，悠悠地答道："多喜养福，去杀远祸。四海都是来向，五湖亦是去处。"

客栈内哄堂大笑。

老板娘也笑，不过，她吐气如兰、媚眼如丝，说道：“你知道这些人为什么住在本店吗？”

柔然答道：“客栈往来人，何必问东西。”柔然一仰脖子，将碗里的酒喝干，眼睛看向马厩，突然，“嗖、嗖、嗖”，三枚钢镖钉在拴马桩上，闪着寒光。

老板娘斜睨钢镖，微微一笑：“好身手！只怕要见官。”

柔然冷笑：“此地贼人出没，事留余地，便无殃悔。”

远处角落，有人摩拳擦掌，似乎想要动手。

老板娘望了望四周，对柔然一笑：“书生，本店庙小，不能留你。”旋即招呼伙计：“小二，送客！”

老板娘话音未落，柔然已到门外。

“这个书呆子，口气倒不小。”老板娘徐徐说道。

柔然自是听不见了。他叹口气，待呵气的白雾散去，忽然，前方一匹马疾驶而来，人马来到柔然身边，抱拳问道：“兄弟，来客庄悦来客栈还有多远？”

柔然哈着热气，手一指：“不远，前面亮灯处便是。”

来人道：“荒郊野岭的，你不住店，在此作甚？”

柔然本来是往前走的，乍一听，猛然回头，只见一柄闪着寒光的剑正朝自己的脖子飞来。

柔然微微偏头，端坐马上，岿然不动。

那人近前，用剑逼着柔然：“你知道来客吗？”

柔然声音哆嗦了一下：“不知道……”

那人收剑：“看来你是个路人，不懂江湖。老子还以为你认识我！”

柔然连连摇头：“处江湖之远，不知江湖之事，抱歉！”

那人突然生起气来：“没你的事，你走吧！”

柔然扭头想走，不料刚一转身就惊讶地喊叫起来：“我的小包?！”

那人傲然目视：“小包留下，不杀你，你走吧。”

柔然作势要抢，不料那人提剑催马，扬鞭就跑。

柔然哆嗦着，深吸一口气，立即嘶叫一声，向那人远去的方向撒马狂追，此时已经没有在客栈里被人耻笑的模样。

柔然不停地抽打着马的屁股，眼睛里充满了愤怒。

“劫贼！哪里逃！”柔然的马跑得很快，那人回首，顿时吓了一跳，加大马力继续狂奔。柔然穷追不舍，马蹄嗒嗒，空旷里，宝驹声声嘶鸣，前面的人吓得肝胆俱破，慌乱中，马前蹄奋起，仰天嘶鸣，人被摔到了地上。

柔然近前，喝道：“劫贼，还我小包！”

那人惊魂未定，柔然抢过包，不说话，剑指那人。

那人吓了一跳：“你要作甚？”

“没什么，宝剑配英雄。”柔然捡起那人的剑，“好剑，可惜了！用在盗抢上，你不配用此剑！”说完，柔然左手握剑，右手为掌，陡然间，剑已断为几截。

来客断魂掌。

“你是来……客？”

“客已知道你，你还不知羞。”柔然抬起手，断剑在夜色里寒光闪闪。

那人愣住了，生怕被缚见官，在黑暗中颤抖着。

“有恶不可再恶，切记度己度人。”

那人点头如鸡啄米。

声音渐渐弱化，猛抬头，人已不见踪迹，只有远山月光白茫茫一片。

那人呆坐良久，竟生出无限兴奋。

忽而他手拍脑袋，一愣神，立即赶往悦来客栈，客栈里仍有人在饮酒。

老板娘望着门前红红的灯笼，似乎在想着什么。

那人站在客栈内，瞅着老板娘。他说起来客，老板娘瞪大眼，问：“你在说书吗？”

“来客满天风，空山你不知。店大欺主客，何处报人恩？哈哈。”客栈外似乎有声音穿透而来。

很多人不说话，酒香自在，随风飘荡。

2019年选系列封面绘图画家介绍

杨锋 1960年出生于浙江嵊州。1984年毕业于西安美术学院版画系。中国美协版画艺术委员会委员，陕西美协版画艺术委员会主任。现任西安美术学院版画系主任、教授、博士研究生导师。

2000年，荣获授予20世纪80—90年代优秀版画家的“鲁迅版画奖”；在国内外多次举办个人画展；作品被中国美术馆、上海美术馆、江苏美术馆、大英图书馆等收藏。

出版有《综合材料版画技法》《杨锋作品集》等。

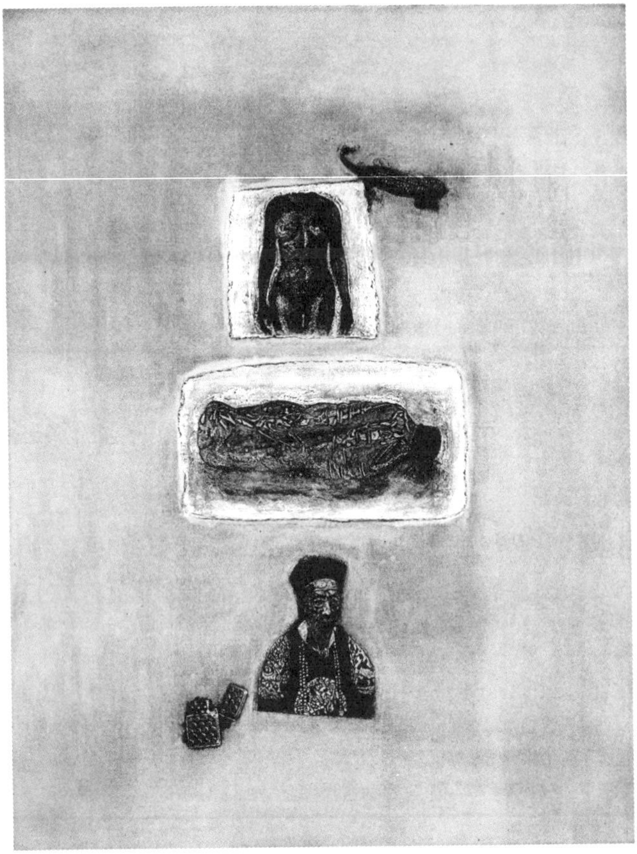

《裸体、瓶子与古人》综合版　杨锋　68cm×90cm　2008年

杨锋版画短评

对于杨锋来说，胶砂、木板、实物印痕等物质材料，在他的作品中就像是油彩、水墨一样的存在，他不断驯服材料，不断探索版画表现的边界。那些工业化的物料，经过版画的印痕，便优雅地符合了绘画的规范秩序，体现出绘画性的存在。他的版画，非常恰切地使材料的特性发挥到了极致，其语言以一种中国画笔墨风格般的个性特质归属于杨锋，使他的追随者成为他个人版画成就的注脚。他的木刻版画同样也具有这种尽显个性特征的视觉风范，语言也具有浓烈的、从属于个人化的性格特质。杨锋的版画在复数性的版画特质下，总是具有“亲笔书写”的特质。他的版画以物质印痕的不确定性、绘画的思想性、语言的个性化使产生绘画的原境得以在作品中留存，为机械复制时代的版画拓展了新的边界。

——刘坚《原境、模仿、物性、符号、语词——论杨锋的版画》